AF370707

آخر
ما حُرِّر

محمد الحاج صالح
MOHAMMAD AL HAJ SALEH

آخر ما حُرِّر

قصص وحكايات
من أرض الحكاية والمزاح الدائم

Tales from the Land of Neverending Stories

قصص قصيرة

SAMEH Publishing
دار سامح للنشر

محمد الحاج صالح (أبو ياسين) – رسم عنايت عطار

بعضٌ من كلام

في قريتنا تلٌّ ما إن نحفر قبراً في قمّته لندفن ميّتاً حتى يخرج لنا فخّار مُصنّع. وعلى بعد مئات الأمتار غرب التل كانت هناك مفخرة (مصنع للفخار)، ما إن نحفر فيها حتى نجد دناناً وجراراً محطمة عليها بقايا رماد. من أمام بيتنا يمر طريق مرصوف بحجارة أظهره فيضان عارم ذات يوم عندما كنت صبياً. الطريق ضيق يكفي لمرور العربات الخشبية لا أكثر. يصعد الطريق نحو الشمال. ألمْ يُقلْ منذ القدم «كلّ الطرق تؤدي إلى روما». على بعد عشر خطوات من الطريق برزت، إثر الفيضان نفسه، ساقية صغيرة ضحلة من الفخار أظنها مجرى لجمع الزيت. أي أنها جزء من معصرة زيتون.

وفي القرية بئر مرصوفٌ أعلاه بالحجارة، وأسفله مكوّن من خَرزة من الصخر تنفجّ عن فجوات جانبية تشبه المغاور ينبثق منها الماء. وكان في القرية جرنان ضخمان منحوتان نحتاً رائعاً لدقّ الحبوب. وليس نادراً أَنْ يجد الأهالي في برارينا أدواتاً معدنية مهترئة تحوّلت إلى صدأ مفتت، ويعثرون حتى على نقود. مرّة وجد قريب لنا جرة فخار مختومة. حطّمها ليجد فيها دراهم فضية. أنا شخصياً قرأت بوضوح الكتابة المسكوكة عليها بالخط الكوفي. كُتب على وجهها الأول (لا إله إلا الله)، وعلى الوجه الآخر (الوليد بن عبد الملك).

تزخر منطقتنا بآلاف الآلاف من المواقع الأثرية، فما الذي جعل المنطقة تخلو من السكان مدّة تزيد عن الثمانمائة عام؟

تقدّمت الحملة الصليبية الأولى آخر عام 1099 ميلادية إلى أعالي البليخ واحتلت الرها، وحرّان، وعين العروس، ورأس العين، ووصلت إلى قرب الموصل. نهبت ودمرت. ولم توفّر مسلماً ولا مسيحيّاً شرقيّاً.

اندفع المغول عام 1259 ميلادية في حربهم الهمجية نحو الرقة بعد تدمير بغداد. محوا في مسيرتهم مدنَ وادي الفرات وقراه. دخلوا الرقة دون قتال؛ فأخبار بغداد كانت قد طارت في الآفاق. لم يبقوا على أحياء. لم يبقوا سقفاً على بيت. أحرقوا كل ما يحترق. ولم ينج

إلا مَن هامَ على وجهه في البرية.

ماتت الجزيرة السورية بكل معنى الكلمة. ماتت وديان الفرات، ووادي البليخ، والخابور واستوطنها نبات الزلّ والبردي والغَرب، واستوطنتها الخنازير البرية. خلت المنطقة من السكان، سوى عائلات مشردة تتجول في الوديان. و«فوق الموتة عصّة قبر!» جوعٌ وطاعونٌ وزلزال. ومن أتى بعد الصليبيين والمغول من أقوام متحكّمة لم يكونوا أرحم بكثير من سابقيهم. فقد جُرّد العرب من أي تأثير. استُعبدوا.

بقيت مدينة الرقة مثلاً 700 عام خرابة ينعب فيها البوم والغربان. لا يعيش فيها آدمي واحد. بل لا يجرؤ أحد أن يقترب منها لأنها كانت في اعتقاد الناس أطلال مدينة تصفر فيها الريح وتسكنها قبائل من الجنّ والسعالي والحنافيش.

حكم العثمانيون ولم يخطر ببالهم شيء سوى ما يمكن أن ينتزعوه من أفواه هؤلاء الهائمين الأذلاء الذين إنْ زرعوا، زرعوا الذرة الصفراء، وإن رعوا، رعوا جواميس على ضفاف الأنهر وأغناماً في البرية. لا سكنَ دائمَ يمتلكون، ولا أملَ يأملون.

ثم حصلت ثورة الاستيطان من جديد، عندما قرّر الباب العالي إصلاحاً زراعياً عام 1858. بدأت العشائر العربية تتملّك أراضٍ وتزرع. أراضٍ يعرفونها كما يعرفون أولادهم. بنوا القرى،

وفي كل قرية بنوا مضافة. وفي المضافات تخلّقت الحكاية وانبعثت من جديد. إنهم الشوايا. هم بقية البقية من حضارة مرّت عليها عاديات الزمن. ماتت واندثرت مرات، ولكن في كل مرة يتبرعم أقحوانها ناهضاً من الموات مرة بعد مرة.

هم ذاتهم الشوايا منتجو الحكاية والمزاح الدائم، المنحدرين من كل الأقوام التي سكنت المنطقة منذ فجر التاريخ.

قد يرى البعض في هذا تزيّداً في الكلام، ولكنها الحقيقة. هنا في أرض مَن صار اسمهم شوايا؛ ديار ربيعة وديار مضر وديار بكر، وليس في غيرها جرت أعظم حركة ترجمة في التاريخ؛ ترجمة الفلسفة اليونانية. تلك الترجمة تمت إلى العربية مباشرة، بخلاف الفكرة السائدة.

من جرابلس والرها وحران ووادي الفرات وما حوله، انحداراً إلى بغداد؛ عاداتٌ، وتقاليد، وأزياء، واحدة. أعراس ومآتم متطابقة المراسم. الطعام وطرائق إنتاجه وتناوله واحدة. موسيقى وأغانٍ متشابهة. اللهجة تكاد تكون متطابقة. أصول عشائرية متقاربة. إنهم الذين صار اسمهم الشوايا.

في سورية، أطلق عليهم أهل سورية الداخلية الشوايا احتقاراً وتبخيساً في البداية، إذْ لم يكن أحد منهم في السلطة، ولم يشاركوا في أي تحوّل سياسي تقريباً. الآن تتقاسم دولتان إقليميتان أراضيهم

وثرواتهم، وعدّة دول عظمى تقرّر كل شيء فوق أرضهم.

مثير للانتباه أكثر أنّ مصطلح التبخيس «شوايا» لم ينتشر في العراق، والسبب بسيط هو أنهم كانوا في السلطة، أو هم السلطة منذ تفكك الإمبراطورية العثمانية ومجيء البريطانيين، إلى أن سقطت بغداد عام 2003. أما في سورية فظلوا الكم المهمل وحقّ عليهم التهوين والاستهانة.

إنهم عرب الشوايا منبع الحكاية التي أحاكيها وأحكيها.

أوسلو، 2024/5/15

آخر ما حُرّر

عيسى الجعفر شخصية لا تتكرر أبداً، أبداً. كان يكره المدرسة، كثير الغياب، مشغولاً برعي أغنام عائلته، لكنه كان بارعاً في تأليف القصص والحكايات، خفيف الدم، مرحاً. وكانت استفادته من المدرسة تتلخص في جملة «آخر ما حُرّر». التقط الجملة من الأستاذ خلف زينو الذي قدم إلى مدرستنا منقولاً من حماة. كان الأستاذ خلف يحشو بين الكلام عبارة «آخر ما حُرّر كذا وكذا».

هذه الآخر ما حُرّر صارت علامة فارقة لعيسى. استعارة، بل استيلاء دائم. إذ إن عيسى لم يعدْ يبدأ حكاية من حكاياته الممتعة من دون «آخر ما حُرّر».

كبرنا وتفرقنا. رحل بعضنا إلى المدن مع أهله. ويبقي البعض

يعمل في الأرض مع أهله. لكننا لم ننقطع عن زيارة القرية وسهراتها المليئة بآخر ما حُرّر من قفشات وحكايات، ويبقي عيسى مع من بقي يروّس حكاياته بـ«آخر ما حُرّر». وظل هو هو؛ نجم السهرات.

يكون متكئاً على الوسائد، فيعتدل ويقول: «آخر ما حُرّر»، فنبدأ بالضحك سلفاً وكأن الضحك يثار من هذه الجملة. والحقيقة هي أننا نتوقع أن «آخر ما حُرّر» ما هي إلا إشارة البدء، وأن عيسى يكون قد ألف حكاية كاذبة أو حقيقية يصوغها مجدّداً لتصبح في منتهى الطرافة وإثارة الضحك. وما أكثرها حكايات منطقتنا بالمناسبة! حقّاً ما أكثرها!

اندلعت الحرب العراقية الإيرانية، فاصطفّ أهل قريتنا ومنطقتنا مع العراق نكايةً، ليس في العلن بالطبع، وإنما في التلميحات والإيماءات والقفشات؛ حتى ليمكن القول إن الحرب أدت إلى تطوير لغة خفيّة زاخرة، خاصة بأهل قريتنا. في هذه اللغة الجديدة يكون قصد المتكلم وهدفه عكس معاني الكلمات تماماً. لا يمكن لأحد تصور مدى الإبداع في تلك اللغة إن لم يكن قد عايش مرحلة «آخر ما حُرّر».

امتلك عيسى تلك اللغة أكثر من غيره، وصارت متعة سهرات الآخر ما حُرّر. ولكن الحلو لا يكمل كما يقول المثل.

في صبح مبكر من أيام شتاء عام 1982 جاءت قوةٌ مسلحة كبيرة من المخابرات العسكرية في دير الزور والرقة و«كوّشتْ» على 11 رجلاً من قريتنا، وكان بينهم حتى موالين للحكم. أصعدوهم إلى صندوق بيك آب الشفروليه الأزرق تحت الضرب بأخامص الكلاشنات، والدماء تسيل. وكان عيسى بينهم.

سنعرف فيما بعد، دون لبسٍ، أن «الشوايا» متهمون بالعمالة للعراق إلى أن يثبت العكس. وسنعلم فيما بعد أيضاً أن محور التحقيق الذي خضع له معتقلو قريتنا هو ماذا تعنون بـ«آخر ما حُرّر»، ومن هو الذي نظّمكم وكم تقبضون.

مع الزمن مات اثنان من المعتقلين، وخرج الآخرون في أوقات متباعدة وهم معطوبين. آخر من خرج في ربيع 1998 بالطبع كان عيسى صاحب «آخر ما حُرّر». لم يعد عيسى يلفظ تلك الجملة على الإطلاق.

تغيرت الدنيا، واختفت اللغة التي اخترعها أهل المنطقة، وصارت السهرات مملة وثقيلة. وأمسى عيسى بعد خروجه كثير الصمت. هو المفعم بالحيوية واختراع القصص. بات كالآخرين صموتاً مشغولاً بداخله، أو بالراديو الصغير الملتصق بأذنه.

في ذلك اليوم الحار الجهنمي من سنة 2000 الذي زادته حرارةً نار تحضير القهوة، وبينما كان عيسى متمدداً عند باب الصالة

الثانية في المضافة، وهي الصالة المخصصة للضيوف المهمّين، اعتدل فجأة بطريقة خاطفة ولوّح بالراديو. قال بصوت يشبه الصرخة:

– آخر ما حُرّر...

انتبه الجميع، واعتدلوا في جلساتهم، فقد جاءت تلك الجملة فجأة، بعد انقطاع طويل. جاءت من أيام الزمن الجميل، زمن «آخر ما حُرّر». كرّر عيسى مقهقهاً:

– آخر ما حُرّر يا جماعة الخير. آخر ما حُرّر مات حافظ أسد... ساد وجوم وسكون وتجمّد الحاضرون.

نَجْها

عليَّ مليون طلاق لو لم أكن قد رأيت بعيني ما رأيت، لما صرتُ على ما صرت عليه.

أنتَ تعرف أنا وقاسم العبد المجيد لا نفترق من أيام كنا بالابتدائي. نحن الاثنين، كما تعلم، في عمر واحد. لعلك تذكر إنّا كنّا، أنا وهو، عَمار الدبكات وصنّاع المقالب والقشمرة. أنتَ على العكس منّا، أكملت دراستك وما عدنا شفناك. المهم، خلينا بالمهم... سُحبنا إلى الجيش في الوقت ذاته، وخضعنا لدورة الأغرار ودخلنا «مدرسة» تعليم السواقة، وصرنا سائقي سيارة زيل عسكرية وانفرزنا إلى الفيلق ذاته، واللواء ذاته، والكتيبة ذاتها. مقرّ كتيبتنا كان بالقرب من مقابر «نجها».

أمضينا الأشهر الستة الأولى بعد الفرز النهائي ونحن ننوس بين ضواحي الشام والساحل ننقل إسمنتاً وحديداً ونحاتة. القصة بدأت عندما استُدعينا نحن الإثنين، ومعنا قائد الكتيبة، من قبلَ اللواء قائد الفرقة. سنعرف فيما بعد أن قائد كتيبتنا هو ابن، ابن عم اللواء قائد الفرقة، وأن حديثاً مسبقاً دار بين أبناء العم حولنا، أنا وقاسم.

كان ملخص حديث اللواء، ذي الهيبة والنبرة الخشنة، هو أنّ الشوايا أناس مخلصون للسيد الرئيس، وأن الرئيس يثق بالشوايا ثقة عمياء، وأن علاقتنا الخاصة ستكون مع النقيب سومر؛ ابن عمه. قال لا تخيّبوا ظني وسيكون لكما أنتما الاثنان وضع خاص.

توقعنا أننا سنتدلل ونعيش برفاهية، ولكن ابن الكلب النقيب، ومن ورائه اللواء، استخدمانا كعبيد، بكل معنى الكلمة. اعتقدنا أننا سنحصل على الإجازة بعد الإجازة، وخمّنا أن تنكات السمنة العربية فعلت فعلها، وأنه سينالنا من الخير العميم جانب. دفعتْنا آمالنا إلى أن نشتري طقمين مدنيين مع قمصان و«كرافيتات» وحذائين على أمل أن يرتفع مستوانا، وأن نتسرْمح على كيفنا في الشام، وأنْ لا نبدو في سرمحتنا شوايا قرويين. ولكن أي من ذلك لم يحدث. ما حدث هو أننا صرنا عبيداً حقّاً وفعلاً. حتى النوم لم نعد نشبعه. مسافرين ومسافرين كل الوقت،

ووصية اللواء على الدوام ترنّ في أذاننا: «لا تتكلموا مع أحد أبداً. وعندما تصلون القرية بالحمولة التي معكم طبّوها وغادروا فوراً. وإذا دعاكم أحد من أهل القرية إلى كأس شاي أو غداء فارفضوا. غادروا فوراً».

ألسنا شوايا طيّعين طيّبين سذّج! لذلك اعتقدنا أن البناء بناءٌ عسكري. وصيّةُ اللواء أوحتْ لنا بأن هناك سرّاً؛ سرٌّ عسكري، وما علينا إلا أن نحافظ عليه ولا نحتك بأحد، إلى أن اكتشفنا الأمر، وإذا باللواء مثل المنشار طالع آكل، نازل آكل. عرفنا أن البناء الفخم على سفح الجبل في القرية ما هو إلا قصر يبنيه اللواء لنفسه.

ذاك اليوم أُعفينا من نقل الاسمنت والحديد والنحاتة، وأُمرنا بأن نغسل سيارة الزيل وأنْ نغطي صندوقها. كانت المهمة الطارئة نقل أكاليل ورود إلى مقبرة الشهداء في نجها.

في ذاك اليوم فاضت الحميّة بكل القطعات والمنظمات والمؤسسات. الهدف أن يكون يوم احتفال كبير. نقلنا بسيارتنا الزيل أكاليل متنوعة منها الكبير والمتوسط والصغير من محلّ «طوني». صفّفناها على شكل نسق بانتظار قيادة أركان فرقتنا، واللواء، وقادة الفرق الأخرى وضباطها، ليحملوها ويخطوا بها بضع خطوات نحو قبر الجندي المجهول.

طوني نعرفه جيّداً، إذْ طالما استلمنا منه في المساءات أكاليل

ورد وسلمناها إلى أعراس أقرباء ومعارف اللواء، ولمرضاهم في المستشفيات. ولم يكن من الصعب التخمين أن طوني جزءٌ من الأخشاب التي ينشرها منشار اللواء بأسنانه الحادة. طبعاً ليس من دون فائدة لطوني نفسه.

كان يوماً مشهوداً فعلاً. ازدحمت المقبرة بالرتب العسكرية والطلائع والشبيبة والحزب. ولم يعد هناك محطَّ رِجْل حول المقبرة لكثرة السيارات. الأهم من ذلك هو أن عدد الأكاليل كان مهولاً، وهو أمر سيرضى عنه الرئيس القائد حافظ الأسد حتماً. كان احتفالاً استثنائياً لم يحصل بتلك الضخامة من قبل ولا من بعد؛ هذا ما اكتشفناه بعد أن تعلمنا الصنعة.

حان وقت الانفضاض وتحركت السيارات والباصات، وكنت جالساً خلف المقود وبجانبي قاسم، وفجأة قفزت الفكرة في رأسي. ثم أمضيت وقتاً حتى أقنعت قاسم بها. كنا عادة نتوافق بسرعة مثل توأمين، لكنه هذه المرة جفل، وعاند طويلاً. أخيراً وافق.

لم نجد صعوبة في إقناع طوني. وافق على الفور، حتى أنه قال كلمة ما تزال مستقرة في أذني: «والله وتعلمتو يا شوايا!»

موعدنا مع طوني هو وجه الصبح عند الخامسة، عندما تكون سيارات المبيت العسكرية عائدة إلى القطعات تجنّبا للتوقيف والاشتباه.

عند الساعة الثالثة فجراً كنا في مقبرة نجها نسرقُ الأكاليل ونحمّلها في صندوق سيارة الزيل.

وعلى الموعد كان طوني بانتظارنا مع ابتسامته الواسعة. كل شيء مرّ بالتمام والكمال. أحسسنا بحكّة وتنمّل في راحات أيدينا، مثل كل الذين يتوقعون الإمساك برزمة نقود.

كم كانت خيبتنا كبيرة عندما مدّ طوني يده لي بكمية ضئيلة من المال وهو يتبسّم بخبث وثقة. شرعنا بالجدال عن قلّة ما يعطينا ثمناً لأكاليلَ سعرها مئات الألوف وقتها. راح طوني يتجول بين الأكاليل وينتر وردات ويصرخ «انظروا هذه ذبلت وهذه... وهذه». كان كاذباً فعلاً؛ فما زالت الورود في زهوها ونضارتها. علت أصواتنا، وصار الصياح تشاجراً وتماسكاً بالأيدي. خنق قاسم طوني وجحظت عيناه ولم يعد يتنفس، عندما سمعنا خبطاً على الباب الخارجي. اضطر قاسم أن يتركه وقال من بين أسنانه سأقتلك يا طوني الكلب إن قلت كلمة واحدة.

فتح طوني الباب الخارجي، فإذا بأفراد من الشرطة العسكرية. سألوا ماذا يحصل، فقد سمعوا صوت شجار. مقر مفرزة الشرطة قريب من محل طوني.

«أبداً، أبداً»، قال طوني «كنا نتمازح أنا وهالشويان جنود اللواء أبو مضر».

يبدو أن طوني عند جيرانه موضع ثقة. شربنا الشاي معاً، كلُّنا، ونحن نتظاهر بالتمازح، وطوني فلتَ لسانه بالتنكيت وعناصر الشرطة يضحكون ويضحكون ويرددون «الله عليك يا طوني».

ما إنْ خرج عناصر الشرطة، حتى أخرج طوني رزمة نقود إضافية بدت كافية وضرب بها على راحة يدي، وقال: «ملعون أبو الشوايا لـمّا يتعلمون الصنعة» وضحك، فانفجرنا ضحكاً معه ورحنا نصْفق أيدينا بيد طوني بمرح ونتدافع بأكتافنا مرات ومرات مثل الشبان الصيّع. كفْ...كتفْ... كف كتفْ؛ نقول لبعضنا البعض، ونتمازح بالحركات. نتبع صفقة الكفّ على الكف بنهزة من الكتف للكتف... ونعيد كفْ...كتفْ... كف... كتفْ.

التمساح

بلاد الشوايا بلاد الضحك والمزح والقشمرة الدائمة والعشرة الخشنة في كل الأوقات، حتى أن البدوي كان يرى أن الشوايا لقّافون ثرثارون وخفاف؛ لا يخلو الأمر حقيقةً. كما أن الديري جعل من الشوايا «حُمْصَهُ»، وشرع من زمان بتأليف النكت حول سذاجة الشاوي؛ ولا يخلو الأمر أيضاً. أما سكان سورية الداخلية وسكان سواحلها فكانوا حقّاً البيض الأميركيين في معاملتهم ونظرتهم ونهبهم للشاوي الأسود أو الهندي الأحمر. وأما الكرد آخر الواصلين، فعيّنوا أنفسهم ممثلين للحرب على الإرهابي الشاوي الخطير.

إليكم حكاية من أرض الشوايا تكثّف وتلخّص تفرعُن المدعو

«التمساح» الذي صار ربّاً أعلى إلا قليلاً؛ فرعوناً حقيقياً. كان ذلك في الفترة التي شرعت داعش تسيطر على تل أبيض. وكانت منظمة شباب تل أبيض إحدى المنظمات الفاعلة. ذات يوم جمع التمساح الشباب في ندوة. الشباب ثوريون مدنيون ولدى القليل منهم ميلٌ إسلامي ضعيف. أمضى التمساح مدة اللقاء في حديث مسهب عن كيفية قطع الرأس وفصله عن الجسد. وقام بالتطبيق بتنفيذ حركات تدريبية على رقاب بعض الشباب. ولا يمكن التأكد مما زعمه التمساح في قوْله إنه ذبح العشرات في العراق قبل أن يعود إلى سورية ويحبسه النظام، ثم يطلق سراحه. لا أحدَ من الشباب لم يخرج مرتعباً يغصّ بريقه كما يقال؛ حتى الإسلاميّ منهم. كلهم ستصاحبهم لمدة صورةُ حركة الذبح التي كان يمثلها التمساح بخفة وحبّ وإتقان، مترافقةً مع ابتسامة غامضة ومريبة.

صُلبُ الحكاية ليس في هذا. صلبُها في أن التمساح يعرف كلّ صغيرة وكبيرة في تل أبيض؛ يعرف الناس أفراداً وعائلات. يعرف من كان يسكر في الجاهلية، قبل تأسيس الدولة الإسلامية في العراق والشام، ومن يشتغل في التهريب عبر الحدود. يعرف من كان يصلي ومن لا يصلي. من هو الزَّحوف المولّه بالنساء. ويعرف أيضاً النساء اللاتي «مُشْ ولا بد».

كانت تل أبيض إذاً حقيقةً ميداناً مناسباً تماماً للتمساح يرمح

فيه على كيفه. ميدانٌ يحصّل منه المجاهد التمساح أموالاً للدولة الإسلامية الناشئة من خلال الخطف و«الكبسات» والمصادرات، وتهم الكفر والردّة المرعبة. ذات يوم فطن التمساح إلى «أبو حلا» صاحب فرن الكعك المشهور والمعروف للجميع أن لاعبي الورق كانوا في الليالي يجتمعون عنده في غرفة معزولة خلف بيته. بعضهم كان يلعب قماراً حقيقياً، والبعض الآخر يلعب فقط مراهنةً على العشاء والفواكه، والذين يشربون يلعبون على المكسّرات والعرق. والحقيقة أن سهرات لعب الورق كانت منتشرة، وتل أبيض ليست استثناء.

كيف تسنّى للتمساح أن ينسى أبو حلا و«مقمرته؟»

ما إن انتصف الليل، وكان الوقت أول الخريف، حتى تحركت قوة المداهمة بقيادة التمساح. بيكآب على ظهره رشاش 005 وخلفه كرسي الرامي ومن فوقه ترفرف راية الدولة الإسلامية، وسيارة أخرى من السيارات المصادرة كغنيمة، وسبعة مجاهدين. اقتحمت القوة بيت أبو حلا، واتجهت فوراً إلى تلك الغرفة الـمَقْمرة. لم يجدوا أحداً هناك. فالناس شمتْ رائحة التحريم قبل حتى أن يفكر به المجاهدون. لم تجد القوة المداهمة شدّةَ لعبٍ، لا في غرفة اللعب ولا في البيت كله على الرغم من أنهم قلبوا البيت قلباً. لكنهم وجدوا أوراق تسجيل نتائج اللعب، فصادروها. وكان أبو حلا وقت

المداهمة خارج البيت.

سبقتْ «أم حلا» التمساح. خابرتْ زوجها وأعلمتْه أن التمساح وقوّة معه قلبوا البيت، وأخذوا معهم أوراقاً. بعد المخابرة بدقائق كان أبو حلا يعبر الحدود هارباً إلى تركيا. تل أبيض تقع على الحد مباشرة، وعبور الحدود وقتَها أيسر من شرب الماء. لم يمض سوى وقت قصير عندما استقبل أبو حلا أول مخابرة على الموبايل. أبلغه التمساح بأنه سيسلخ جلده إن لم يحضر في الحال. أنا في تركيا أجاب أبو حلا ولن أحضر. صرخ التمساح في الهاتف وأقسم أنه سيلاحقه ويأتي به، حتى لو سكن القطب الشمالي.

أما وقد طار العصفور فإن التمساح بدأ يراجع نفسه. بدأ يلين بالكلام أثناء مخابراته التالية والعديدة عبر الجوّال. لم يعد يهدده بسلخ جلده ولا بحزّ رقبته، صار يذكّره بأن مخالفته يسيرة ولا تستحق أن يهرب ويترك خلفه عائلته ودار الإسلام. بين أخذ ورد، وبعد أسبوع من التفاوض، اقتنع أبو حلا. عاد إلى دار الإسلام وسلّم نفسه.

قاده المجاهدون وعلى رأسهم التمساح إلى الشرعي «طحري النرا». لم ينفع دفاع أبو حلا عن نفسه بأنه ومن يلعبون الورق توقفوا عن اللعب بعد إعلان الدولة الإسلامية، وأنهم جميعاً تابوا إلى الله، ولكنه اعترف بلا كثير ضغطٍ أن الأوراق التي استلمها

الشرعي هي فعلاً تسجيلات لـ«برتيات» اللعب، وإنما هي قديمة قبل التوبة.

حكم القاضي على أبو حلا بخمس وسبعين جلدة مشهودة من قبل المؤمنين في كل من دوّار من دوّارات تل أبيض.

جزع أبو حلا وترجى الشرعي قائلاً:

- يا شيخ بتل أبيض ثلاث دوارات... يعني يطلع لكم عليّ 225 جلدة. عليّ بثلاثمائة جلدة. بس لا ترزلوني بين الناس وتفرجونهم علي. داخل على عرضك. اجلدوني بالمقر هنا.

لم يقبل الشيخ وذكر الآية، «ولْيشهدْ عذابهما طائفة من المؤمنين».

- بسْ شيخ هذي الآية للزاني. وأنا ما زنيت.

- اخرسْ

- عليّ بـ350 جلدة شيخ بس في المقر. الله يْخليك.

- اخرس.

- طيب عليّ بـ500 شيخ الله يوفقك؛ لا تفضحني بين الناس.

- اخرس.

- بألف شيخ.

طلع الشيخ عن طوره وصرخ بأبو حلا:

- كل خرا ولاك. تلاعبني قمار على حدود الله يا مجرم!

شحط المجاهدون أبو حلا إلى أول دوار وجمعوا عليه الناس، وانتظروا قدوم التمساح لأنه أوصاهم أن لا يبدأوا الجلد حتى يحضر هو. أراد التمساح أن يفرغ غلّه على ظهر أبو حلا. أخذ «الكبل الرباعي» من الجلاد ولوّحه بالهوا مرات ومرات وضرب، مرة مرتين ثلاث أربع... وأبو حلا يصرخ وجلده ينسلخ والدم ينزّ على الفور. كان الضربات قوية، عنيفة. وصار أبو حلا يصيح:

– شيخ هذا مو جلد شرعي!

يقصد أن الضرب الشرعي ليس عنيفاً إلى هذه الدرجة، وأنّ على من يجلد أن يضع مصحفاً تحت إبطه كي لا تأتي الضربة عنيفة.

– شيخ... شيخ والله هذا مو ضرب شرعي. يصرخ أبو حلا متوجعاً

– لا مو ضرب شرعي. هذا ضرب مخابرات عسكرية، يرد عليه التمساح. ويضيف:

– بدّك تعلمنا الجلد الشرعي. خذْ جلد مخابرات عسكرية.

يضرب ويضرب بعزم وشدة.

النهفة هي أنّ المجاهد الآخر المكلف بالجلد لم يعجبه الحال، فمسك يد التمساح وآجر هو الآخر، ولكن بعزم أقل بكثير. والأدهى أنه أبلغ القاضي الشرعي بصياح أبو حلا أمام الناس واحتجاجه بأن الجلد لم يكن شرعياً، وأن التمساح كان يقول له إن

هذا جلد مخابرات عسكرية.

مرّت أيام وتماثلت جروح أبو حلا للشفاء، ودفع المعلوم وأعلن التوبة النصوح، وجلبه المجاهدون إلى المفاجأة ليحضرَ عقوبة التمساح كي يعلمَ، هو وغيره، عدل الشرع. فقد حكم الشرعي على التمساح بخمسين جلدة بعد أن أُبلغ بما حصل، على الرغم من أن التمساح يحتل موقعاً كبيراً في الدولة الإسلامية، فهو أمير الحدود، ومشهود له بأنه مُورّد الأموال الأول.

ولكن أين الجلد الذي تعرض له هو أبو حلا من الجلد على ظهر التمساح! الفرق كبير. كانوا يجلدون التمساح على الدوار نفسه بسوط خفيف لا بكبل رباعي ثقيل، كما لو أنهم يمزحون؛ فالقرآن كان بالفعل تحت إبط الجلاد، وكثيراً ما سلتَ القرآن إلى أسفل فيرصّ الجلاد ذراعه إلى جانبه، فتصبح الجلدات كما لو أنها مداعبة محبّين.

ولا يزال ظهر أبو حلا يحكّه حتى الآن! سنوات.

كثيراً ما نرى أبو حلا يسند ظهره إلى الحائط ويحسّس، لعل الحكة تهدأ، وهو ينطق بحكمته الدائمة «كل شيء في الدنيا قمار بقمار يا شوايا الله!»

حسينية

كان نصاباً وصولياً، لكنه ظريف صاحب نكتة ومتلاف للمال، كريم وشرّيب سكّير. سمّى ابنه البكر «حافظ» كجزء من عدّة شغل للسلبطة والسمسرة بين الناس وأهل السلطة. ولكن الزمن دار دورته وكثر الذين يشتغلون مثله. وحدث قحط أواسط التسعينيات، فافتقر الناس، وهاجرت عائلات كثيرة إلى الشام ولبنان. ومع مرور الوقت أصبح من هم مثله يقدمون الخدمة للمتنفذين مجاناً. حلّ زمن ملعون فعلاً، وانحطت أحواله المادية إلى حد الجوع بعد ذاك العزّ.

وكان الإيرانيون قد بنوا مشهداً ضخماً في الرقة لتخليد بعض شيعة عليّ المدفونين في الرقة.

قال له صاحبه ما رأيك «بغداء فروج مشوي». أجابه «ألَمْ تقل لي قبل قليل إنك مفلس مثلي مثلك؟». «بلى والله، ولكننا سنأكل على حساب غيرنا».

كان المشهد الحسيني وقتها يقدم نصف فروجة ورغيفين من الخبز للزوار الذين يبقون إلى وقت الغداء. وكانوا يشيعون أنهم يطعمون الفقراء، ولكن تبين فيما بعد أن العاملين فيه، من أصحاب العمائم إلى الخدم، ما هم إلا مخابرات إيرانية، متاحٌ لهم التبشير للتشيّع.

أخذت رِجل صاحبنا على الدرب إلى المشهد، ولأنه خبير أكل بعقل السدنة حلاوة، كما يقول المثل. باختصار، تشيّع وصار يرسم الخطط كي يعاود شغله، ولكنه أدرك أن هؤلاء الموجودين في الرقة لا يملكون الكثير مما يمكن أن يُستولى عليه. من هنا أتت الفكرة. صار يبالغ في إيمانه الشيعي. وبات يهمس في أذن المسؤول عن المقام ويستسرّ له بشتم عائشة والثلاثة. حتى عندما يجفل الإمام ويخشى أن هذا المتحمّس قد يكون مدسوساً، ظل هو يصرّ ويتابع، بل ووصف عائشة بأوصاف مشينة، وأكثر... علّم الإمام كيف يقوم شبان الرقة بتلك الإشارة الوقحة التي يعنون بها بأن امرأة ما عاهرة، وصارت تلك الإشارة سرّهما؛ ما إن يفعلها أحدهم حتى يضحك الثاني. مع الوقت وثق الإمام به.

هنا جاء وقت الاستثمار. شرح للمسؤول إنه لم يعد يصبر، وإنه يريد أنْ يدخل أبناء عشيرته الكبيرة إلى دين محمد ودين عترته وآله الطيبين الطاهرين، وأنْ يبني حسينية وربما حسينيات في قريته التي نشأ فيها، وفي قرى أخرى للعشيرة.

استخدم أبو حافظ كل عدّته في إقناع بعض أبناء عمّه لمرافقته إلى الشام وزيارة السفارة الإيرانية مشفوعاً برسالة التوصية. أقنعهم دون صعوبة، فهم أيضاً قد سمعوا أن السفارة منحت أموالاً بالهبل لمن بنوا حسينيات في دير الزور، والحال معدومة فلمَ لا؟ لم لا والإيرانيون بالأخير بالأخير إسلامهم إسلام ولو كانت فيه كُوُلا. المشكلة أنهم يعرفون أن أبو حافظ لن يتورع عن بلع كل شيء، وأنّ رفقتهم له ستكون على الأغلب للوجاهة وليستعرض بهم على أنهم مهتدون لدين آل البيت، وأنه هو الذي هداهم وهو من يقودهم.

فاجأوهم في السفارة بالحفاوة وبعلمهم بقدومهم، وأنهم سيبقون ثلاثة أيام بضيافة السفارة، وأن إقامتهم في الفندق على حساب السفارة، وأنهم سيؤدّون الزيارة غداً لمقام السيدة زينب.

شدة الترحيب في اليوم الأول طيّرت عقولهم، حتى أن كل واحد منهم صار يسر في نفسه أن عليّاً فعلاً أحقّ من معاوية. ولكن المشكلة العويصة هي أن ألسنتهم لم تكن معتادة على

ترديد «اللهم صلّ على محمد وآل محمد وعجلْ فرجهم والعنْ أعداءهم» كلما حانت المناسبة؛ وما أكثر ما تحدث في تضاعيف كلام الإيرانيين. وعلى الرغم من أن جميع أفراد الوفد الشاوي كانوا بعثيين ومعتادين على ترديد الشعار والأهداف، لكن ليس بهذه الوتيرة المتلاحقة التي يفرضها أسلوب الحديث وتدفعهم دفعاً إلى أن يهتفوا «اللهم صل على محمد وعلى آل محمد...». كانوا يُؤخذون وتصيبهم الرّبْكةُ، كلما شرع الحاضرون في السفارة بالهتاف بها، فكانوا يدمدمون وتحمر وجوههم، ولا يُفهم من دمدمتهم سوى «مو...حاااا مااااد». في الحقيقة هم معذورون فقد باغتهم جوُّ الحكي وكثرة قول العبارة، ويبلغ من حصرهم أنهم أضمروا بأنهم انكشفوا للإيرانيين. وحده أبو حافظ كان يردد واثقاً عبارة «اللهم صل على محمد وعلى آل محمد الطاهرين...» ويكمل بكل ثقة «وفرّجْ كربتهم والعن أعداءهم». وكان دون تلعثم يلعن الثلاثة إذا ما حانت الفرصة.

في اليوم الثاني، على مأدبة الغداء العامرة، تعددت أسئلة ذكية ومحرجة من المعمَّمَين اللذين كانا بصحبتهم. وعلى الرغم من حفظهم، ومبادرتهم للهتاف «اللهم صل على محمد وعلى آل محمد...»، ظلَّ الحرج مسيطراً عليهم، لأن الأسئلة الموارِبة كانت مُحمَّلة بما أبدوا خشيتهم منه في جدالهم في الفندق البارحة وهم

يقيّمون ما يمكن أن يحدث. فقد كانت الأسئلة تهدف إلى معرفة مدى صدقهم ومدى محبّتهم لآل البيت، بطريقة ملتوية أحياناً، ومباشرة أحياناً أخرى. بدا لهم الأمر حقيقة كما لو أنه امتحان.

أحسّ أبو حافظ بالخطر، فشرع بالتطرف في محبة آل البيت وكره أعدائهم. وصار يغمز لرفاقه خفية ويحرضهم على اقتفاء أثره. لكنهم كانوا ضائعين يصادقون على الأقوال بسذاجة وغباء، بل كثيراً ما نسوا ترديد العبارة.

وعلى مائدة الغداء في اليوم الثالث، كان هناك معمّم واحد هو أبو فاطمة. وهو من سيبلغهم قرار السفارة. كانت حرارة الحديث منخفضة، بل باردة. وكان المعمّم صارماً ولئيماً وهو ينقل لهم قرار السفارة: «موافقون على بناء الحسينية». وحدّق في عيون أفراد الوفد الشاوي، واحداً واحداً. وأضاف: «بشروط. أن تتبرع عشيرتكم بثلثي الكلفة المقدرة سلفاً، بينما تساهم السفارة بالثلث الثالث. وأن يكون متعهد البناء معيناً من السفارة، و...». غامت الدنيا في عيني أبو حافظ. وشرع بإلقاء محفوظاته التي تعلمها في «المقام» في الرقة. خطب طويلاً. أسهب قائلاً إنه والعشيرة يعانون من سنوات قحط وفقر، وإن الأراضي أمحلت وما عادت تعطي، وإنه والإخوة الحاضرين أملوا أن تتكفل السفارة بكل شيء. وختم أخيراً بالقول إنه شعر، ويشعر الآن، الآن تحديداً، أنه ليس فقط من أتباع آل

البيت، وإنما هو منهم، وإنه يشعر أن دماءهم تجري في عروقه. ولكن وجه المعمّم ظلّ بلا تعابير، كما لو أنه وجهٌ من بلاستيك، باستثناء تكراره لعبارة «اللهم صلِّ على محمد وآل محمد...»، كلما مرّ أبو حافظ في خطبته المستجدية على ذكر آل البيت. كان المعمم ينطق بالعبارة وينظر في الوجوه، كما لو أنه يعذّب بها الإخوة الشوايا، وكأنه يقول لهم: «حتى هذه العبارة الجوهرية لا تقولونها بصدق».

خيّمت الخيبة على الوفد الشاوي، وأحسوا أنهم شحاذون مرفوضون، ويلغ بهم اليأس مبلغه. اندفع «صالح العران» بالكلام متهكماً ومنتقماً من اندياح مشاعر أبو حافظ وتزيّده بادعاء الانتماء إلى آل البيت. قال:

- إي بالله يا أبو حافظ... أنا أشهد... أشهد إني شعرت وحسّيت وتيقّنت وتأكدت من زمان إنك من آل البيت وإن دمهم يجري في عروقك لأنك مثل عم الرسول أبو لهب، وشغلك مثل شغل أبو لهب. أنت وأبو لهب يا سبحانه فُولة وانقسمت قسمين.

انفجر المعمم بضحك لئيم وودعهم بخبث حتى أنه لم يدفع ثمن الغداء.

عاد أعضاء الوفد الشاوي إلى الرقة فرادى؛ عادوا بخفي حنين كما يقال. عادوا كلٌّ في باص، ولم يتكلموا مع بعضهم البعض ولا مع «أبو حافظ» لسنوات.

لا فضيلة في القبيلة

أنا شخصياً أنحدر من أصل قبلي. من فخذ اسمه «الملاقفة!».
يا للاسم المُضحك حقّاً. الملاقفة فخذ من عشيرة البوعساف،
والبوعساف شلْخة من البوشعبان، والبوشعبان شلخة من
الدليم، والدليم زبيدية. وكان عليّ أنا الصبيّ في الصبا أن أحفظ
أسماء خمسة عشر جدّاً. محمد بن ابراهيم بن عبد الله بن حج
صالح بن كدرو بن حمادة بن عيسى بن موسى بن محمد... إلى
شعبان... إلى معدي كرب الزبيدي. معدي كرب الزبيدي ذاته!

وها قد وصلنا للنبع.

يستشهد إسلاميون وقبليون كثيراً بالآية «وجعلناكم شعوباً
وقبائل لتعارفوا». يستشهدون بالآية وكأنها منتهى العلوم

الاجتماعية جميعاً.

في عام 1975؛ فيما أظن، قُتل المحامي عضو نقابة المحامين الأستاذ صالح الهنداوي أمام المجمع الحكومي. كان القاتل وفق الشهود يسير خلف الأستاذ صالح، وفي اللحظة التي قرّر فيها إطلاق النار، صاح بالمحامي: «أستاذ صالح... أستاذ صالح». التفت المحامي، فعاجله القاتل بطلقات عدة. الرصاصة القاتلة ويا للصدفة العجيبة كسرت القلم الذي كان المحامي يشكّه في جيب قميصه مخترقة القلب، الأمر الذي أدى إلى الوفاة على الفور.

كان أحد أقارب صالح قد قتل رجلاً لسبب أبسط من البسيط، كالعادة. خلاف حول رعي الغنم. أقسم أهل القتيل أنهم سيقتلون الأوجه من آل الهنداوي، يعني إما الدكتور مصطفى الهنداوي وهو أول طبيب من خريجي جامعة دمشق في كل منطقة تل أبيض، أو الأستاذ صالح الهنداوي المحامي وهو أيضاً أول محام في منطقة تل أبيض.

استطاع مصطفى الهروب والخروج إلى ألمانيا للاختصاص، وبقي الأستاذ صالح على أساس أن طالبي الثأر قد يوفرونه ولا يثأرون منه شخصياً كونه يساري شيوعي لا يؤمن بالعشائر ولا بعادات الثأر. ولكن لا. قُتل صالح؛ ومن ثمّ تراضت العشيرتان.

قبلها بعقود جرت معركة بين أقربائي وجيرانهم من قيس؛

وما السبب؟ السبب هو أن راعي أغنام الجيران كسر ساق كلب راعينا. تشاجر كلبنا مع كلب قيس. من بعيد قذف راعي قيس عصاه في الهواء فأصابت كلبنا وكسرت قائمته. لا الراعي الأول من قيس ولا الراعي الثاني من أقربائنا، وإنما الكلبان، بحكم التبعيّة بالطبع. القصد هو أنّ أصغر الأمور في منطقتنا يمكن أن تتحوّل إلى مسألة ثأر، وإلى مأساة تدوم وتدوم.

في عام 1986 كان ابن عم لي «شبيب زغيّر» يمرّ في أحد شوارع الرقة الداخلية، فانبرى له شبان من الحي، وسألوه بحدة وبروح المراهقين: «ليش تعدّي من حارتنا يوال... رايح وجاي خرّي مرّي؟» حصلت المشاجرة، وحسب قول ابن عمي أنهم شددوا عليه بالضرب، فاستل سكيناً يحملها، وطعن أحدهم في صدره وهرب.

بعد أيام علمتُ أنا نفسي أنني في خطر داهم، وعلمت أنّ الشابّ المطعون بقي أياماً نزيل المشفى الوطني ثم حُوّل إلى مشفى خاص بحلب، وأن إصابته بليغة وتتناول غلاف القلب. يا لطيف!

هناك عادة كل العشائر تتبعها، وهي أن تجري المبالغة بالضرر الجسدي للمصاب. ويتمّ تكثير الفواتير الطبية تكثيراً فاحشاً بهدف استغلال أهل الفاعل وأقاربه متى ما حان وقت الصلح،

أو تبقى القضية مفتوحة إلى أن يؤخذ بالثأر.

صرت أتلقى هواتف في العيادة توحي بأن من يريد قتلي كامن لي في كل مكان، وأن قاتلي سيفاجئني من حيث لا أحتسب. أول تلفون أشعرني أن الأمر جدّ. أنت الدكتور محمد؟ نعم أنا هو، تفضل. أنت بالعيادة؟ يا رجل أنت تلفنت على تلفون العيادة. أعني نعمْ أنا في العيادة. خليك بالعيادة يا عرص جايينك. وهكذا توالت الهواتف المهددة مواربة وصريحة.

أُسقط في يدي ولم أعد أعرف ماذا أفعل؟

عشت الخوف والقلق فعليًّا.

اتصلت بوسطاء عديدين وزرت بعضهم بهدف أن يتكلموا مع عمّ الطعين، لأننا علمنا وتأكّدنا من أنه هو المدبّر وهو المدير، وأنه هو الذي جمع الفواتير الطبية، الوهمية منها والحقيقية. ما عرفناه عنه أنه لن يعطي بالاً للوساطات بكل تأكيد ما لم ندفع. كان المطلوب مبلغاً كبيراً من المال. وفي العرف العشائري دفع رقم مرقوم كهذا من المال يعدّ إهانةً فوق أنه قد يعجزنا.

العمّاا على هالعلقة.

أعطاني صديقي العزيز أبو قحطان حسن الخطيب، مسدساً قائلاً بالمزح «منشان ما تموت ببلاش»

يا سلااااام!

أنا الذي لم يحمل سلاحاً بحياته، صرت أحمل مسدساً أشكّه في محزمي. والمضحك إني كثيراً ما نسيته في البيت أو في العيادة.

الأنكى من ذلك هو أنني كنت في وضع المراقبة المخابراتية سياسياً. فماذا لو أن المخابرات فتشوني صدفة أو كبسوا العيادة أو المنزل ووجدوا المسدس غير المرخص بالطبع. سيعرفون الحقيقة؛ وهل يخفى عليهم! ولكن وبالتأكيد سيستغلون الأمر إلى أقصى حدّ، وسيبتزّونني.

في ذاك اليوم... وكان من عادتي عند الظهر عندما تخلو العيادة من الزبائن، أن أنزل من عيادتي الواقعة في شارع تل أبيض، وأتمشى أمام صيدلية الرحمن الواقعة تحت عيادتي مباشرة. كان كل أهل الحي والدكاكين معارف وأصدقاء أعزاء، لا أخلصُ ولا يخلصون من سلسلة السلامات والإيماءات والابتسام. كانت أجمل لحظات عمري فعلاً في تلك القطعة من شارع تل أبيض بين الناس الطيبين. كنت أتمشى أمام الصيدلية على الرصيف الغربي، عندما لاحظت أن مجموعة شبان تتشاور وتتسارق النظر نحوي. انعزل اثنان من الشبان من المجموعة، واتجهوا نحوي مسرعين. عفوياً ويلا أدنى تفكير أحسست بالخطر. لويت ذراعي من تحت الجاكيت وأخرجت المسدس الذي لا أتقن استخدامه، وأبقيته

خلف ظهري. بقيت متيبّساً وعيني على الشابين الراكضين نحوي. ويدي تتحسّس المسدس.

سمعت أحداً من المجموعة المتكتلة هناك أمام دكان «حسن» يصرخ: «عالرصيف الثاني... عالرصيف الثاني... روحوا عالرصيف الثاني». انزاح الشابان الراكضان بزاوية قائمة، وعبرا إلى الرصيف المقابل. هناك وقفا. ولحقت بهما المجموعة، ألقوا نظرة موحدة عليّ، ثم ساروا متمهلين في دِرْبة جانبية.

فشلت الغزوة. وتبين أن الدكتور مسلح.

أظنهم أتوني بخطة أن يهينوني ويمرغون كرامتي على الرصيف الذي أقف عليه، بهدف الإجبار على الصلح ودفع فواتير العلاج المبالغ بها إضافة إلى قيمة «الصلحة» حيث تعقد وليمة كبيرة يحضرها ناس كثر، وتكاليف إضافية أخرى تدفع قيمتها للعمّ إيّاه.

وقد حصلوا فعلاً على كل ما يريدون. دفعنا خمسة أضعاف دِيّة القتل، خمسة أضعاف! اي والله. ويقولون لك «شعوبا وقبائل لتعارفوا».

مثقفُ تقليد

كثيراً ما آخذ معي كتاباً عندما أسافر. أحاول القراءة على الطريق وفي خاطري دائماً تجول فكرةُ أنني كاتب، والكتاب يقضون وقتهم بالقراءة، وأن مظهر الإنسان وهو يقرأ في وسيلة مواصلات يعطيه هيئة المثقف. لكنني لم أجد يوماً وفي جميع سفراتي راحة حقيقية مع الكتاب، ولا تعمقت يوماً في القراءة. أفتح الكتاب وأقرأ بضعة سطور، ثم أشرد وأبدأ بأحلام اليقظة. والغريب أن جزءًا من أحلام يقظتي هو أنني أجبر نفسي، أو أكسر على أنفي بصلة كما يقولون، وأراني وقد اعتدت على القراءة في الباص أو القطار، وأنني بتّ راضياً عن نفسي، وأنني صرت كاتباً مثقفاً يقرأ بنهم، من دون أن يرفع رأسه عن صفحات الكتاب. يحدث هذا كل مرة وفي كل سفرة؛ وفي كل مرة تبقى حصيلة القراءة متواضعة.

سافرت هذه المرة بالقطار. كانت معي رواية لكاتب نرويجي. وحدث معي مثل ما يحدث كل مرة. أقرأ بضعة سطور، ثم أغرق في أحلام اليقظة. بضعة سطور فأحلام يقظة. بضعة سطور فأحلام يقظة. خيبة بعد خيبة، وكل الخيبات تقول لي إنني لن أكون مثقفاً نموذجيا أبداً. لن أكون مثقفاً يقرأ بشغف أينما كان وحيثما كان. أبداً أبداً.

بعد يومين قضيتهما في العاصمة، حان موعد عودتي إلى المدينة التي أسكنها، وهي تبعد مسافة تقل عن المائتين وخمسين كيلومتراً. هذه المسافة تقطعها السيارات والباصات والقطار بالزمن نفسه. أربع ساعات. فالبلاد التي نعيش فيها هنا جبلية، والسرعات محدودة. والجميع يلتزم بحدود السرعة.

قررت أن آخذ القطار في رحلة العودة. القطار مريح وفيه كافتيريا وإنترنت، ويتاح للمسافر طبعاً أن يتمشى في الممرات وأن يجلس في المرحاض ويطيل الجلسة.

قلت في نفسي بعد أن تجولت في عربات القطار وشربت شاياً: «والآن، حاولْ أن تكون مثقفاً وامسكْ الكتاب. حاولْ». وكان اللوم المختلط بالشعور بتقصير ما يدفعني حقاً إلى أن أعاود المحاولة.

بدأت القراءة، ثم شردت بعد بضعة سطور كالعادة مع الأحلام والتصوّرات. غصبتُ نفسي مرات ومرات على الخروج من

الأحلام والعودة إلى القراءة، ولكن عبثاً. بضعة سطور، ثم سرحان وتصوّرات وخيالات.

لا أدرى كيف غرقت في القراءة. ولكنني أدري لماذا. فقد وصلت في قراءتي المتقطعة إلى مرحلة مشوّقة في الرواية. هكذا انخطفتُ تماماً ورحت أغوص بهدوء في عالم سحري من متعة اللغة، والملاحقة اللاهثة خلف تعقّد المواقف، ومن لذة تلاعب العشيقين بجسدي بعضهما البعض، ومن حصول سلسلة أحداث غير متوقعة. سلسلة برع فيها الكاتب أيما براعة، وخلطها في مزيج عجيب! مع كل هذا الغوص في الأعماق، كانت تلتمع في نفسي بين فترة وفترة للحظة فكرةُ السرور من نفسي لأنني أقرأ الآن باهتمام، وأنني كسرت الحاجز نحو أن أكون مثقفاً قادراً على القراءة في وسائل المواصلات. كانت لحظات السرور هذه تمر سريعاً، سريعاً، لأنني كنت حقاً مستمتعاً بالقراء ومأخوذاً بها تماماً.

سمعتُ من إذاعة القطار الداخلية أن المحطة القادمة هي محطة «نيلاوغ». في هذه المحطة يتوجب عليّ أن أبدل القطار، فالقطار الذي أنا فيه الآن هو قطار عابر بين المدن، وعادة ما تتفرع سكَّة أخرى وقطار محلي نحو بلدة ضائعة في الخريطة كبلدتنا.

كنت مستغرقاً في القراءة بعمق حتى أني ما تركت الكتاب بينما نظري يطوف فوق السطور. كان عليّ أن ألبس معطفي وأن أُنزل

حقيبتي عن الرف، وأن أقف عند الباب في الوقت المناسب. ولكنْ مهلاً، فالقطار الذي سأستقله نحو بلدتي لا يوجد فيه مرحاض، فهو مجرد قطار «قرية!» ورحلته تستغرق نصف ساعة، بل أكثر قليلاً. وأنا الآن وكالعادة محصورٌ إلى درجة التنقيط. ما كنت يوماً قادراً على التخلص من عادة حبس البول حتى لا يعود هناك مجالاً. وما زلت مثقفاً متعمقاً في القراءة وعينيّ تتطوّفان بين الكلمات، عندما قررت أن أتبوّل قبل الوصول إلى المحطة. بسرعة قطعت الخطوات بين مقعدي والمساحة البينيّة بين مقصورتين حيث المرحاض. دخلت وأنزلت بنطلوني ثم سروالي الداخلي بيد واحدة، إذ إن يدي الأخرى ما زالت تمسك بالكتاب، وما إن شخب البول حتى شعرت أن القطار بدأ ينكبح ويتحول إلى السرعة اللازمة لدخول المحطة. قلت في نفسي: «عندي وقت. عندما أنهي هذه الصفحة سأغلق الكتاب وأزرزر نفسي، و أنزل».

نسيت نفسي؛ حقاً نسيت نفسي. ونسيت أن هذا القطار لا يتوقف في هذه المحطة سوى لدقيقة واحدة؛ وكأنه قطار داخلي في مدينة، لا لسبب مخصوص سوى لأنّ من ينزلون منه في هذه المحطة أو من يصعدون إليه هم آحاد قد لا يصل عددهم إلى الخمسة.

لم أكن قد رفعت بنطلوني عندما بدأ القطار يتحرك من جديد.

بلهوجة، وتعثّر وارتباك، وصلت إلى حقيبتي. ارتديت معطفي. ولكن هيهات! كان القطار عندها قد تسارع وخرج من المحطة.

رأيت في وجوه الركاب تعاطفاً ممزوجاً باستغراب وكأنهم يقولون: «أين كنت؟!»

جلست متهالكاً خجلاً، وأنا ألعن صورة المثقف القارئ في المراحيض، وفي وسائل المواصلات، عندما لحظتُ يا للهولْ أنني لم أسحب سحّاب البنطلون، وأن حزامي يلوح وينسدل جانباه. لم أكبّله. نسيت. والأنكى من ذلك هو أن ذيلاً طويلاً من قميصي كان يندلع خارجاً من فتحة البنطلون.

وكان لا بدّ من أن أصل إلى المدينة التالية وأن أنتظر لساعات لأعود إلى بلدتي بباص آخر الليل العابر.

المغولي الهارب

انهزم جنديٌّ مغوليٌّ، من بلاد ما بعد بخارى، من معركة عين جالوت، عندما تضعضع جيش المغول البرابرة وانهزم أمام المماليك. يعرف الجندي أن بلاده الأصلية في الشرق، وأنها بعيدة، وهو لا يريد الموت. لا يلام. لا أحد يريد الموت.

شرّق الجنديّ.

أرضٌ تحطّه وأرض تشيله. يقتات من حشائش البراري وخشاش الأرض. ينام عندما يهدّه التعب في ملاذ، متحاشياً أن يُرى. ويجِدّ في السير حذراً متلقّتاً أكثر الوقت. ذات يوم وهو يسير في براري «الرقة»، نسي حذره، ووجد نفسه فجأة بين لمّة حصّادين. فكر لحظة أن المنيّة قد دنتْ، وأنه سيُحصد عضواً... عضواً،

وسيُقطّع بمناجل هؤلاء الفلاحين. لكن دريته كجندي مرّ من هنا وخبرته بهذه البلاد وذلّ أهلها أمام الغزاة ألهمتْهُ. دِريتُه أجرت على لسانه تلك الصرخة. صاح بهم بلغة مكسرة أن يلقوا بمناجلهم على الأرض

ألقى الفلاحون مناجلهم بمسكنة وذلّ كالعادة.

- هيهْ أنتم يا كلاب. يا فلاحين اصطفوا. القصير من الأمام والطويل في الخلف.

فعل الفلاحون مثلما أُمِروا. اصطفوا فعلاً. القصير من الأمام والطويل من الخلف.

طغى السرور في داخل الجندي وطلب بحزم:

- أنت الطويل في الخلف. أنتَ أنتَ. تعالْ. قفْ. تعالْ. عيّنتكَ عريفاً عليهم. إياك ثم إياك أن يهرب أحد. إياك، ثمّ إياك أن يتحرك أحد. سأذهب إلى المدينة وآتي بفصيل العسكر لننهبَ حنطتكم ونفعل بنسائكم. إياك، ثم إياك.

أطاع الطويل الهبيل ووقف باستعداد عريفاً. أما الجندي المغولي المنحدر من قلب آسيا البعيد فذهب؛ وما إن اختفى خلف تلة حتى شرع بالركض نحو الشرق.

مرّت ساعات والفلاحين ثابتين في وقفتهم المنظمة. ساعاتٌ

والعريف في حالة الاستعداد. لكن في النهاية بدأت الهمهمة والغمغمة. ثم بدأوا بالجهر:

- يا أبا فلان، دعنا نهرب قبل أن يأتي فصيل العسكر.

- أبداً. يُجيب العريفُ

- يا أبا فلان، سيقتلوننا وينهبون حنطتنا.

- وحتى لوْ فعلوا. يُجيب العريف.

- يا أبا فلان، قد يفعلون بنسائنا. أيهون عليك.

- ولوْ فعلوا. يجيب العريفُ

- طيب... يا أبا فلان، دعْنا نستريح في ظلّ الرّواغة.

- أبداً. يجيب العريف

- يا أبا فلان... طيّب على الأقل دعنا نرتاح من وقفة الاستعداد.

- أبداً. أبداً. أبداً. أبدْ على روحي. والخلاصة؛ اسمعوا زين الرجل أمنني والأمانة ثقيلة

وما زالوا، وما زال.

على مَكُبر

اليوم السبت، أول يومي العطلة هنا في النرويج.

تعرفون، أخبرتكم من قبل، أن مهارتي في الطبخ أضحت لا تجارى! تعلمته على مكبر، يعني «بعد الكبرة جبّة حمرا».

من يومين وأنا متضايق مما يحدث. ويسبب عجزي عن كتابة شيء ذي قيمة، أتتْني الرغبة بالطبخ. وهي تأتيني فعلاً عندما لا أجد شيئاً أقوم به، وحين أعاني من نوبة قلق. حالة من «حيص بيص». خطر لي أن أعمل «أقراص نعناع»، فأنا أحبها من أيام سورية، وهي التي لم نتذكرها هنا في النرويج، ولم نعملها ولا مرة.

قلت لزوجتي: «أنا سأطبخ، وإياك أن تعتّبي باب المطبخ. ممنوع».

قالت: «وماذا ستطبخ؟» قلت: «أقراص نعناع». سمعتها خلفي تقول: «أمممممممم!» يا إلهي كم أتضايق من هذه الـ«أمممممممممممممم».

خلطت لحمة بقريّة مع لحمة غنم، وأضفت إليها ملعقة ملح، وثلاث بصلات مفرومات فرماً ناعماً جداً، وأربع فصوص ثوم مهروس، ونصف ملعقة كبيرة فليفلة حمراء، ومثلها فلفل وكمون، وخمس ملاعق معرّمة من النعناع اليابس. خلطت الكل ودفته بيدي حتى تجانس.

وضعت قليلاً من الزيت لكي لا تلتصق الأقراص، ولتكتسب الأقراص نكهة تتراوح بين القلي والشوي.

وأنا أقلي، خطر ببالي، وأنا المجدد بالطبخ «لِمَ لا أغير في القواعد؟ هاااا... لِـمَ؟» ما زال القلي مستمراً عندما قررت أن أعمل «صوص» رب البندورة مع البصل والفلفل وأغطس الأقراص فيه. تجديد لم يسبقني إليه أحد؛ مؤكد. وأنْ أطبخ إلى جانبه أرزاً.

تماماً وأنا أسكب الأقراص بالصوص لأتركها على نار هادئة كي تتشرب وفق فكرة تجديدي، دخلت زوجتي وقالت باستنكار: «ماذا تفعل؟» بدا على وجهها الامتعاض والاستهجان. قلتُ: «تجديد يا مرا تجديد». هي تعلم أن بعض تجديداتي في الطعام كفريات خالصات. أعترف. استدارت بعصبية وسمعتها تدمدم بتلك

الـ«أمممممممممممم».

لحظات ورأيتها مرتدية ثياب الخروج لتقول لي: «أنا رايحة لعند ميم (ابنتنا التي لا يبعد بيتها عنا سوى عدة مئات من الأمتار). ابنها مرضان». هذه المرة أنا الذي دمدمت بقلبي «امممممممممممم».

أستيقظ ياسين المجهد من شغله المتعب ومن رياضة البارحة، ورأى ما أصنع. سأل: «ما هو الغداء؟ ألم تطبخ أمي؟ وأين هي؟»

أجبته إنّ «الطبخ عليّ اليوم...أنا أعدّ أقراص نعناع. ألا تذكرها كنا نعملها في سورية؟» نظر في الطنجرة، ولم تعجبه الرائحة فيما يبدو. لحظات أيضاً وقبل أن أضع الرز على النار، رأيته في لباسه الرياضي الكامل، وعند الباب الخارجي رأيته يدس محفظة نقوده في جيبه. «ها هو الآخر سيأكل خارج البيت»، تمتمت في داخلي. وسمعته يقول: «لا تنتظرني على الغداء. مطول».

بعد دقائق جاءت ابنتي الأخرى الزائرة والتي تسكن مع زوجها في مدينة أخرى. دخلت المطبخ وبدأت بالاستنشاق الاستعراضي «أممممممم روائح!» وقالت: «التقيت ياسين في الطريق. وقال أنك تطبخ من طبخاتك التي لا رأس لها ولا ط...». قلت: «أمممممممممممم»، وانزعجت.

بعد ثوان علَّقت حقيبة يدها على كتفها، وقالت: «بابْ... أنا

عندي موعد مع صديقتي، لا تنتظرني على الغداء» وذهبت. وأنا أتمتم «أمممممممممممممم».

يكاد الأرز ينضج وأنا أغسل الفليفلة الخضرا والبصل الأخضر، عندما رنَّ موبايلي. كانت تلك ابنتنا الثالثة. سألتْ: «بابْ... سوّت أمي غدا. ميتة من الجوع». قلت: «انا طبخت أقراص نعناع بطريقة رح تعجبك... أنت لا تذكرين أقراص النعناع لأنك كنت صغيرة عندما خرجنا من سورية». صمتت، ورحتُ أسمع عبر الهاتف مرور السيارات بجانبها. ثم قالت: «أنا وصلت للماكدونالد... يا الله باْي».

جرن وأفاعي

لي أنا شخصياً قصص مع الأفاعي جميعها مرعبة. هذه القصة هنا لا أعيها طبعاً، ولكنها الأولى من حكايايَ مع الحيّات.

تقول أمي إنّني كنت في صغري عكس ما صرت عليه عندما شببت. تقول إنني كنت هادئاً في السنتين الأوليتين هدوءًا أخافها أن يكون بي شيء غير طبيعي.

قالت إنها كانت ومجموعة من نساء القرية حول جرن دقّ حَبّ الحنطة.

في عملية الدقّ هذه يتم فصل قشور حبوب القمح، تمهيداً لجرش الحب والحصول على البرغل. وبالمناسبة، كان في قريتنا جرنان، واحد أسود والأخر أبيض؛ ولذلك سُميّت قريتنا بالجرن

الأسود التحتاني. تحطم الجرن الأسود باكراً، وظل الأبيض إلى فترة متأخرة. هذان الجرنان تاريخيان، وجرى كشف وجودهما مع بئري الماء. البئران ظلا مصدر الماء للقرية سنين طويلة، إلى أن جار السكان على المياه الجوفية بحفر الحفريات و«الارتوازيات» بهدف التوسع في زراعة السقي. ما يزال صوت شخب العيون وهي تُسقط ماءها ماثلاً في ذاكرتي. يصدر ذلك الصوت بعد نشل كمية كبيرة من الماء، مثل سقيا قطعان الغنم في العصريات.

قالت أمي كنتَ قد تعلمت للتو الجلوس، وكنتُ قد أجلستك في فيء الدار على طراحة صغيرة والدنيا ضحى، ووضعت وسائدك الصغيرة واحدة خلفك، والأخريين كل واحدة منهما إلى جنب من جنبيك، و وضعت بيدك «عاجة» من خام ملون محشوة بالقطن، وفي العادة كان هذا كل ما يلزمك كي تتلهّى وتبقى صامتاً لا تبكي.

غالباً ما تتناوب امرأتان على عملية الدقّ على الحَبّ في جوف الجرن. تضربان بتناغم؛ بيد كلّ منهما الميجنة الخشبية الخاصة بها. عندما تهبط ميجنة الأولى تكون ميجنة الأخرى قد ارتفعت في الهواء. عندما كبرتُ، كانت متعتي أن أنظر إلى نساء قريتنا في موسم الدقّ في الجرن. وكنت أعجب كيف لا تصطدم الميجنتان ببعضها، مع أن الميجنة مصنوعة من خشب ثقيل فعلاً. فكيف

تستطيع المرأتان أن تحافظا على تواتر الدقّ المنتظم.

لا يبعد الجرن حيث لـمّة النساء عن طرف بيتنا سوى مائة خطوة تقريباً.

فجأة صاحت إحدى عمّاتي وأشارت نحوي. سمعتُ القصة منهن جميعاً. قلن إنني كنت أرفرف بيدي مسروراً كما لو أنني ألعب مع القطة. كانت القطة، قطتنا، واقفة أمامي على قائمتيها الخلفيتين، وإحدى قوائمها الأمامية على أنفها، وبالأخرى تضرب في الهواء باستمرار. رأينَ كيف كانت القطة تتمايل وتناور، ثم تضرب وتضرب. قلْن إنهن «فرطن» من الضحك على رفرفتي مثل جلعوط ينتظر الزق من أمه، وعلى حركات القطة الغريبة الراقصة.

فجأة أيضاً قالت إحدى النساء العارفات «حيّة حيّة... البِسّة تكاوِنْ حية».

قلن: «جمدنا لحظة، وفهمنا. هجمنا عشيرة من النساء نلوح بالعصيّ والمياجن ونصرخ بأصوات مبحوحة». كانت الأفعى هنا فعلاً وكانت القطة لا تزال في استنفارها مقوسة الظهر، مكشّرة عن أنيابها وهي تصدر أصواتاً لا تشبه المواء مطلقاً، وتضرب بكفها، وكنتُ أنا ما أزال أرفرف بيدي الصغيرتين مسروراً بالمشهد، محولاً رأسي الصغير بين مجموعة النساء تارة، وبين قطّتي تارة أخرى.

أنوفنا

وجدت نفسي في قسم الإنعاش في المشفى الجامعي في أوسلو بعد العملية الأخيرة على أنفي. أنفي اعتاد العمليات أولاها في الرقة واثنتان في الخُبر في السعودية واثنتان في النرويج. لساعات ظلَّ شعوري بأن كرة سلّة بحجمها الكبير «مدحوشة» في أنفي. أنا دائم السخرية من نفسي، لذا من السهل أن أنزلق إلى السخرية من أنفي. هو أنف ليس فيه من الأنفة شيء؛ فقد اخْتُرق خمس مرات، وجرى تجريفه خمس مرات، مثلما تُجرّف الأرحامُ، ومع ذلك ظل ينتج تلك الزوائد اللحمية التي لا تلبث أن تنمو فيه وتتبرعم، ثم تسطمه تماماً ليعزّ عليّ التنفس. الأنكى من ذلك هو أن العمليات الخمس أفقدتني حاسة الشم وأماتت حليمات التذوق في لساني. لا أشمّ ولا أتذوق. فكيف لا أكره أنفي اللعين

هذا. كيف لا يظل أنف غوغول ساكناً في رأسي. وكيف لا تخطر على بالي دوماً صور الأنوف وأحوالها وأولها أنف صديقي ماجد، وأنوف مرضاي. الأنوف من الخارج جميلة، لكن داخلها ليس فيه من الجمال شيء. كهوف دبقة مظلمة.

نما كرهي لأنفي إثر أنْ قرأت متأخراً قصة «الأنف» للكاتب الروسي العظيم.

قصة أنف غوغول فظيعة غريبة، تكاد تكون مجرد هراء. تهويم عجائبي. ومع ذلك تكشف هذه القصة عن قدرة الكاتب على خلق عالم هزلي غير اعتيادي من لا شيء.

كنّا في سهرات ليالي الرقة نمزح ونكرر المزاح السمج مع الصديق ماجد حول أنفه. أنف ماجد غير كبير، ولكنه غير صغير. ولا أدري لماذا صار مادة متكررة للتهكم المازح. مزاحنا الرقاوي ثقيل دوماً.

أنفي مدكوك دكاً بالشاش وأنا أتذكر دفاع ماجد اليائس عن أنفه وترداده بيت الشعر:

قَوْم همُ الأنْـف، والأذنابُ غيرهمُ

ومَنْ يُساوي بأنْـفِ الناقةِ الذَّنَبا

أما نحن فكنا نقهره ببيتيْ ابن الرومي:

لك أنفٌ يا ابن عويد

أطول من كل الأنوفْ

أنت في القدس تصلّي

وهو في البيت يطوفْ

في قصة «الأنف» لغوغول، يستيقظ بطل القصة من نومه، ليكتشف أنه قد أضاع بطريقة ما أنفه، فيخرج باحثاً عنه، ليعرف أنّ أنفه قد أصبح مسؤولاً حكومياً أعلى منه رتبة.

وعلى الرغم من أن بطل القصة شخصية مهزوزة ومغرورة في آنٍ معاً، لا تملك إلا أن تتعاطف معه وهو يحاول يائساً استعادة أنفه المفقود. تخيّلْ أنكَ تستيقظ ذات صباح لتكتشف أن أنفك ليس موجوداً. في حالة كهذه لابد أن تشعر بالرعب الذي شعر به (كوفاليف)، بطل القصة. ستفكر محزوناً ومرتبكاً: كيف سينظر إليك أصدقاؤك المهمّين؟ كيف يمكنك أن «ترفع أنفك» على من حولك من الناس العاديين، كما يقول الناس؟ كيف ستشمخ بأنفك مصعّراً خدّك وأنت بلا أنف؟

ضربة رهيبة ومباشرة في عمق الغرور الإنساني.

لكثرة ما تناولنا نحن الأصدقاء الرقاوين أنف ماجد، ولكثرة ما انتُهك أنفي، صرتُ أرى وكأنني أشاهد فيزيائياً كوفاليف، فاقد الأنف في قصة غوغول، وهو يبحث جزعاً عن أنفه تحت السرير،

وفي سلّة المهملات، وتحت أكوام الصحف، وفي أي مكان يحتمل أن يكون أنفه مختبئاً فيه. صرت أرى بوضوح خروج كوفاليف إلى الشارع باحثاً عن أنفه المفقود، ليجده، ويا للهول!، يتسكع في أحد الشوارع مرتدياً بزته العسكرية الأنيقة. صرت أعي وأرى رؤية العين كيف ارتبك كوفاليف ونضبت ثقته بنفسه، وتضبّب إدراكه؛ «كيف له أن يخاطب أنفه العسكري وأن يتحدث معه وهو كما يظهر جيداً أنه (أي الأنف) شخصٌ رفيع المستوى» ولكنه كان أنفه، بالرغم من كل شيء، ولا يوجد أجدر منه يستطيع التحدث مع الأنف ومخاطبته. أراه رؤيةَ العين ورؤيا الحس وقد حشد كل ما تبقى في داخله من شجاعة، ثم اقترب بكل أدب من أنفه طالباً منه أن يعود إلى وجهه. ويا للدهشة التي أراها على وجه كوفاليف والأنف يرد عليه بكل عنجهية:

– بالنظر لكل الظروف، لا يمكن أن تكون هناك علاقة بيننا على الإطلاق.

مضحك هذا الرد!

ما زال أنف غوغول ببدلته العسكرية وأنفته يذرع دروب روسيا، وما زال أنفي منتهكاً فكيف أشمخ؟ ما زال أنفي مزرعةً للزوائد فكيف أتنفّس؟

الأنفة من الأنف في العربية، فلا غرابة.

الدرس الأول

اليوم هو الإثنين، أوَّلُ أيّام الأسبوع هنا في النرويج.

صار لي يومان وبضعُ ساعاتٍ في هذه البلاد.

حطتْ بنا الطائرةُ في فضاء من البياض. كل شيء أبيض في أبيض. الثلجُ أمتار خلف الجدران غير المعرضة للريح. كانت العاصفة الثلجية، كما علمت، قد بدأت قبل أسبوع. البارحة هبطت درجات الحرارة فجأة إلى الناقص عشرة تحت الصفر. تنقلني «مُستشارتي» بسيارتها إلى مدرسة تعليم اللغة النروجية للكبار. مستشارتي! نعم وظيفتها تحت مسمّى مستشارة. أنا وغيري نتكلم عنها أوعنه هكذا: مُستشارتي، مُستشاري. حتى في اللغة هناك مستوىً متحضرٌ، أو أدنى تحضراً، أو مستوىً متدنٍ.

اللّغةُ ليست حيادية. أنا وآخرون هنا لاجئون، وكي لا يزيدوا علينا العبء النفسي يختارون هكذا تسميةً مُتعاطفة، حتى لو كان التعاطف بارداً؛ رفع عتب يعني.

سألتْني عندما ألححتُ عليها على أن أبدأ دروس اللغة على الفور، فيما إذا كان معي لباس شتوي وحذاء شتوي. أجبتُ: «طبعاً». وكانت نبرتي واثقة. في الحقيقة كنتُ قبل سفري قد اشتريت من العاصمة السعودية الرياض، حيث عشت السنة الأخيرة، بعضَ الملابس وحذاءً شتوياً بمقاييس شتاءات السُّعودية.

أقلتني بسيارتها الخاصة بسرعة السلحفاة. الطريق الذي يجب أن تسلكه السيارات أصبح زلقاً بسبب تكوّن طبقة جليد تحت الثلج، وهو طريق صاعد. وهناك عدة شوارع ضيقة تؤدي إلى المدرسة، لكنها للمشاة فقط؛ وهي فوق ذلك حادة الانحدار نحو البحر.

عند باب المدرسة أعلمتْني مستشارتي إن طريق عودتي سيكون في اتجاه مركز المدينة، وليس في الاتجاه الذي جئنا منه. أشارتْ نحو الطريق الذي يفترض بي أن أسلكه. فيما بعد سأعلم أنه فعلاً أقصر بكثير وليس فيه أيّ احتمال لأنْ أتيه، فضلاً عن أنه للمشاة، إذ من المستحيل أن تسلكه السيارات.

قالت اتبعْ زملاءك ولن تضيع. الكل سينحدر من هنا إلى مركز

المدينة، ومن مركزها أنت تعرف الطريق. مشيناه أنا وأنت.

سجّلتُ نفسي لدى الإدارة بمساعدتها، ودخلتُ الصفّ على الفور.

عند الساعة الثانية، حان وقت الانصراف. كان في نيتي أن أتبع زملائي في الصفّ، لكن حذري من الانزلاق جعلني أقصّر في تتبعهم. رأيتهم يبتعدون ثم يختفون في المنحدر.

في أول خطوتين جاءتني قناعة أن حذائي ليس من الأحذية الملائمة لهذه الأرض المتجمدة. كان عليّ أن أتركّد وأحاول التوازن. أنْ يتساقط الثلج لأيام ثم تهبط الحرارة إلى ما تحت الصفر يعني أن تتكوّن تلك الطبقة اللعينة الخطرة. جليد صلب كالمرآة، محتجب تحت طبقة من الثلج الذي ما زال يتساقط الآن. هذه علومٌ تعلمتها مع الأيام.

يتوجب عليّ أن أقطع المسافة بين باب المدرسة إلى نقطة الانحدار بحذر اكتسبته من أوّل خطوتين. هي مسافة قصيرة لا تتجاوز الخمسين متراً، مع ذلك أمضيتها بين سقوط ونهوض. مشيٌ ليس كالمشي. أقوم وأسقط، أقوم وأسقط. صدقوني لا يتوفر للواحد فرصة أنْ يعرف أنه سيسقط بعد جزء من الثانية. هي سقطة لحظيّة سريعة لا يلحق الدماغ أن يستوعب أنها تحدث. أقوم وأسقط، أقوم وأسقط. ومع ذلك، لم تكن هذه المسافة

هي الأصعب.

الأصعب كان هو أن أتوازن في النزول من القمة نحو مركز المدينة وهو أيضاً غير بعيد. لا أظن أنه يبعد عن القمة أكثر من أربعماية متر. ولكنها أربعماية متر من منزلق شيطاني. حيث ينحدر الجبل نحو الأسفل بشكل حاد. أصلاً ستعلمني الأيام، حتى دون ثلج ودون جليد المرايا هذا، أن على المرء أن يحترس في النزول. فكيف الآن وما تحت القدمين مرايا زلقة، وكأنها زيتٌ على مرمر مصقول. ضعوا في الاعتبار أيضاً أنني ابن طبيعة السهول والبراري الممتدة، حيث لا ارتفاعات في الرقة أعلى من حجر الرصيف. وضعوا في الاعتبار أن الفرق بين حذائي والأحذية التي يلبسها الناس هنا كالفرق بين زلاجات رياضية في قدمي غشيم لا يجيد التزلج، وبين أحذية بمسامير تخدش الجليد خدشاً وتجبره على الاستكانة للمشي الواثق.

وكانت امرأة نرويجية متوسطة العمر هي الوحيدة التي تصعد في عكس اتجاهي متمهّلة في مشيةٍ تكاد تكون عسكرية. كانت تراقبني وأنا أسقط وأسقط وأسقط. لم تبتسم ولم تبد أي ملامح على أنها تراني حقاً، على الرغم من أنها لم ترفع عينها عنّي وعن محاولاتي في المشي تارة، والحبو تارة أخرى. قلت في نفسي: «إنها الآن ويكل تأكيد تقول في داخلها: من أي البلاد أتى هذا القرد!»

كان الشارع الهابط من القمة ضيقاً وعلى طرفيه ترتفع أكوام الثلج إلى مترين وأكثر. أكوام أكوام، مما كان يمنعني من أن أستند على جدار أو سياج. فالأسيجة التي سأعرف أنها موجودة كانت مدفونة تحت الثلج ولا يمكن أن أراها.

أقوم وأسقط، أقوم وأسقط.

أخيراً اقتنعت أنني لن أستطيع الاستمرار في الوقوف والمشي، فاستسلمت نهائياً وأخذت المنحدر كله زحفاً على مقعدي.

البير والسفر برلك

كان الإنذار يسري بين قرى البليخ وغربه بطرق عجيبة، أهمّها التلويح من فوق التلال، أو نصْب رايةٍ من قماش، أو إيقاد نار يفهم الناس أن خيّالة عثمانية تجول في المنطقة. كان الوقت وقت سفر برلك. يأتون وتكون لديهم في الغالب إخبارية أنّ في القرية الفلانية شاباً أو شابين أو ثلاثة. يلقون القبض عليهم ويربطونهم في ربق كالدواب ويسوقونهم.

في منطقتنا لكل قرية تلّ. من تل القرية يرى المرءُ على الأقل تلّين أو ثلاثة من تلال القرى المتناثرة. نظام تواصل موغل في القدم.

يهرب الشبان والرجال الأصغر سنّاً ويختفون في الوديان. ولكن الخيّالة الأتراك سيجدونهم من كل بدّ. بل ويجدون ما هو أثمن

من الشبان؛ أجفار الحبوب المحفورة والمموهة بعيداً عن القرية، ويكتشفون الألواذ التي يفترض أنها أكداس تبن مُهالٌ عليها طبقة من التراب تقي من المطر، بينما يكون في قلبها قمحٌ أو شعير. يبقى الخيالة يومين أو ثلاثة إلى أن يستولوا على الحبوب ويرسلونها إلى الشمال، ويبقى الشبان مقيدين في رِزْقهم طوال الوقت.

من بين المطلوبين جدي حميدي، وهو أخو جدي المباشر، إذ إن جدي المباشر ذو عين كريمة لا يصلح للحرب. ومن بينهم جدي لأمي حسين، و«خمري» ابن عم جدي لأبي.

سنتان وأكثر تأتي «الكبسات» بحثاً عنهم، ولا يجدونهم. وعند السؤال عن مكانهم، يكون الجواب على الدوام «إنهم رعيان يرعون الماشية عند البدو في البادية، وقد يكونون الآن في بادية العراق أو بادية الشام. أخبارهم مقطوعة». لا يصدِّق الضابط بالطبع، لكنّه مضطر لأنْ يكتفي بما صادره من حبوب.

الحقيقة هي أن حميدي وحسين وخمري، وما إن يلوح الإنذار من أحد التلال، حتى ينزلوا في البئر. كان في قريتنا في ذاك الزمن بئران. واحد اسمه البئر الأعمى، وهو بئر في ساحة منخفضة يطفح ماؤه في أواخر الربيع إلى أن يصل إلى ارتفاع يمكن للنساء الوزّادات أن يغرفن منه غرفاً. أما البئر الثاني فكان يُسمّى بئر الصخرة، حيث إنّ أعلاه بطول قامة رجل، مُعمّر بحجارة كبيرة، وما إن

ينزل الواحد أبعد من الحجارة المرصوفة حتى يجد نفسه في جوف صخري متعدد الأجوال والكهوف والمنصات الصخرية الناتئة. أنفاق وأنفاق. وحتماً لا يرى الناظر من الفوهة أكثر من محيط الماء. لا يرى أبداً ذاك الوسع المتمادي في كل الاتجاهات الذي يوفّر مخبأً من المستحيل اكتشافه من الأعلى.

هناك كان حميدي وحسين وخمري يختبئون وقت الخطر. في إحدى المرات بقوا ليومين متتالين، يأكلون مما تنزله الورّادات من زوّادات، وينامون على المسطبات الصخرية، متدفئين كلٌّ بفروته.

في ذاك اليوم جاء عدد أكبر من الخيالة. جمعوا أهل القرية وأهانوا حج صالح ذاته، وطلبوا منه أن ينادي عليهم ليخرجوا من البئر فهم يعرفون أنهم فيه؛ وإلا!

لا شك أنها كانت إخبارية من ضعيف نفس.

كان الثلاثة متجايلين في سن الحادية والعشرين عندما قُبض عليهم حسب حسابات أهلهم. كان ذلك في 24 رمضان 1335 وفقَ دفتر حج صالح، وكان يوماً صيفياً حرّاقاً.

أخرجوهم وربطوهم في الربق كالمعتاد.

حبسوهم في قشلة الرها بانتظار وصول دفعات أخرى.

نصارى المنطقة معفيون بالطبع على أن يدفع النصراني الواحد

بعمر التجنيد ثلاثين ذهبية أو يشغّلونه خادماً يغسل ثياب العسكر ويجلو أواني الطبخ.

في حجز القشلة كان هناك نصراني سرياني فقير. لم يتمكن أهله من دفع الثلاثين الذهبية. علموا من هذا النصراني عن جيش من أهل العراق سقط بأجمعه في بحيرة «وان». الأخبار السيّئة لها أجنحة طبعاً وهي قادرة على النفوذ إلى أي مكان. كان سبب غرق العراقيين هو أن قائداً عثمانياً، عنيد كبغل، أمر أنْ تعبر قوّاته فوق سطح البحيرة المتجمدة كي يفاجأ القوات الروسية ويأتيهم من حيث لا يحتسبون. ما حصل هو أن السطح المتجمد وسط البحيرة لم يحتمل أثقال الجنود والمدافع والعربات والدواب فانهار. زادتهم القصة التي حكاها السرياني رعباً على رعبهم، وهم البدو الذين لا يعرفون السباحة.

نقلوهم من القشلة إلى القطار من دون أن يعرفوا إلى أين هم متجهون. حُشَرَ عشراتٌ في المقطورة، وجلس الحارس لصق الباب مع بندقيته الطويلة وحربته المشرعة. وكان كل من خمري وحميدي وحسين إلى جانبه. بعد فترة بدأ الحارس يتأفف. يدمدم بالتركية ويظهر القرف بسدّ أنفه. أمر مفهوم بالتأكيد؛ إذ إن فسوة، فسوتين، ثلاثاً، أربعاً، مع رائحة التعرّق ونتن الأجساد المتسخة، لا بدّ لها أن تدوّخ الحارس.

اضطر الحارس إلى أن يفتح باب «الفركونة»، فبدأ عصف الهواء، وبلا أي تردد، يقول حميدي، تفاهمنا نحن الثلاثة بالنظر وبالإيماء، وقفزنا إلى الفراغ. كان الوقت ليلاً.

انكسر عضد حسين وتجرّح كلّ من خمري وحميدي.

واختبأوا في واد.

في ضحى اليوم التالي سمعوا ثغاء أغنام ورجلاً يغني بالعربية. كان الرجل راعياً.

قدرةُ القادر حنّنت قلب الرجل عليهم. ثبت الراعي عضد حسين بخشبتين وربطهما. عاشوا معه أياماً يشربون الحليب مع كسر الخبز اليابسة ومما تنبت الأرض.

ظل الثلاثة يهيمون في البراري متجهين نحو الجنوب. يتغذون من النبت والخرنوب والقندريس والخبيز الذابل، وحتى العشب لاكوه، إلى أن أدركوا من نتف الحديث السريع مع الناس الدرّابة أن الدولة العليّة خسرت حروبها، وأن قبضتها تلاشت.

ثلاث قصص

أيامها كانت الرقة مدينة صغيرة لم يمض على تسميتها محافظة سوى سنوات قليلة، ولكنها كانت قد تمتعت ببرج الاتصالات العالي جداً وهو أمر لم يكن متوفراً في دير الزور، المحافظة الأم التي انشقتْ عنها الرقة. كان البرج فخر الرقة في المناكفات بين الديرية والرقاوية. عيب أن نوضح أكثر في هذا الصدد. بنى البرج يابانيون شياطين. رأس البرج يسبح بين السحب في الأيام الغائمة وتحته مبنى البريد، وغير بعيد عنه سينما غرناطة المتخصصة بالأفلام الأجنبية.

كنت وقتها في الصف العاشر. فتى أنيقاً طويل شعر الرأس. وكانت تلك أيام «الخنافس» و«الشارلستون». وكنت قد شممت

رائحة إبطي. كنت قد بدأت أدعي أنني أفهم بالسياسة والثقافة وأكتب شعراً وخواطر كلها سجع شبّان. وكنت أحفظ الكثير من ديوان أبي فراس. وأردد بمناسبة وغير مناسبة قصيدته عن الرقة:

المَجـدُ بِالرَّقـة مَجْمُـوعُ

وَالفَضْلُ مَرْئيّ وَمَسْمُـوعُ

إنَّ بها كَلَّ عميمِ الندى

يـداهُ للجـودِ ينابـيـعُ

وكنت أشتري كتب دار التقدم السوفييتية لرخصها، وذلك لأنني صرت شيوعياً مُرّاً.

باختصار كنت أتوفّر على عدّة الزعبرة والاستعراض وادعاء الفهْمنة. حقيقة كانت فهْمنة بايْخة. الآن أخجل بيني وبين نفسي وأنا أتذكرها.

أسواق الرقة كانت في شارعين فقط. شارع تل أبيض، وشارع القوتلي. كانت محلات الشارعين تغلق ما إنْ تغيب الشمس، باستثناء سينما الزهراء وما حولها، وسينما غرناطة ومحل المكسّرات ودكان «الشعيبيات» بجانبها، وسينما الشرق. وبالطبع تبقى المقاهي مفتوحة. ويبقى محل «أبو الشام» للفلافل بين غرناطة والشرق مفتوحا ويعجّ بالزبائن. وتظل الخمارة الوحيدة في شارع تل أبيض مفتوحة أيضاً إلى وجه الصبح.

كنت قد تباخلت في المصروف كي أوفر ثمن بطاقة السينما، وسندويشة الفلافل، والشعيبية. طبعاً حضرتي لا يحضر من حفلات السينما سوى حفلة الثامنة والنصف مساء، لزوم «بريستيج» الصبي المثقف.

كان الفيلم المعروض في سينما غرناطة فرنسياً عنوانه «ثلاث قصص». وكانت هناك ملحوظة مكتوبة بخط الخطاط المعروف في الرقة، تقول إن شاه إيران محمد رضا بهلوي يمثّل في الفيلم. ولأنني كنت متأكداً أن مصدر الملحوظة هو الدكتور عبد السلام العجيلي، مالك السينما، فقد آمنت أن الفيلم شغل مثقفين. كان عبد السلام يمثل لنا عدواً برجوازياً، ولكننا كنا ننظر إليه من تحت ونعلم جيداً أنه المثقف المبدع والكاتب الذي يُفتخر به. كنا باختصار نحبه ونكرهه.

لسينما غرناطة ميزة هي الصور شبه العارية للممثلات، باعتبار أنها تعرض أفلاماً أجنبية فقط. وكنّا نحن المراهقين الشبان نتفقّد على الدوام موضع ختم رقابة الأفلام على صور الدعاية للعرض في الصالة الخارجية. وفي كل مرّة لا يخيب المراقب «وحيد» ظنّنا. وحيد، مراقب الأفلام، موظف في المركز الثقافي. لا يخطئ وحيد في تسديد ضربة ختمه ذات النص «يُسمح بعرضها»، فلا ينزاح الختم يمنة ولا يسرى؛ ينطبع واضحاً إما على صدر الممثلات، أو

بين أفخاذهن على الربوة تماماً. يُسمح بعرضها!

اشتريت «صندويشة» الفلافل أم الربع، الثخينة المليئة، يوم كانت السندويشة العادية بثلاثة فرنكات. لففتُ السندويشة بمجلة أحملها لسببين. أولاً، لأن حمل المجلة هو جزء من عدة شغل الزعبرة. والسبب الثاني هو إخفاء الصندويشة عن عين الموظف المنظِّم لأنه، وبحسب مزاجه، قد يمنع الأكل والبزر داخل الصالة.

كنت أشتري «بطاقة لوجْ» دوماً، على أمل أن تكون في «اللوج» عائلات. العائلات لا تجلس في الصالة تحت، تلك كانت العادة في الرقة. ولم يكن نادراً وقتها أن ترتاد بعض العائلات السينما.

ما إن بدأت المناظر حتى تحسست سندويشتي استعدادا لقضم أول لقمة. والمناظر، لمن لا يعرف، هي تلك المقاطع القصيرة كدعاية للأفلام القادمة. يا لطيف كم كانت خيبتي كبيرة! كان الرغيف خالياً تماماً. وأنا الذي كنت أمنّي النفس بالعضة اللذيذة الأولى.

يبدو أن بائع الفلافل لم يلفّ جيداً الورقة السفلى التي تسد نهاية الصندويشة من تحت، وأنّ حملي الصندويشة داخل مجلتي الثخينة لم يتح لي أن أتنبّه إلى تسرب الفلافل والخضرة مع خطواتي تجاه السينما.

كان الرغيف خالياً من أي فركوثة فلافل ومن أي قطعة خضرةٍ، ولكن رائحة الفلافل كانت باقية. علستُ الرغيف حزينا مقهوراً. وصار عزائي أن أرى تمثيل شاه إيران.

وعلى الرغم من تركيزي الشديد، لم أفهم من القصص الثلاث شيئاً؛ كان الفيلم من موجة السينما الحديثة. لو أُنتج الفيلم في أيامنا هذه، لسمّاه ربعي المثقفين بفيلم ما بعد حداثي. كدتُ أنْ لا أميّز شاه إيران لقصر دوره، ولتشتّت القصص وعدم ترابطها. كان الشاه يرتدي معطفاً مطرياً وبيده باقة ورد. يقرع باباً، تفتحه امرأة جميلة بثياب النوم، ويدخل الشاه. هذا كل دوره، أو على الأقل هذا كل ما أذكره.

خرجت بعد أن انتهى الفيلم خائباً غاضباً، ولم يبق من متعةٍ في أمسيتي التي واعدت بها نفسي كمُتفهمن سوى «الشعيبية». فكانت الخيبة أكبر وأكبر. إذْ وجدتُ محل الشعيبيات مغلقاً. يا للخيبة!

في طريقي إلى البيت، في شتاء الرقة الزمهرير، كنت أسير في حال تشبه حال قائد جيش فاشل خسر معركة للتو، ولكن مع وعد تخيّل أجساد الممثلات ودفء الفراش.

جاكيت صالح

سُمّي أخي صالح على اسم جدّ أبي الحاج صالح. أصلاً نحن جميعاً لنا أسماءٌ نبوية أو صحابية. مجتمعٌ صغير من أنبياء وصحابة تقليد. محمد ومصطفى وصالح وياسين وأحمد وخالد وخليل وفراس. فراس وحده نفذ من الشَّرَك بإصرار منّا نحن الأخوة الذين بدأنا نشبّ عن الطوق، وإلا لطوّبه أبي باسم نبيّ أو صحابي. لنا أخت واحدة. ولا نبيّات في التاريخ، وإلا لكانتْ سُمّيت باسم إحداهنّ.

صالح هذا، الذي هو الآن كهل وأبٌ لثلاثة أولاد ذكور، كان في صغره وشبابه نحيفاً عصبيّاً. نعرف أنه عصّب وغضب ما إن تبدأ أرنبة أنفه بالرفيف وتُحَسِّكُ الكلماتُ في حلقه. يده والضربُ

مع كزّ على الأسنان وكُفريات تهدّ جبالاً. وكنّا نهيجه بلفظ واحد من ألقابه العديدة. على كلٍّ ليس منّا منْ له لقبٌ واحدٌ، وإنما هي ألقاب عدّة. تموتُ ألقابٌ وتولد ألقابٌ، بحسب قدرة اللّقب على الإيحاء بالنكاية والإهانة والتعيير. كلّها كان لها أساس واقعيّ.

والعجيب في الأمر أنّ صالح ما إن صار شاباً حتى انقلبت شخصيّته. بات صبوراً هادئاً إلى درجة مُدهشة.

كان يومَ أربعاء وكنتُ في العيادة وتحت يدي مريضٌ. دخلت الممرضةُ فزِعة وعيناها تتغامزان بطريقة غريبة. عرفتُ أن شيئاً مُزعجاً قد حدث. أشارتْ بانّها تريد أن تهمسَ في أذني. همستْ:

في الصالون رجال مسلحون يريدونك.

لا حاجةَ بي إلى أن أتساءل عمّن هم.

وضعني رجلا أمن ضخمان طويلان بينهما في مقعد السيارة الخلفي. بدوتُ، ولا شك، وأنا محصور بين جسديهما صغيراً ذليلاً. كانا ضخمين جداً بحيث بدا «الكلاشنان» بين أيديهما مجرّد مسدسات أطفال. وكان المرضى ومرافقوهم المدهوشين قد خرجوا من العيادة ووقفوا على الرصيف ينظرون إليّ بانكسار، غير متجاسرين على السؤال. ينظرون دون تحديق؛ نظرات سريعة ثم هروب بالنظر بعيداً.

كنتُ على وشك أن أسأل عمّا إذا كان من المسموح أن آخذ معي ثياباً، عندما اتجهت سيارة «التويوتا» نحو بيتنا، أي في الاتجاه المعاكس لأيّ من مواقع الفروع الأمنية العديدة في المدينة، فأجّلت السؤال.

هناك وجدنا مجموعةً أخرى تعيث بالبيت فساداً، لا شيء على شيء. والأغرب أن عدداً من سكّان الحارة كانوا هناك كشهودٍ على أن التفتيش يجرى بصورةٍ قانونية.

كان صالح موظفاً في دائرة الأعلاف، وطالباً في كلية الجغرافيا في الوقت نفسه. وكان قد قدم امتحاناً ومن المتوقع أن يصل في أي لحظة قادماً من دمشق. أمي وأبي كانا وقتها في القرية.

ما إن رآني أخي أحمد حتى شعرتُ أنّه تشجّع وبدأ «يُوطْوِطُ» مثلما كنّا نسمّي طريقته في الكلام السريع. أظنّهم كانوا على وشك إنهاء التفتيش، فقد بدا عليهم الملل وهم يقلبون من جديد الأغراض المقلوبة من قبل. استفزّتهم وطوطة أحمد. قال أحمد، وأظنّهم لم يفهموا تماماً ما يقول:

- أيشْ ضارطين نحنا عالجبلة؟ (القبلة) سجنتوا ثلاثة وألْحز جايين تفتشون وقلبتوا الدنيا. أيشْ ضارطين نحنا عالجبلة! سارقين بنكْ؟ فاعلين بأمّ حدا؟

- اخرسْ...، قال له أحدهم

- لا. ما أخرس. أيش ظلْ شي تسوونه؟ قلبتوا كل شي. سجنتوا ثلاثة. خلصونا خذونا نحنا الباقين. إيش منتظرين؟

وكان أحد رجال الأمن يقلبُ صورنا المعلّقة على أحد جدران الصالون ويقلعُ خلفياتها لينظرَ فيها إذا أخفينا شيئاً وراء الصور. دخل غرفتي المنكوشة مجدّداً. تلفّتَ كمن يبحث عن أي شيء لم يُقلبْ بعد، وأحمد يرافقه مُوَطْوطاً.

- أَهَهْ وهايْ جاكيتاته وبنطلوناته (المقصود هو أنا)، شوف... هّهْ !

وراح ينتر الجاكيتات من المشجب ويلقيها على الأرض، بينما كان رجل الأمن يلتقطُها ويفتش ويكرّر بهدوء:

- اخرسْ.. اخرسْ يا كِرْ

في ذلك الوقت، كان أحمد ما يزال مراهقاً، ولم يكن متوقّعاً منه أن يصمت حتى لو أكل علقةً.

- أههْ... ضارطين عالجبلة... العمى !

فجأةً وجدَ رجلُ الأمن ورقةً في جيب جاكيت كحلي. قرأ فيها قليلاً. وأحمد ما يزال على وطوطته:

- إحنا ما احنا اسرائيليين... العمى... شنهو... ضارطين عالجبلة...

اقترب رجلُ الأمن من رئيسه وأطلعه على الورقة المكتوبة بحبر أحمر، وبطرف عيني قرأتُ أولَ سطر: «تسريح 300 ضابط علوي من الجيش».

«أكلتها مدبَّسة يا محمد!»، قلتُ في نفسي وأنا متأكدٌ من أن الورقة ليست لي، وأن الجاكيت لصالح.

بدا أحمد مذهولاً؛ لم يستوعب بعدُ أنه تسبّب بتعريضنا للخطر، كما بدا الشهود مُتأسفين وهم يوقّعون على ورقة التأكيد بأن التفتيش جرى وفق القانون! وفي لحظة معينة تفاهمتُ بالنظرات مع فراس بأن يحرس خارجاً ليشير لصالح إشارة الخطر، وهي إشارة نعرفها ومتفاهمين عليها سلفاً.

في أوّل فترة من وقت الانتظار في القبو، كنتُ مسروراً أنْ أنتظرَ وأنتظر بين أدوات التعذيب لأضمن أن يكون صالح قد علم بما حدث وهرب. وهو هرب فعلاً وعاش أربع سنوات في الخفاء متنقلاً بين مدن الداخل.

ومع مرور الوقت والتفكير ورؤية أدوات التعذيب المبعثرة، بدأ القلقُ يأكلُني، وعادتْ لي عادةُ فَتْل شعر رأسي بين إصبعين. وعند الساعة الثانية ليلاً بدأ التحقيقُ.

كنت واقفاً بأمر من المحقّق الذي بدا مُلتذّاً وسعيداً جداً. تطاير

الشررُ من عيني وتقلّبتْ معدتي وأحسست أن ما داخل رأسي ارتجّ وتَلخْبط وقاربتُ فقد الوعي. اتكأت على طرف طاولة المعدن المهترئة أمام المحقّق وأخذني غثيانٌ مُدوّخ. كلّ هذا كان بفعل ضربة مباغتة على رقبتي من الخلف. لم ألحظ أنّ المحقق أشار لهذا العملاق خلفي بأن يضربني. أظنه اجتهد من عنده بحكم العادة. فيما بعد كنتُ ألحظُ أنّ المحقّق كان يشير بحركات يفهم منها أن لا تفعل! وكنتُ أردد كلمتين فقط:

– الجاكيت مو إلي... الجاكيت لأخوي.

ولمّا عجز المحقق والساعةَ ألمحُها في يده تقترب من الرابعة فجراً، خرجَ تاركاً إياي مع ذلك العملاق الذي لا يتنفس، والمستعدّ فيما تصوّرتُ، أن يعجنني عجناً. ثم خلت غرفة التعذيب إلا مني ومن الأدوات. والعجيب أنني غفوت! نمت.

عند ظهر اليوم التالي دخل المحقق وهو في حالة جذل يصفّر أغنية شهيرة. قال وهو يبتسم تلك الابتسامة:

– رحْ أسلخ جلدك إن طلع الجاكيت لك.

فهمتُ أنه عاد إلى بيتنا وأحضر الجاكيت. بعد ربع ساعة أخرى أصعدوني إلى مكتب رئيس الفرع، ورأيتُ هناك جاكيت صالح ملقى على الأريكة. أمرني بهدوءٍ قاتل أن أرتديه.

وبالفعل لم أستطعْ حتى أن أرفع الجاكيت إلى كتفي، كان مقاسه

صغيراً عليّ. وكان هو واقفاً يراقبُني بهدوء لا يوحي بأيّ شيء آخر سوى السكينة. وفجأة انْقدح الشرر في عينيّ وأحسستُ بماء دافئ في فمي. عرفت أنني أنزفُ. وفي أذني شرعَ الصفيرُ يحفر ثلماً باتجاه الأذن الأخرى ويشعّ. «يشعّ» تماماً هذه هي الكلمة المناسبة.

– لماذا لم تقل لهم يا حيوان لـمَّنْ كنتوا في البيت؟ لماذا لم تقل إن الجاكيت لأخوكَ؟

الأستاذ صالح كان وقتها مناضلاً سرياً مستجداً وغِرّاً لدرجة أنّ ما هو مكتوب على الورقة كان تَنصّتاً على إذاعة «صوت تحرير سورية» الإخوانية-البعث عراقية التي كانت تكذبُ مقدار طنٍّ وتصدق مقدار غرامات. ومنها تلك الكذبة: تسريح 300 ضابط علوي.

قبل الظهر كنتُ أوقّع على ورقةٍ تنصّ على أنني أتعهد أنْ أُحضر صالح أو أخبرهم عنه عندما يعودُ من الشام. ويعد التوقيع أُدخلت، مرة أخرى، إلى رئيس الفرع الذي أطنب في وصف حظّي الطيب، وعلى المعاملة الجيّدة التي تلقيتُها لأنني طبيب.

– غيرك... نحطه بالدولاب لحتى يشوف نجوم الظهر.

ظلّ جاكيت صالح مُعتقلاً ولم يفرج عنه أبداً.

جُوَرٌ ومجارير

في أوائل ستينيات القرن الماضي بدأت مدينة الرقة بالتوسع السريع. أذكر عندما شقت البلدية مجرور شارع تل أبيض، ومن بعده مجرور شارع الوادي؛ وقتها كان رئيس البلدية هو حمود الخلف.

سمَّت الدولة وبلديتها المشروع «مجرور شارع تل أبيض»، بينما أخرج الناس من ذاكرتهم الجمعية اسم «كهريز». والكهريز قديماً هو قناة تحت الأرض لها خرزات تفتح على سطح الأرض. قناة الكهريز في التاريخ القديم جداً تنقل المياه إلى المناطق قليلة الأمطار من آبار أعلى من نهاية القناة التي تصب في أرض زراعية أخفض من الآبار والمناهل الأصلية. يعني كانت الكهاريز قديماً

تنقل مياهً نقية لا رمادية.

مجارير صحية. صحيّة كيف؟! مع أنها تنقل الغائط والبول والمياه الوسخة.

قبل تمديد الكهاريز كان أهل الرقة يحفرون في أحواشهم حفرة عميقة نسبياً سموها جُوْرة المرحاض، وبنوا عليها غرفة صغيرة وسمّوها «بيت الـمَيْ، أو بيت الخلاء، أو باختصار الخلاء». هذه الجورة تغطيها صبّة أسمنت مخروقة في المنتصف حيث يُسدّد المحتاجُ للتخلّي على ذلك الخرق. يقول الواحد رايح أتفضّى، أو رايح أتخلّى، أو إلى الخلاء، وذلك كتمويه لبق ومناورة معقولة.

لي قريبٌ فقير جداً كان يعمل في حَفْر جُوَر المراحيض في الرقة. كنت صبياً وقتها، ولم أر يوماً قريبي ذاك بلا سيجارة مشتعلة أو مطفأة يزمّ عليها شفتيه. كان طويل القامة نحيفاً، وعروق يديه تشبه حبالاً متشابكة. كفّاه خشننتين وأصابعه عظميّة ثخينة. نزقٌ سريع الغضب يشتعلُ مثل نار صُبّ عليها بنزين.

كان يعمل لوحده هذا العمل الذي يتطلّب اثنين على الأقل. عندما تكون الجورة في مراحلها الأولى من السهل قذف التراب إلى خارجها بالرفش. ولكن، وما إنْ تصبح الجورة أعمق من متر، حتى يبدأ بنزح التراب بالزنبيل، ويضطر إلى الصعود كلما امتلأ الزنبيل. ومع التعمّق أكثر، تبدأ المرحلة الصعبة. يحفر بالمعول، ويجمّعُ

بالرفش، ويملأ الزنبيل المعلَّق بحبل بالمَحَالة المثبتة بالركّابة في الأعلى. يسحب الحبل من الطرف الآخر إلى أن يصل الزنبيل قرب المحالة. يثبت طرف الحبل الحر بسكة يكون قد غرزها في جدار الجورة تحت. يصعد متسلقاً مستخدماً الحفر الصغيرة التي يصنعها لهذا الغرض. يفكّ الزنبيل. يسكب ترابه بعيداً عن الفوهة. يعاود ربط الزنبيل وينحدر إلى الأسفل. يعاود الكرة مرة بعد مرة إلى أن تصل الجورة إلى عمق أربعة أمتار وأكثر قليلاً أو أقل قليلاً.

في يوم من الأيام استأجره أبو خليل العِرسان ليحفر جورة مرحاض جديدة، على الرغم من أن مرحاضاً أقدم كان موجوداً في حوش أبو خليل الوسيع. والسبب هو أنَّ أبو خليل تزوج امرأة ثانية اشترطت عليه جورة مرحاض جديدة كي تستقلّ عن ضرّتها وعن جورتها القديمة. أبو خليل ميسور الحال، ولكنه بخيل، جِلْدة! وهو مضطر إلى تدليل العروس.

أنهى قريبي العمل وحان وقت سداد الأجر. وكان قد قدّر بينه وبين نفسه أن عمق البئر أربعة أمتار ونصف. جاء أبو خليل بخيط مدّعياً أن طول الخيط متر. بدا طول الخيط لقريبي أطول من متر، مما يعني نيّة الغش. قاس أبو خليل العمق وأعلن:
– ثلاثة أمتار وربع.

– ثلاثة وربع! مستحيل. خيطُكَ غش ولعب.

– أبداً خيطي لا يُخطئ هو مترٌ بالتمام والكمال.

– لا أصدق. غش ولعب.

كلمة من هنا وكلمة من هنا وتعالى الصياح. المشكلة هي أن أبو خليل ضخم ثقيل الوزن. قال قريبي فيما بعد أنه ما إن بدأت المشاجرة حتى حاول أن يلفّ «عرقول» لأبو خليل بأنْ يلفّ ساقه على ساق أبو خليل ويدفعه فيسقط كما كان قريبي يأمل. وكان قد جرّب ذلك في مشاجراته العديدة منذ أن كان صبيّاً صغيراً. لكن أبو خليل كان طوداً ثابتاً لا يهتز ولا يميل. حاول وحاول عبثاً. ويسبب الحرج والفشل بدأ قريبي يفحش بالسباب، وأخيراً تناول حتى نساء أبو خليل اللاتي لا يردْن أن يُختلط خراؤهن، وكأن خراء كل واحدة منهن ذهباً. عندها فاض الكيل بأبو خليل فرفع قريبي في الهواء وهبده بالأرض ونام عليه. كان ذراع أبو خليل ملتفّاً على رقبة قريبي ويده الأخرى تضغط على فمه وأصابعه تفرك شفتيه؛ وهو يقول: «هذا اللسان الفَليت سأقطعه يا عرضْ والجورة ثلاثة أمتار، وما في ربع زيادة حتى». وما إن يرفع أبو خليل يده قليلاً حتى ينثر السباب من فم قريبي. بلغ غضب أبو خليل مداه، وراح يُخنقه فعلاً. أحس قريبي بدنوّ طلوع روحه، فصار يرفس ويوحي بالاستسلام، وما إن يرفع أبو خليل يده عن

فمه حتى يسمع: «رح تموّتني يا عرص». يقول أبو خليل: «قلْها من دون يا عرص، وقلْ التوبة فوقها». يقول: «رح تموتني يا خرا». فيكتمه أبو خليل من جديد. وبحلاوة الروح يرفس قريبي ويبدو مثيراً للشفقة حقّاً ومستسلماً تماماً. يرفع أبو خليل يده فيشهق قريبي ويدمدم: «سيجارة». «هااااا ماذا قلت؟»، يسأله أبو خليل. «سيجارة... سيجارة، أريد سيجارة»، يجيب. ترتخي يد أبو خليل ويشرع بالضحك ضحكاً هستيرياً، ثم يخليه. يقول أبو خليل: «لفْ سيجارة، لكنها ثلاثة أمتار لا غير». يقول قريبي: «أربعة أمتار ونصف». ويضحكان. أبو خليل قائم منتصب، وقريبي ممدد منهك. يلف السيجارة ويكزّ عليها. يقول أبو خليل: «لِفْ لي واحدة». ثم يجلسان على كوم التراب يدخنان ويتجادلان ثلاثة أمتار. لا أربعة ونصف.

حذاء وسرتفيكا

لعل كثيرين لا يعلمون أن شهادة الابتدائية كانت على دورنا شهادة معتبرة. كانت تسميتها الشائعة «سرتفيكا». الكلمة موروثة من الانتداب الفرنسي. كان التلاميذ يقدمون امتحاناً فيها من تلك الامتحانات التي قال عنها الجنرال الفرنسي نابليون إنه يفضل أن يدخل عشرة معارك على أن يدخل امتحاناً واحداً. كان فحصاً حقيقياً. فحصاً عن جَد. قاعات امتحان معدّة. بطاقات دخول للامتحان. كل تلميذ على مقعد لوحده ملصوق عليه رقمه. مراقبون يتمشون بين الممرات ويبصبصون، وحتى رئيس مراقبين يقف مقابل المفحوصين ونظره يمسح الحركات والوجوه. يراقب حتى المراقبين.

نجحتُ في السرتفيكا بتفوق. كنت الثالث على المحافظة. لا زلت أذكر اسم الأول وهو ناصر الحمود من إحدى قرى الكسرات في شاميّة الفرات. ناصر تدهور وضعه التعليمي عندما وصلنا إلى البكلوريا. سافر إلى السعودية. وهناك صار محاسباً معتبراً في بنك الراجحي.

انتقلت إلى ثانوية الرشيد التي كانت تضم إعدادية وثانوية. أتذكر أنني في الصف السابع كنت مرتباً لكنْ غيوراً مسكوناً بروح المنافسة. أكاد أبكي إذا تفوق عليّ أحد زملائي بعلامة واحدة. وكنت وقتها قد بدأت بحفظ الأشعار. حفظت العديد من القصائد عن ظهر قلب. كما إنني شرعت بعزيمة قوية بحفظ القرآن. والأهم أنني بدأت المواظبة على الصلاة. حتى صلاة الصبح في الشتاء، في البرد القارس كنت أصليها في الجامع. جامع الفواز في شارع تل أبيض. ما كنا نزيد عن العشرة في صلاة الصبح، الأمر الذي كان يسرني جداً لأنني اعتبرت نفسي متفرّداً؛ فقد كنت واحداً من عشرة، بالإضافة إلى أنني الولد الوحيد. وأكثر ما كان يسرّني سلام الرجال باليد عليّ من يميني ويساري عند انتهاء الصلاة مع ابتسامة رضى. الآن، وأنا أتذكر ذلك، صرت أدرك لماذا انجمعتْ هذه المتناقضات فيّ. ولدٌ درس فترة الابتدائية وسيكمل تعليمه الثانوي في مدينة الرقة مستأجراً مسكناً بعيداً عن عائلته؛ لا أكلاً

مثل العالم يأكل، ولا أباً يرعى، ولا أمّاً تعتني. أدركت متأخّراً أن هذه المتناقضات تآلفت فيّ مع الزمن، أو هي في دمي بالأصل، لأصير الشخصية التي أنا عليها. شخصية قلقة طموحة.

مكافأة لي على نيلي السرتفيكا، سافرنا أبي وأنا إلى حلب. اشترى لي بدلة وقميصاً أبيض محجّراً أتلفته بعد أيام بأنْ نقّطت عليه عصير رمان عندما فرطتُ رمّانة، وبدأت ألتهم حبّاتها بلهوجة. والأهم في تلك السفرة هو أن أبي اشترى لي حذاء أنيقاً من جلد فاخر من محل الحريري. أذكر إلى الآن سعره. 22 ليرة سورية. 22 ليرة في تلك الأيام تكاد تكون ثروة. حذاء رَجل؛ فأنا منذ كنت صغيراً نَمَت قدماي نمواً يكاد يكون مفرطاً، وفرعت قامتي بصورة مفاجئة. أظنني كنت الأطول في صفّي.

كنت في ذلك الوقت مليئاً بالهمة. كنت حقّاً ولداً برأس كهل. لم يكن يقع في يدي كتاب إلا وأبدأ بالتهامه.

في يوم من أيام رمضان، صليت العشاء والتراويح، وأكملت بإحدى عشر ركعة وتراً فقد كنت شافعيّ المذهب، على مذهب أبي وجدّي وأهل منطقتنا. عندما انتهيت تلفّت حولي ولم يكن من أحد سوى شيخ طاعن في السن يصلي على كرسي.

خرجت إلى ساحة المسجد فلم أجد حذائي الثمين. حِصتُ وبحثت، فلم أعثر على شيء سوى حذاء مبوّز، وشحّاطة أم

90

إصبع. أعرف أن الشحاطة للشيخ الذي ما زال في صلاته فقد رأيته ينتعلها آتياً من بيته الملاصق للجامع. لابدّ مما لا بدّ منه. كان نعل فردة الحذاء اليمنى مثقوباً، ونعل الفردة اليسرى منفصلاً في مقدمته، يخفق متى ما خطوت وارتفعت قدمي، ثم يعود إلى موضعه مصدراً صوت صفْق.

داومت أسبوعين أو ثلاثة بذلك الحذاء في شتوية مطّارة وباردة، وصرت خلال ذلك مضحكة زملائي وسخريتهم من تديّني الزائد ومن حذائي المبوّز. وبالمناسبة، لم يكن أحد في الرقة يلبس حذاء مُبوّزاً كهذا سوى بعض الرجال المهاجرين مع عائلاتهم إلى الرقة من أرياف إدلب وحلب، أو من حاراتهما الشعبية. الأزعج من ذلك هو، ولكي لا أنسى الأسى، أن الحذاء المدبب الذي كرهته أكثر من أي شيء آخر في الدنيا أضحى موضةً دارجة لأحذية النساء. فلم يعد المرء يرى حذاء نسائياً غير مُبوّز، مستدق المقدمة.

هذا يوم وذاك يوم.

حزام العفة

كانت أوروبا تحت الحكم الديني أثناء الحروب الصليبية، وكان «حزام العفة» وقتها منتشراً. حزام يشبه «الكلسون»، وإنما من حديد أو جلد قاس. له فتحة واحدة للتبول وللغائط معاً. وعليه قفل لا يُفتح إلا بمفتاح. وما إن ينوي الفارس الصليبي السفر، حتى يوصي على حزام عفة للحفاظ على شرفه في غيابه.

كنا في درس لغة نرويجية عندما طلبت منّا المعلمة أن نحكي نكتة لتتفحّص المدى الذي وصلت إليه لغتنا. انصدمنا جميعاً ومعنا آنستنا عندما حكت الزميلة الصينية الرائعة الجميلة الرقيقة جداً الحكاية التالية:

«من أحد موانئ الشاطئ الاسكندنافي انطلقت حملة صليبية

للاندماج مع فرسان ريتشارد قلب الأسد. وكان «أولاف» فارساً اسكندنافياً لا يجارى، ومتحمّساً للذهاب من أجل تحرير أورشليم من الكفار المسلمين. ولكن ماذا عن امرأته «كاري» الجميلة؟ اشترى «أولاف» حزام عفة بقفل متقن الصنع، واحتفظ بالمفتاح في كيس الجلد المدفون دفناً سرّياً في حزامه.

في الفترة القصيرة للتحضير للسفر، التهبت أفكار «أولاف»، فهو كان يحب زوجته كثيراً. ماذا لو أن المسلمين قتلوه؟ ما الذي سيحصل لامرأته من بعده؟ جاءته فكرة أن يودع سراً المفتاح لدى صديقه الصدوق الأمين «تروند».

تحركت سفينة الفايكنغ مغادرة الميناء، وراح الجمهور الغفير يبارك الفرسان بالأدعية، ويلوح لهم بتحية الوداع، ومن خلف الحشد جاء «تروند» راكضاً وهو يلهث. شقَّ جموع المودعين، وراح يصرخ:

- أولاااااف أولاااااف... أولاااااف أولاااااف... هيه أولاف المفتاح لا يفتح».

كان الأمر مفاجئاً حقاً للجميع في صفنا أن تأتي بالحكاية فتاة رقيقة من أقصى الشرق! كيف وصلتها الحكاية؟ كيف؟ لو كنتُ أنا من حكاها لكان وقْعها وقعُ تنابزٍ كاذب من عدو أبدي. ولكنها فتاة صينية آتية من البعيد البعيد! فتاة من حضارة بعيدة بعيدة.

جدّتي أُمّ إسماعيل

في أواخر أيامها انحنى ظهرُها حتّى أصبح مثل قوس، وذهب عقلُها إلى حيث تستقر عقول المصابين بالخرف، لكنها ما قطعت الصلاة، وإن كانت الأمور اختلطت عليها. قد تصلي صلاة الصبح بأربع ركعات والظهر بركعة واحدة أو خمس. وظلَّ رمضان في رأسها شهراً للصيام، لكن يحدث أن تأكل ظهراً ثمّ تفطر مع الصائمين. تلك هي الجدّة أم إسماعيل.

من منّا لا يحنّ إلى تلك الأيام! كنّا نرمقها وهي تتظاهر بالبحث في جيبها عن السكّر لتعطينا. نحن نعلم أن في جيبها سكّراً على الدوام. ونعلم أنها تعيد الحركات ذاتها مخادعة كما لو أنّ ما في جيبها لا يطابق عددنا.

لم أكن أزور هذا الفرع من أخوالي إلا لماماً. لكن في الفترة الأخيرة أقمت عندهم لفترة طويلة بحكم دراستي، بينما بقي أهلي في القرية.

جدّتي أم إسماعيل أرمنيّة تزوجها ابن عمّ جدّي لأمي بعد أن كبرتْ وترعرعت في بيت جدي الأكبر. جاءتْ مع «سَوقيات» الأرمن لمّا ساقهم الأتراكُ والأكرادُ بعيداً إلى قلب البادية السوريّة، وكانوا بالآلاف. قافلة إثر قافلة. يقول الناس إن أحد أجدادي حوى في بيته، ولأشهرٍ، تسعين أرمنياً وأرمنية ممن نجوا.

في حزيران 1967 ازدحم بيت أخوالي بالمدعوين على شرف أخوَي جدّتي أم إسماعيل القادمين من بيروت. كنتُ ما أزال في عمر الصبا. وكان هذا الفرع من أخوالي قد رحلوا إلى الرقة. وكان الراديو في المضافات قد هُجِر، ولم يُعد الرجال يتحلّقون حوله، بعد أن انْكسر كلّ شيء وانتصر اليهودُ.

مرات عدّة حظي بيت جدي بزيارات من رجال أرمن بحثاً عن أقربائهم، لكن هذه هي المرّة الأولى التي نسمع بأخوة جدّتي أم إسماعيل. «أرشاك» و«بوغوس». لن أنسى كيف كان مرآهما بلباس يدل على النّعمة والهيبة.

جاءت اللحظة الحاسمة حين رافق خالي إسماعيل «أرشاك» و«بوغوس» إلى المحرم. كانت أم إسماعيل تجلس وحيدةً وهي تنود

كما لو أنها تقرأ قرآناً. صرخ بنا خالي ودفعنا بيديه بعيداً. لطوتُ بجانب الشبّاك بدافع الفضول. أسترق السمعَ وأختلسُ النظرَ. لم أفهم ما قِيل. لكني وأنا أسترجعُ الصورةَ الآن أراهم، هم الثلاثة جدتي و«أرشاك» و«بوغوس»، كتلةً من الأجساد المُرتجفة في حالة من النَّشيج.

مرَّ وقت وهما يحاولان أن يتكلما معها بالأرمنية بلا استجابة منها. ثم راحا يرطنان بالعربيّة. وكانت هي تَنُود وتنود وعيناها جافّتين. لا دمع ولا تعبير في الوجه، سوى تعبير عن الضياع.

أخيراً نطقت من فم مزموم:

- باقية... عند أولادي... اللي راحْ راحْ.

لحظاتٌ مشحونة. جمود. هما واقفان بلا حركة. وهي تَنُود وتنود. ثم واحداً بعد الآخر يقبّلان رأسَها. وهي تَنُود وتنود.

ظلا يزوران أُختهما مرة كل عدة سنوات. ثمّ تباعدت الزيارات وانقطعت. وازداد ظهرُ جدتي أم إسماعيل انحناءً حتى باتت تنظر من تحت إلى أعلى. وفي السنوات الأخيرة فقدتْ بصرها، وراحت تعيد الأصوات مثل طفلة صغيرة يعجبها أنها باتتْ تنطق، ويفلت لسانها في هذرية لا تنتهي، وتعدّد وتعيد أسماء أشخاص، وأسماء أماكن لا رابط بينها.

ثم ماتت أخيراً في برد عام 1991 حين تحلّق الناسُ من جديد حول الأخبار، لكن مصدر الأخبار هذه المرّة من التلفزيون.

عند خضرا الماء

مرّ عبد الله العليوي ببيت أخته ونادى على سعد، ابن أخته المحبب لديه.

- اركب خلفي لنجمع الكمأة.

طار سعد فرحاً ولم ينتظر إذن أمّه أو أبيه.

- سوقْ سوقْ خالو قبل ما يمنعوني.

صعد موتور السيكل جبل البشري على طريق السخنة الترابي القديم. وبعد ساعة وصل الخال وابن أخته «طار السبيعي»، هكذا هو اسم الجال الحاد حيث ينهدم جبل البشري كما لو أنه قُصَّ بمقص هائل، وحيث تنفسح سهول البادية تحته بامتداد لا حد له. قال الخال وهما يقفان على حد «الطار» وينظران إلى سيارة مارة

تحتهما وتبدو من موقعهما صغيرة مثل لعبة أطفال:

- من هذا الطار وإلى الخلف حتى الرقة والدير والطبقة كان أجدادك يجولون في قطعانهم في الربيع، ثم يعودون إلى وادي الفرات. كل هذا الجبل ملكك يا بطل ويالله ندوّر على الكمأة.

كان في نُخرج موتور السيكل «عكوزين» لنبش الكمأة والتقاطها. تسلح كل منهما بعكوز. وشرع الخال يحدو:

- على موتورنا خرج. وبأيد كل واحد منّا عكوز. ووينك يا جريدة.

كان يحدو لحن أجداده بالإبل في هذه البراري ويطلب من سعد الترداد.

كانا يبحثان عن تقفع الأرض، عن نَهْدة الكمأة بالقرب من نبتة الجريدة، وهي نبتة مَدّيدة عند جذرها تنشأ الكمأة.

جمعا الكثير من كمأة الزبيدي وهما يجوسان بين هضاب البشري. فجأة سمعا دردمة غير مفهومة. أشار الخال لسعد أن يسكن. انبطح الخال وفعل مثله سعد. زحفا مثل ضبين نحو الفجّ الذي تأتي منه الدردمة. كان الفج عميقاً وفي نهايته تحت الجبل هناك كهفٌ. يعرفه الخال. كان معروفاً للكل أن الكهف مسكن لضباع بادية الشام. ولكن هذه أصوات آدمية.

أصغيا وأصغيا، ولكنهما لم يلتقطا كلمة واحدة من الحديث الذي كان يشارك فيه بضعة أشخاص. كانت لغتهم غير عربية. لغة غريبة.

زحفا مرة أخرى على حرف الجرف بحيث يستطيعان رؤية مدخل الكهف. ورأيا ما صعقهما طيارة صغيرة ويضعة أشخاص يهدرون بتلك اللغة غير العربية.

أحسّ الخال بالخطر فهو يعلم أن داعش موجودة وأن المليشيات الشيعية موجودة. أشار لابن أخته أن يزحف مثله متراجعاً. بغتةً وجدا نفسيهما تحت مسلحين يصرخان بهما بلغة لا يفهمانها. وانطلق الرصاص رشّاً على جسديهما.

وجد راعي أغنام جثتيهما بعد أيام على تبّة مرتفعة، بالقرب من خضرا الماء، الموقع المشهور.

زيتون وكنوز

عام 1991 عامٌ حقير. كانت أمي قد توفيتْ من دون أن ترى أبناءها الثلاثة المعتقلين مصطفى وياسين وخالد. وكانت في أيامها الأخيرة تدعو الله والملائكة والشياطين كلها أن ينتقموا من حافظ أسد. وكانت لا تقبل وهي ممددة على فراش المرض إلا أن تُواجه صورَ أبنائها الثلاثة.

فجأةً في العام التالي أُطلق سراح مصطفى وخالد. أذكر أننا وجدنا العَنتَ عبثاً في إقناع مصطفى وخالد أن يشتريا قمصاناً ملوّنة، أو مخططة أو كارو، هكذا كانت الموضة؛ لكن كل ما اختاراه كان مشتقاً من البنّي.

ولأن الحياة يجب أن تستمر على أي حال، قررنا أن نجدد حديقة

البيت الأمامية في الرقة.

وكانت بضع أشجار في حديقة البيت قد عاشت أعمارها في عقد الثمانينيات مثلما عشنا نحن. كآبة. وُحْشة. فوضى. كانت الأشجار ترمي أوراقها كيفما اتفق، وتتفرعُ في الربيع كيفما اتفق. لا سقاية ولا عناية إلا مصادفة ومن قفا اليد. وكانت في الحديقة شجرة لبلاب هائلة، مدتْ أغصانها وأوراقها على عشرات الأمتار المربعة، تلك اللبلابة بدتْ وكأنها الوحيدة التي تقاوم بجدارة.

بدأنا النّكش في الحديقة في يوم ربيعي. يوم جمعة. وباعتباري الأخ الأكبر كنتُ أزغل، أضرب ضربتي معول وأدخن سيجارة أو أتحجج بالشاي والقهوة.

فجأة شرع خالد يضحك. أقعى ماسكاً بطنه من شدة الضحك وهو يرفع بيده لفّة مُغلفة بكيس نايلون وسخ. كنز كنز كنز. يلوح باللفافة ويضحك. كنز كنز كنز.

لم نأخذ وقتاً طويلاً قبل أن نفهم ما هو الكنز الذي عثر عليه، فشرعنا نحن أيضا بالضحك. وما إن انتهت نوبة الضحك حتى رحنا نضرب الأرض بالمعاول والرفوش بحثاً عن كنوزنا. إذ إن كل واحد منّا كان قد دفن مرات كنزاً كهذا. وبين دقيقة وأخرى:

– هذا كنز. وهذا كنز.

- يا ترى من دفن هذا!

- يا ترى أيْ رعديد جبان دفن هذا!

- جبان!

- خواف...

ونعاود الضحك. ضحك وضحك... ضحك مؤلم. إنّه وجع السنين. لا أحد يعرف معنى ضحكٍ من هذا النوع إن لم يمرّ برعب الثمانينيات.

كنوزٌ مغلفة جيداً بأكياس نايلون مدفونة كيفما اتفق. ضحك كالألم، لكنه بعد كل حساب ضحك.

لم يخبر أحدٌ منّا الآخر أنه يدفن ليلاً وسراً عن أعين الآخرين وربّما شفقة بهم، النشرات والجرائد والبيانات السريّة التي كنا نحصل عليها. كل شيء كان موجوداً هنا من «النذير» الإخوانية، إلى «الراية الحمراء»، إلى «نضال الشعب»، إلى «الحقيقة»، بالإضافة إلى بيانات مكتوبة بخط اليد، وحتى بيان الحزب الذي أسسه خليل وابن عمه وهو في الصف التاسع.

كل «الكنوز!» كانت هنا، وكل الخوف كان مدفوناً هنا.

يبدو أن زحمة المآسي وأكوام الرعب والخوف وكثرة الاستدعاءات والسجون والمعتقلات وضغط المجتمع الذي كان يُخشانا وينبذُنا،

كلّها أنستنا أن نخرج كنوزنا، حتى بعد أن جاءت الانفراجة الأمنية بعد حرب الخليج. يقال إن من طبع البشر أن ينسوا ويكبتوا الذكريات المؤلمة. نسينا تماماً أننا دفنّا «كنوزاً» منفصلة في ليال مظلمة في أكياس نايلون محكمة الإغلاق؛ «كنوزاً» فيها تاريخ سورية السياسي والسري.

ضبطتني أمي مرة بعد أن فرغت من دفن «كنز» جديد، وأظن ذلك في شتاء 1985، وكنت أحسب أن أحداً لن يراني. كانت جالسة على «الديوانة» في الظلام. قالت بصوت من يعلم:

- خلّصتْ؟ يا ابني حتى البِسّة تدفن خراها زين وما تخلي حدا يعرف مكان خريتها. ارجعْ وادفنْ زين.

من طاقة الكعبة

عام 1928، أو 1929، سافر جدي «حميدي» مع أبيه الحاج صالح إلى مكّة عن طريق البحر، انطلاقاً من بيروت وعبر قناة السويس. تلك كانت المرة الثانية التي يحجّ فيها الحاج صالح. كانت الأولى قبلها بسنوات مشياً على الأقدام استزادة للثواب.

كان حميدي ما يزال شاباً حامي الدم، نشطاً محبّاً للغناء والدبك. وطالما كانت «دْروشة» أبيه تُغضبه. ولأن الإقامة طالتْ في مكّة نتيجةً لتأجيل الحاج صالح السفر مرة بعد مرّة، مسروراً بمجاورةِ الحرم. وكل تأجيل تتبعه مدة إقامة ليست بالقصيرة، إذْ لم تكن السفن وقتها متوفرة متى ما رغب المرء، أتيح لحميدي أن

يبني علاقات متينة مع مكيين كثر.

وفي أحد الأيام أراد أن يجلب السرور إلى والده، بعد أنْ تعرف على عائلة القيّمين على الكعبة، وبعد أن وصل إلى كبير العائلة وأهداه أو برطله بشيء ما. كان هدفه أن يسرّ والده بالدخول إلى داخل الكعبة والصلاة فيها، فبابُ الكعبة مغلقٌ على الدوام، لا يُفتح إلا عند غسلها، أو بسبب زيارة لصاحب نفوذ، أو بحسب رغبة القَيّم.

دخل الابن وأبوه الكعبةَ مبهوري الأنفاس. إنّه بيتُ الله. زاد «القيّم» من ارتباكهما وخشيتها إياهما إنْ كانا يعرفان كيفية الصلاة في جوف الكعبة. السجود بين القدمين؛ قال القيّمُ. أكان ذلك الرجل الحضريّ يسأل لؤماً أم سخرية؟ أم سأل جادّاً؟

صلى الابن وأبوه متقوسين بأقصى ما يكون التقوس في الركوع، والسجود بين القدمين. كانت حركات صلاة حميدي سهلة، فهو ما زال شاباً. أما صلاة الحاج صالح فكانتْ، مع يباس المفاصل، تتطلب جهداً رهيباً، ورأس الحاج لا يمكنه أن يتوضع بين قدميه. مستحيل. يذكرُ حميدي أنّ نوبة ضحك كادت تنفلتُ منه، وهو يسمع فحيح أبيه يَجهد محاولاً أنْ يقوّس ظهره إلى أبعد حدّ ليأتي رأسُه بين قدميه ولا ينجح.

ما إنْ أنهيا الصلاة حتى أجهش الحاج صالح بالبكاء وراح يتقرّى كل شبر من أرضية الكعبة، وما تصلُهُ يداه من جدرانها، بلْ وراح يمرّغ جسده بالأرضيّة وبالجدران متدحرجاً على الأرض تارة، وملتفّاً حول نفسه دائر مدار الجدران تارةً، كما لو أنه يريد لجسده أن يمتصّ كلّ قدسيّة الكعبة؛ بينما كان الابن يتملّى الجدران والشبابيك. شبابيك الكعبة لاتفتح على خارجها. في الحقيقة ما كانت تلك الشبابيك إلا خزائن تحتوي رفوفاً تصطف عليها قرآنات. بعض القرآنات بهيٌّ مُذهب، وبعضها الآخر مُتفَسّرُ الجلد قديمٌ.

عندما خرجا، لاحظ الحاج صالح من بين غلالة دموعه أن ابنه الحاج حميدي، وقدْ شرع بمناداته هكذا «حج حميدي»، ألم يحج هو أيضاً؟، لاحظ أنّه يمسك شيئاً ثقيلاً تحت قفطانه. «ماذا تحمل حج حميدي؟» سأل الحاج صالح. «لا شي»، أجاب حميدي. «ولكنك تحملاً شيئاً حجي؛ ما هو؟» «لا شيء»، أجاب الابن. همّ الأب أن يفتش ابنه بالقوة، لكن الابن هتف من بين أسنانه: «إنه قرآن، لا تفضحنا؛ سيعرفون». «أسرقت قرآناً يا ابن الكلب؟ أرجعه في الحال». هتف الابن مرة أخرى من بين أسنانه: «بكره، بكره أعيده؛ لا تفضحنا».

طوال الطريق إلى الغرفة المُستأجرة، ظلّ الحاج صالح يبكي

ويدمدم: «أتسرق قرآناً من طاقة الكعبة يا حجي الكلب يا ابن الحرام!»

وظل «حج حميدي!» مصراً على كلمةٍ واحدة لا يتزحزح عنها: «بكرة يا أبي بكرة أعيده. لا تفضحنا».

لم يُعد «حميدي» القرآن، بلْ أخفاهُ واشترى قرآنا آخر حديثاً، وأودعه جانب جدار الكعبة قرب الباب وانْصرفَ راضياً عن نفسه، وكذبَ على أبيه.

في أواخر الأيام، وعندما نشأنا نحن وِلْدُ الولد، راحتْ نظراتنا الذئبية تتذاوبُ حول قرآننا الثروة المكتوب في الأستانة منذ زمن بعيد جداً وبخطِّ اليد. وكان القرآن وعلى الدوام موضوعاً على تَنْصيبةٍ خشبية، نسمّيها كرسي القرآن. كرسي كبيرٌ يحملُ جوهرةَ مضافتنا؛ قرآننا.

لكنّ عاديات الزمان مرت به هو الآخَرُ وراحتْ أوراقُه تتقصّف، وجلد غلافه يهترئ ويهرهر، وحبر حركاته الأحمر يبهتُ، وكذلك حبر كلماته الأسود يتحول إلى رمادي وفي بعض المواضع يكاد أن يختفي.

صرنا كثراً، نحن أبناء العمومة وأبناء أبناء العمومة، وكل واحد

منا يتحين الفرصة ليسرق قرآننا الثمين. كلّنا يعرف قيمة هذا المخطوط وتاريخه، كلنا كان يمنّي النفس بسرقته ذات يومٍ.

صوامع الرقة

لم تمضِ على «تحرير» الرقة سوى أسابيع قليلة حين أتلعت التنظيمات الإسلامية رؤوسها وسحقت الثوار المدنيين. وضع الإسلاميون أيديهم على كل شيء. اعتبروا كل المنشآت والمشاريع ومكوناتها والمرافق والآليات والسيارات والشاحنات العامة التابعة للدولة غنيمة من دولة كافرة.

تنافست تلك الفصائل في السيطرة على الموارد. ما خفّ حملُه ومشى سُوقَه جرى تصريفه بسرعة. نُهبت البنوك، وتقاسم المجاهدون السيارات والشاحنات، واستولوا على القاطرات والآليات التي تدرج، ولم تسلم من ذلك آليات الحفر والجرافات والروافع. بقيت المنشآت الراسخة الثقيلة، ومنها صوامع الحبوب

شمال المدينة. سرعان ما اهتدى الأخوة المجاهدين إلى أنها أكثر ربحية من أي شيء وضعوا أيديهم عليه، فقد كانت مليئة بالقمح.

ثم حصل أن طردت الدولة الإسلامية الجميع. وبالمناسبة كانت تجارة الحبوب هذه مورداً رئيسياً للمال الذي كانت داعش تحصّله. لم يكن هناك ما هو محرم في هذه التجارة المدرّة. تاجَر الدواعش مع النظام ومع حزب العمال الكردي، ومع تركيا. كان المشكل أن هذه التجارة تصعد وتهبط، بل تتوقف أحياناً تبعاً للوضع الأمني.

وكان المسؤول عن الصوامع أخ جهادي بالكاد يفكّ الخط، لكنه، كما كان إخوانه يقولون عنه، قد أبلى بلاءً عظيماً في الجهاد. أمرٌ أقلّ من طبيعي إذاً أن يصبح ذلك الشخص مسؤولاً عن الصوامع.

ومع مرور الوقت تعطلت الآلات نتيجة لغياب الصيانة، ولانعدام معرفة المجاهدين بالتشغيل الأمثل. فالعاملون جميعاً كانوا كما هو منتظر أقرباء لجهاديين وأناس عاديون لا خبرة لديهم. لا نفاثات الهواء تشتغل، ولا الغرابيل، ولا أجهزة الإنذار، ولا آلة البريمة، ولا السيورات، حتى إن المواسير أصبحت شبه مسدودة.

أخونا المجاهد المسؤول وقع بحيص بيص. وتفطّن أنه يعرف أحد المهندسين ويعرف أين يقع بيت أهله، وعلى الفور ذهب

بنفسه على رأس قوة لجلب المهندس. لم يجدوا المهندس، فهو مثله مثل غيره متخفٍّ. ولكن على هامان يا فرعون. ما إلنا بالطويلة. أخرجوه من تحت الأرض بعد جرْصة للأهل والجيران والحارة. أخذوه معهم كي يصلح الآلات.

أخونا الجهادي المسؤول يعرف المهندس تمام المعرفة، ويعلم أنه لم يكن يصلي قبل التحرير، وأنّ ترداده الآن لكلمة «شيخ» و«إن شاء لله» ودمدمته بالتسبيح كذب بكذب وخوف على خوف.

اكتشف المهندس أن لا شيء من الآلات يعمل وأن الوضع فوضى. حاول على الأقل مع نفاثات الهواء فلم يفلحْ. كان المهندس يرتجف ويعلم أن من الصعوبة بمكان أن يقول لأخينا الجهادي أنه فشل وأن الحبوب ستفسد.

راح المهندس يسجل أنواع الآلات وأرقام صنعها ويقيس بمتر مقاسات خُلَّبية ويعاين معاينات تمويهية، فهو يعرف أن المسؤول الجهادي لا يفقه في الأمر شيئاً.

نبر المسؤول:

- ماذا تفعل؟ ولماذا تقيس وتكتّب؟

أجابه المهندس بأنه عاجز عن فعل شيء وأنه يريد أن يخدمه بأن يبعث باستشارة للإدارة في دمشق. هنا غضب أخونا

112

الجهادي، وصرخ:

- بلا دمشق بلا بطيخ. نحنا ما جاهدنا منشان ننتظر حدا بالشام يقول أيش نسوّي.

تجرّأ المهندس على القول بإن الحبوب ستفسد إذا ما بقي الأمر على حاله.

أمام العجز وإمكانية فساد الحبوب وتوقف التجارة صرخ المسؤول الجهادي في وجه المهندس:

- زاتي هذا اللي تعلمتوه إنتم الـ... ما تعلمتم شي غير المسطرة والقلم والحساب والدفاتر حتى صلاة ما تصلون.

يقول المهندس خطر على بالي أن أقول له: «إيش جابْ حنْ لطنْ. وعجل شنهو نتعلم بكلية الهندسة! ابن القيّم الجوزية يعني!». ولكن من يجرؤ أن يقول مثل هذا لجهادي أبلى في الجهاد بلاءً حسناً؟ يقول فتمتمت «لا والله ياشيخي؛ أنا أصلي وأصوم وأقوم بفروضي كلّها والحمد لله ولحيتي على السنة وعلى ما أمرنا به نبينا محمد صلى الله عليه وسلم»

و....

بيع باقي الحبوب بعد أيام، بعد استئناف التجارة، ويثمن بخس، أما الدينوموات والشفاطات وكل ما هو معدن فقد بيع فيما بعد كخردة.

مع اللهْوجة

كان جدي عبد الله قاسياً غليظ القلب. يخافه الجميع. له من الأبناء والبنات أربعة عشر، ومن الأحفاد وأبناء الأحفاد ما يعدّ ولا يحصى. جدي علّم نفسه بنفسه، وصار صاحب كتب ومُفْتٍ في منطقتنا. كان عدوّاً للبعثيين، وأفتى بتحريم الصلاة في الأراضي المستولى عليها من دائرة الإصلاح الزراعي والموزّعة على الفلاحين.

في مرحلة شبابه كان أهله يعيشون أكثر الأوقات في الرها، بينما كان هو يسرح بالأغنام في بريّة أعالي البليخ. وقصة تعلّمه القراءة بنفسه، من دون مدرسة كتاتيب، قصّة تشبه المعجزة حقّاً. وعندما صار رجلاً بات يحفظ من قصص العرب والشعر والأحاديث النبوية الشيء الكثير.

أظنه كان مليئاً بالثقة بالنفس إلى درجة احتقار الآخرين. سلوكه يدل على هذا. وكان حقّاً عدواً للمرأة، يتعوّذ من الشيطان الرجيم إذا ما رأى من بعيد امرأة تسير في القرية. لم يكن يجلس في المضافة إلا لدقائق. يشرب فنجان قهوة وينصرف. بخيل كلامٍ إلى حدّ أنه قد لا يجيب على السؤال المباشر، فيتصرف وكأنه لم يسمع شيئاً.

كان محباً للحلويات، يفرح كالأطفال لدقيقة إذا ما جلب له أحد الأبناء والأحفاد سكاكر من المدينة. وطبعاً لا يمكن لكلمة شكر أن تخرج من فمه. يبتسم ويتمتم بما لا يُفهم.

عندما اشتروا له براداً وجد ضالته في حب الحلو بأن يُجوّر حبّة البندورة ويحشو لبّها بالسكر ويضعها في المجمدة، ومتى عنّ على باله يخرجها ويبدأ بقرطها. وبالمناسبة ظلت أسنانه سليمة تماماً إلى مماته في 1996 بعد أن عاش 103 أعوام، والبعض يقول 108 أعوام.

ما أذكره جيّداً أن جدي كان ينام عارياً تماماً في فراشه في الخلاء على الدكة الخاصة أمام بيت زوجته الأخيرة. يكوم ثيابه تحت وسادته ويندس تحت اللحاف. أذكر أنه ما كان ينام في غرفته، التي لا يدخلها أحد أبداً، إلا في الشتاء وفي البرد القارس.

مرة حصلت مشاجرة كبيرة بالدبابيس والعصي بين حزبين في القرية. فشّخوا بعضهم البعض وانجرح كثيرون. فزّ جدي في عريه

ليحجز. عادة كان يكفي أن يصرخ بهم حتى يجمدوا. هذه المرة بسبب الدماء والغلّ لم يستجيبوا فوراً، الأمر الذي أغضبه غضباً لم يُر منه أبداً. لكنهم توقفوا عندما تنبهوا إلى حال جدي.

ارتدى جدي مع اللهوجة بشته الصيفي الشفاف الصيفي الذي لا يُخفي شيئاً، وشرع بالحجز بين المتشاجرين. في البداية كان يمسك بيدٍ عباءته عند محاشمه محاولاً إخفاء ما يجب أن يُخفى، ولكنه اكتشف أن يداً واحداة لن تُجدي نفعاً بدفع أو إمساك مدمىً يريد أن يصل إلى غريمه الذي أدماه، فنسي عريه. تحررت كلتا يديه وصار ذكره يتلطلطُ من جانب إلى جانب وهو يجهد نفسه في التحجيز. صار المهاجم ما إن يرى المشهد أمامه بهذا الشكل حتى يتوقف محتاراً. وكانت ابنته الصغرى عمّتي تفتل حوله وتصرخ به باستمرار:

- يا با يا با... «هنيك...» طالع عيب عيب.

وفي لحظة طافحة بالغضب أمسك بالبنيّة الصغيرة وقذفها بعيداً، صارخاً، وهو الذي لم يكن ليصرخ أبداً

- بلا «هنية...» بلا أكل خرا.

شيئاً فشيئاً استوعب المتقاتلون أي مشهد مضحك غريب كان عليه مشهد الملا عبد الله، فتحاجزوا.

عزاء

مجالس العزاء الشيعية كثيرة وأهمها مجلس عزاء الحسين. كل هذه العزاءات تتكرر سنوياً.

آل بيت النبي الأوائل يختصرهم الشيعة بخمسة، محمد نفسه وعليّ وفاطمة والحسن والحسين. الحسن جرى نفيه باكراً من تاريخ آل البيت. يبقى الأربعة. وبالأخير بالأخير لم يبق سوى الحسين منجباً. وكل أمة لا إله إلا الله من ذوي العمامات السوداء هم من نسله. ملايين الملايين.

حمل الشيعة العراقيون معهم شعائر العزاء والولائم المرافقة إلى أوروبا، وأقاموها بحماس لا ينقطع.

قبل سنوات دُعي ابني إلى وليمة عزاء الحسين في مدينة نرويجية.

هذه المدينة استقبلت عائلات كثيرة من مخيم رفحاء الذي أقامته السلطات السعودية بعد هبة انتفاضة شيعة الجنوب العراقي. لا ابني ولا عائلتي لديهم معلومات عن معنى عزاء الحسين. وليس في ثقافتنا العائلية من قبل شيءٌ من هذه الثقافة الطائفية أبداً.

ذهب الولد مع رفاقه الشبان العراقيين. أكل مع الآخرين. وكانت وليمة دسمة كما يصف. لحم كراديش وثرود. وعندما شبع وقام، أراد أن يكون لبقاً فقال بصوت عال: «دايمة دايمة، إن شا الله بدوام الأفراح والنّعم». هذه جملة ثابتة لدى السوريين يشكرون فيها منْ دعاهم إلى طعام. يقول: «ساد صمت وجمود، وعرفت أن شيئاً ما جرى بطريقة خاطئة».

ولما سألني، ضحكتُ. قلت له أنت خبصتها خبصةً غير مغفورة. أنت دعست في الطبق الذي أكلت منه. هذا كان عزاء للحسين حفيد النبي الذي قتله جنود يزيد. هذي المناسبة لها جمل وعبارات دينية تقال. والأكيد الأكيد ليس ما قلته منها. تصورْ إنك في عزاء شخص متوف وأنت تقول لأهل الميت «دايمة»! دايمة على ماذا؟ أنت دعوت إلى دوام الأحزان الشيعية بقولك «دايمة». والأدهى أنك أكملت قائلاً «إنشالله بدوام الأفراح والنّعم»، كأن المناسبة مناسبة فرح، بينما هي للأحزان، والندب، والبكاء، والنواح.

لا أستطيع وصف تعابير وجهه وهو يحاول أن يستوعب ما قلتُه. سمعته يدمدم: «حفيد النبي... يعني من زمان»...

بالعصا أهيب

عندما كنت أدرس في جامعة حلب، جاءتنا موجة لاجئين عراقيين منشقين عن الحزب الشيوعي العراقي. من بينهم الأصدقاء أسرار الحسيني وإبراهيم الكبيسي ومظفر النواب، وآخرين.

التقيت مظفر عدة مرات أثناء تواجده في حلب، وقرأت كل ما كتبه، وظل رأيي فيه أنه شاعر عظيم في شعره العامي، ولكنه سيء في شعره الفصيح.

كانت مجموعة اللاجئين هؤلاء منشقة وتؤمن بالعنف الثوري. وتقدس البندقية، ولوْ بالكلام. وكان الوقت وقت موضة تمجيد اليساريين لحركات العنف في تاريخنا، من القرامطة إلى الحشاشين.

مرة حكى مظفر الحكاية التالية:

«إثر حملات النظام والانقسام في الحزب أسسنا قواعد في الأهوار وانتقلتُ مع من انتقلوا إلى هناك، وشرعنا بمناوشات حرب غوار مع مخافر النظام. وكنت ألحّ أن يعطوني بندقية، لكن الرفاق كانوا يرفضون ويقولون أنت شاعر. يكفي أن تكتب الشعر.

يعني كنتُ فاضي أشغال. أقضي وقتي في التجوال بين ألسنة الماء وأدغال الزل والبردي، وكنت أحمل عصا على الدوام. وكان بالجوار صياد سمك من أهل الأهوار ألتقيه كل يوم ونتحادث في الأغاني والسياسة وكل شيء. صرنا أصحاب.

وبعد مدة ضجرت فعلاً، وألححت على الرفاق أن يعطوني بارودة ويأخذوني معهم لمهاجمة المخافر، فرفضوا للمرة الألف. وأمام رغبتي الشديدة؛ أعطوني بارودة وأصروا على أن لا أشارك في العمليات، بل أبقى في القاعدة فقط. وأقنعوني أنني مدافع عن القاعدة، فقد يأتي النظام ويهاجمنا... من يدري!

خرجت مع البارودة مزهواً والتقيت بصديقي الصياد، فقال لي وهو يقيسني بنظره من الأعلى إلى الأسفل:

- لهْ لهْ يا شاعر. والله كنت بالعصا أهيب».

عندما كان اسمي جورج

فكرت، وفكرتُ؛ والله ليست لابقة أن يكون اسمي جورج. شكلي، وجهي، وأجفاني المنغولية، وحدّة عيوني، وأنفي، كلها لا يمكن أن تكون لجورج ما.

كان الوقت عند الظهر. ذهبت إلى «سوق المدينة» في حلب القديمة واشتريت «كاسكيت». وفور أن نظرت في المرآة عند البائع. يعني... اقتنعت أن منظري تعدل قليلاً، وصرت أردّد في داخلي أن اسمي جورج والكاسكيت يعطني «جورجية»، ولو مموهة.

أيامها كنا نحن الشيوعيين السوريين عابرين للمجرّات، والقارات، والأديان، والطوائف. كنا في 1972 وكنت بحاجة إلى سكن، بعد أن تشاجرت مع زملائي في السكن لأنني كنت في

صدمة عصبية بسبب حدث مزعج للغاية أَثَّر عليّ طوال عمري. أسررت لأحد الرفاق بحاجتي الماسة ولو غرفة مترين بمتر. رفيقي كان صاحب مال وعمل. أصله من أعالي الجزيرة السورية، لكن عائلته سكنت حلب منذ وقت بعيد. وعدني بغرفة مع عجوز صماء تقريباً تعيش لوحدها، ولها ولد وبنت هاجروا إلى أميركا من زمان. قال وهو يقلد لهجتي الفراتية:

- بس يوال الغرفة في السليمانية بين المسيحيين، والعجوز مسيحية... وأنت رح يكون اسمك جورج.

- جورج... يخرب بيتك... جورج!

- أي نعم.

ذهبنا معاً إلى العجوز (فيوليت)؛ هذا هو اسمها. ويبعد خمس كلمات صياح من الرفيق في أذن العجوز. أخبرها إن اسمي جورج، وإنني من الحسكة وطالب طب وكويس. أعطتني المفتاح ودمدمت «الغرفة جاهزة». طلعنا أنا والرفيق درجاً خارجياً إلى غرفة واسعة متطاولة لها خمسة شبابيك كبيرة. أحد الشبابيك منفرداً إلى يمين الباب يطل على الشارع على عكس باب البيت الذي ندخله من دَرْية صغيرة، وأربعة شبابيك على يسار الباب. لاحظت أن كل بلور الشبابيك مغطى بورق تغطيةً محكمة، ما عدا الشباك المطل على الشارع.

جلبت أغراضي وكان يوم خميس. وكنت قد قررت أن لا أذهب إلى الكلية عدة أيام لعلي أخرج من صدمتي النفسية؛ هكذا نصحني الطبيب. ونمت على الفور نوماً عميقاً.

استيقظت على دقّ على باب غرفتي بعد ساعات، فإذا به رفيقنا. رفيقنا اسمه أنطون.

- خير يا أنطون؟ ما صار لنا ساعتين مفترقين!

- انزل معي أريك المطبخ والمرحاض. ونقسم البراد بينك وبين العجوز.

طلع أنطون قريبها للعجوز ويعرف كل شي في البيت. وبعد استطلاع المطبخ والمرحاض. قال:

- نسيت أقول لك شي يا «جورج»...

حدجته بنظرة مستغربة تقول حتى أنت ستناديني بجورج!

- أي أي، لا تستغرب ولا تنسى اسمـك جـورج، حتى بالنسبة لي.

- طيب...!

- اسمع ممنوع تفتح الشبابيك إطلاقاً. إذا كنت تريد تهوية الغرفة فافتح الباب والشباك الذي يفتح على الشارع فقط، وبالكثير أول شباك بجنب الباب، هذا. الشبابيك الثلاثة الأخرى ممنوع

تفتحها، لأنها تطل على مشغل للخياطة النسائية، وتعرف الخياطات... يأتي إليهن بنات ونساء و«يتمسلخلن».
قال الكلمة الأخيرة بالشاوية، وأضاف:

- لا تكون نفسك دنية يوالْ.

أحسست بالإهانة وقلت له:

- كُلْ هوا. العما يضربك على الرفاقية المجعلكة. فهمنا!

كانت العجوز فيوليت تطبخ دائماً خبيصة خضرة، من دون لحم. وكأن اللقمة لا تدخل في حلقها إن لم تطعم جارها «جورج» من زادها. مرة واحدة صعدت إلى غرفتي وطرقت الباب بعصاها لتهديني صحن الخضرة المشكلة. من بعدها اهتدتْ إلى طريقة أخرى، إذْ صارت تضرب الدرج بعصاها، فأعرف أن صحن الخضرة المشكّلة جاهز أسفل الدرج.

مضت أيامٌ وأنا أكافح نفسي كي لا أزيل جزءًا من الورق لأسترق النظر إلى المشغل النسوي. وفي لحظة شيطانية بعد المجاهدة قمت وأزحت نتفة صغيرة من ورق الشباك المتطرف في زاويته السفلية. يا للهول! رأيتُ ما رأيت. انصدمت، وجفلت متراجعاً. ولكن الشيطان ظل أقوى مني يدفعني إلى التلصص غصباً عني.

وفي يوم من الأيام، سمعت صوتاً ينادي: «أبو جاسم... أبو جاسم». كان هذا هو اسمي السرّي في الحزب مع أن الجميع

يسميني في العلن «أبو جاسم». وكانوا يمزحون معي أن اسمي مثله مثل القارمة المكتوب عليها مع سهم عريض يشير إلى الاتجاه المتفرع عن طريق حمص دمشق: «المطار السري». كنت ناسياً تماماً أن اسمي هو «جورج»، وأن من المستحيل أن يكنى جورج «ابو جاسم». مستحيل. ولم يخطر ببالي لحظتها خطورة أن ينادي عليّ أحدٌ في حي السليمانية: «أبو جاسم... أبو جاسم».

أطللت من الشباك على الشارع. وكان هناك حميد زنابيلي، ومحمد الخطيب، وفواز الساجر. أدركت على الفور ما الذي جاء بهم. جاؤوا يطمئنون عليّ بعد ما حدث لي. لا بد وأن زميلتي في الصف أخبرتهم أنني لا أداوم على الدروس. وكانوا قد سألوا عني رفيقنا إيّاه «انطون»، فأخبرهم عن البيت الذي أسكن فيه وهو بيت مميز في الحيّ فعلاً ولا تخطئه العين، لكنهم لم يستدلوا على الباب، باعتبار أن الباب ينفتح على الدرية الصغيرة في الخلف، وعلى ما يبدو لم يخطر على بال أنطون أن يحذرهم أن اسمي «جورج»، أو وهو الأرجح استحى أن يقول لهم أن اسمي صار جورج؛ إذْ كيفَ للتقدمي اليساري أن يفعل هذا!

وأنا أنزل الدرج لأفتح لهم الباب، بعد أن أشرت لهم أن يدوروا حول الزاوية ويدخلوا الدرية؛ أحسست بمثل الصاعقة تضربني عندما تذكّرت أن اسمي جورج، وأنهم كانوا ينادون بعلو الصوت

«أبو جاسم... أبو جاسم». يا إلهي!

مضت أيامٌ أخرى واعتقدت جازماً أن أحداً لم ينتبه لمناداتهم لي «أبو جاسم... أبو جاسم». وظل خلالها الشيطان يقودني إلى موضع الكحْط في زاوية الشباك.

اليوم الأحد. حشدٌ صاخبٌ في ساحة البيت. نسيت أن أقول أنّ البيت حوش عربي من الحجر السوري الضخم. جمعٌ كبير، نساء ورجال في كامل أناقتهم، كما لو أنهم عائدون من الكنيسة، والجميع يتحدثون بصخب وفوضى. الكلّ كانوا يتكلمون وينظرون إلى غرفتي المعلّقة. لم أستطع أن أتبيّن عمّا يتكلمون فالجميع يتكلم، والجميع يرفع ناظريه بين لحظة وأخرى نحو غرفتي. كان المشهد كما لو أنهم في صالة مسرح؛ تماماً عند نهاية المسرحية وانتهاء التصفيق. لا بد وأن هناك شيئاً يخصني وإلا لماذا ينظرون إلى غرفتي كما لو أن جنّاً يحتلّها.

هدأت الأصوات بإشارات متبادلة وأظن أن ذلك الرجل الضخم الأنيق هو من أعطى الإشارة الأولى للهدوء. انسلوا جميعاً خارجين صامتين، وحلّ سكون غريب بعد ذلك الصخب. ومع خروج آخرهم، لاحظت وقلبي يقرع بقوة أن الرجل الضخم ظل واقفاً لا يزيح نظره عن باب غرفتي. ثوان وبدأ يصعد الدرج. طرق الباب ودخل دون أن ينتظر. رأيته يخطو خطوتين ويحد عينيه في

عيني حيث كنت قد جلست متظاهراً بالهدوء. وفجأة سأل:

- أنت مسلم... مووو؟

كان واضحاً أنني مكشوف لهم تماماً. أومأت برأسي أنْ نعم، وقلبي يكاد يقفز من فمي. قال:

- لعنة الله على أنطوان وعلى الشيوعية... ما يجي من أنطوان ومن الشيوعية إلا كل خرا... (!)

ثمّ سألني بصوت عميق ساخر:

- اسمك جورج، هااااا؟!

جرعت ريقي وأحسست أنني بدأت أسترد أنفاسي، وتذكرت المثل أمسخ من القرد ما خلق الله. قلت:

- اسمي محمد. وأنطون ما في منه في البلاد كلها.

قال بحسم وهو يخرج:

- معك للمسا... تكون أخليت الغرفة.

إلى الآن لا أعرف ما الذي كان السبب الحاسم في انكشافي وطردي. أهو مناداة الشباب لي من الشارع «أبو جاسم... أبو جاسم»، أم هو انكشافي بأنني كنت أسترق النظر إلى أجساد النساء من مرقبي الشيطاني؟

كثيف الشعر

كنّا مجموعة كبيرة في دورة تدريبية مصرُوفٌ عليها جيّداً. برنامج الدورة المكثف من المفترض أن يقودنا إلى سوق العمل النرويجية. وكانت الدورة تحت مسمى «رواد وقادة!». النرويجيون كرماء في التسميات. كنّا خليطاً من الأجانب، بين مهاجر وباحث عن العمل ولاجئ، ما يجمعنا فقط هو الإقامة في هذه البلاد، والبحث عن العمل.

كان أحد زملائي في الدورة لاجئاً إيرانياً شديد التعصب لأصله الفارسي، شديد الكره للعرب، لكنه، الشهادة لله، كان ذكيّاً لامعاً ذرب اللسان، ولئيماً. لا غرابة، فهو خرّيج مسرح وتمثيل. ما مِنْ منجز حضاري في التاريخ والحروب واللغات إلا وينسبه لقومه.

عنده أن الفرس سادة العالم القديم، وكادوا أن يكونوا سادة العصور الحديثة، لولا الملالي.

مرة قال إنّ منْ بنى دبي هم المهندسون والعمال الإيرانيون، وإن العرب في الإمارات بدوٌ ما كانوا ليبنوا سوى خيام من الشعر لولا الإيرانيين. وقتها قال له أحد المدربين إذاً، لماذا لم يبنوا في بلادهم هُم بدلاً من بلاد الآخرين، فتحسّر أخونا بطريقة مسرحية، ووضع اللوم على الخميني والملالي، وقال إنّ حكمهم هو الذي ضيّع على إيران الفرص. وعلى الرغم من مباهاته بأن مواطنيه هم الذين بنوا دبي، فإنه كان دائم السخرية من ناطحات السحاب في الخليج، واصفاً إياها بأنّها أقفاص من بللور وقضبان ألمنيوم لن تصمد أمام الصواريخ الإيرانية إذا ما وقعت الواقعة.

صدقاً كان يحنقني ابن الذين!

ومرة حكى حكاية طويلة، ربما لتبرير أنه هنا، وليس في إيران ليعمّرها. قال: «كنت في جبهة المحمّرة أثناء الحرب العراقية الإيرانية، وكنّا أنا وثلاثة جنود في موقع استطلاعي متقدم. اكتشفنا أن موقعاً عراقياً، متقدماً أيضاً، لا يبعد عنا سوى عشرات الأمتار. زحفاً، وبهدوء، استطلعنا الموقع العراقي. اكتشفنا أن عدد العناصر العراقيين ثلاثة عشر. قررتُ لوحدي، من دون الرجوع للقيادة، أن نقتحم الموقع. اقتحمناه وأسرنا تسعة جنود...».

تورّط الإيراني في الشروع بجملة تفيد بأنه وجنوده قتلوا العراقيين الأربعة الآخرين، لكنّه فطن إلى أنه يعيش الآن في بلاد لا تحب الحديث عن القتل والدم.

تابع الإيراني سرد حكايته: «عاملتُ الجنود العراقيين بشكل حسن. ماء وطعام وسجائر. أبلغنا قيادة قطعتنا المتمركزة في الخلف، فأتى ثلاثة ضباط برتب عالية. ورأيت في نظراتهم عدم الرضا عن معاملتي للأسرى. انبهتُ وشعرتُ بالخيبة؛ فبدلاً من أن يعتبروني بطلاً روستامياً أسَرَ تسعة عراقيين، رأيت في عيونهم نظرة عدم الرضا والاستنكار. أخذوا الأسرى مسافة خمسين متراً، ثمّ أعدموهم جميعاً. ومن يومها قررت بيني وبين نفسي أن أخرج من البلاد في أول فرصة».

مُحنق ابن الذين. وكاذب وقح.

تصادف أنْ تعقد القمة العربية الطارئة 2009/1/16 ونحن في الدورة. تلك القمّة التي حضرها الرئيس الإيراني محمود أحمدي نجاد بدعوة مُربكة من قطر. كانت القمة تبحث الحرب على غزة.

كنّا على الغداء حول منضدة طويلة عندما بدأ صاحبنا بالردح ضد العرب. وجاء ذكر الحرب والقمة ومحمود أحمدي نجاد. فقال صاحبنا، هكذا بلا طعمة هذه المرة: «أصلاً نجاد ليس إيرانياً، ليس فارسياً. أحمدي نجاد عربي». فوجئنا بما زعم. كيف يكون

رئيس إيران عربياً؟ «تمزح؛ لا بد أنك تمزح!» «أبداً لا أمزح عندي معلومات أنه من أسرة عربية مهاجرة، وحتى أنكم تستطيعون رؤية أنه قليل شعر اللحية والشارب. أمرد. ألا ترون أنه يشبه صديقنا محمد». وأشار إليّ. استمرّ. «محمد مثله؛ شعر وجهه قليل. نجاد عربي». ثمّ أبدى إيماءة مسرحيةً غامضة. شخصيّاً ترجمتُ أنّها تعبر عن القرف.

ابن الحرام! ضربة غفلة. لؤم بارع.

وهو (أي الإيراني) حقّاً كثيف الشعر جداً جداً. شعر رأسه جزّة. شاربه كثّ للغاية. شعر لحيته يستولي حتى على خديْه. شعر صدره كثيف ويرتقي صعوداً إلى عنقه مثل كنزة خَنْقْ. أمّا أنا فعلاً كما قال، قليل شعر الوجه ولا شعر في صدري إلا من خُطيْط رفيع، وشعر ذراعيّ قليل لا يزيد عن اثنين في المائة عمّا عنده على ذراعه؛ عكسه تماماً، فقد كان شعر ذراعيه يتمدد من تحت قميصه كما لو أنه كُمٌّ إضافي، ويمتد على ظهر يديه وحتى على ظهور أصابعه.

لا أدري إن كنت وقتها قد ارتبكت بشكل واضح بسبب سخريته الذكيّة، ولكنني أقسم أنني لا أذكر أن لساني كان يوماً أكثر ذرابة ولؤماً من تلك اللحظة. قلتُ: «صحيح. تاريخياً حكمت عائلات عربية إيران مثلما حكمت عائلات إيرانية

مقاطعات عربية، ومن المحتمل أن يكون في عائلة نجاد جينات عربية. لـِمَ لا! أمّا بخصوص الشعر فإنه التطور الطبيعي. نحن جميعاً نعلم أن شعر الحيوانات البرية في فجر تاريخ كوكبنا كان كثيفاً للتكيف مع عوامل الطبيعة، بردها وحرّها. ومع الزمن انفرد النوع البشري وسعى نحو حماية نفسه من عوامل الطبيعة. سكن المغاور. اكتشف النار واستخدمها. ارتدى جلود الحيوانات، و... إلى أن راح الإنسان يصنع ثياباً، ويسكن بيوتاً ويتدفأ. سار البشر في طريق التحضر مسيرة مظفرة طويلة جداً. خلال رحلة التمدن هذه راح شعر جسد الإنسان يتساقط، إذْ لم يعد ضرورياً، حتى أن في الصين يندر أن تجد منْ في جسده شعر، بينما بالمقابل بقي شعر القرود والماعز مثلاً».

وهل هناك، مثلاً، أكثف من شعر الماعز؟

انتقمت من ابن الذين.

كاد الأمر أن يتطور لما هو أكثر بكثير، لولا أننا كنا في النرويج.

قانون «يانتا» الاسكندنافي

عادت ابنتي من المدرسة باكيةً وأغلقتْ عليها غرفتها. نظرنا في وجوه بعضنا البعض، واشتعلت في رؤوسنا الأفكار. فنحن مهاجرون جدد، وللهجرة ضريبة ثقيلة. بعد إلحاح ووقوف بالباب، فتحت الباب لنا. سألناها عن الأمر، فأخرجت من حقيبتها بحركاتٍ عصبية كتاباً مدرسياً. أشارت على صفحة فيه. وبين دموعها وشهقاتها كانتْ تقول:

- لازم نرجع إلى بلدنا. لازم نرجع ع «الرقة»... اليوم، اليوم لازم نرجع.

شرعنا جميعاً بالقراءة

قانون «يانتا»:

لا تعتقد أنك شيء

لا تفكر أنك مساوٍ لنا بشيء

لا تفكر أنك أذكى أو أشطر منّا

لا تتصور إنك أحسن منّا

لا تتصور إنك تعرف أكثر منّا

لا تتصور إنك أكبر بشيء منّا

لا تتصور إنك تليق بشيء أكثر منّا

لا تتصور إنك تقدر على أن تضحك علينا

لا تفكر أن أحداً منّا يهتمّ لك

لا تتصور أبداً أن لديك شيئاً نتعلمه منك

ما فهمناه أن إحدى بنات صفّ ابنتي جاءتها بالكتاب مفتوح على هذي الصفحة ودسته بين عينيها وضغطت الكتاب على وجهها وهي تكرر. اقرأي جيداً هذا يمكن ينفعك.

صدمةٌ. وجوم. نقرأ وننظر إلى بعضنا البعض ونتساعد على فهم الجمل؛ فنحن حديثون في تعلّم اللغة النرويجية. صدمة! صدمة حقيقية، لأننا نعلم مما قرأناه عن البلدان الاسكندنافية قبل أن نأتي إليها، وما تعلمناه هنا بأن الناس في هذه البلاد

يعبدون القانون. القانون عندهم هو الأعزّ، والأقوى، والأجدر بالاتّباع مقارنةً بأي شيء آخر. وها هو مكتوبٌ هنا كلمة «قانون» بحروف كبيرة. أما النص تحت كلمة قانون، فهو نص عدائيّ يُشعر كل واحد منّا أنه المقصود تحديداً. فهو يعتمد على ضمير المخاطَب كفردٍ «أنت»، وضمير الجمع «نحن» المخاطِبين. هذه الـ«نحن» المُرعِبة وتلك الـ«أنت» المَرعُوبة لا يمكن إلا أن يكون لها صدى مروع في نفوس المهاجرين، وأي صدى!

تلقائياً، اشتغلت الآلة النفسية. ها هم النرويجيون جَمْعاً يخاطبوننا ويشيرون إلينا واحداً واحداً بإصبع مُهدّدة عبر هذا القانون. ابقَ خارجاً أيها الأجنبي العاجز، الذي لا يساوي شيئاً ولا يستطيع القيام بأي شيء! صورةٌ مشهديّة مخيفة. صورةٌ تجعل الواحد يحسّ بالانسحاق وبأنّه صغير وتافه ومُحتقر.

لكن مهلاً... لِمَ لا نقرأ ما يتعلّق بهذا القانون. شرع أفراد العائلة بالبحث في الإنترنت والقواميس. أما أنا فقلبْتُ صفحةَ الكتاب المدرسيّ وبدأت أقرأ.

شيئاً فشيئاً، كلمة من هنا وكلمة من هناك، اتضحت الصورة. فهذا القانون ليس قانوناً. هو نتاج عقل الكاتب الروائي الدانمركي «آكسل ساندموسا» (Aksel Sandmose). وهذ القانون-«النصّ» جاء في روايته «اللاجئ الذي يقطع

أثره» (En flyktning krysser sitt spor) والمنشورة في عام 1933.

هذا القانون هو تكثيف لأفكار سكان بلدة «يانتا» الافتراضية التي ترمز أدبياً إلى بلدة «نيشوبنغ» الدانماركية الواقعة في جزيرة «مورش» حيث وُلد الكاتب ونشأ. تتلخّص فكرة الرواية في أنّ الجمع الذي هو «نحن» سكّان بلدة «يانتا» لا نقبل أحداً غريباً بيننا، ولدينا من الوسائل ما يجعله مُستلباً مَنبوذاً ومحتقراً. والكتاب المدرسيّ النرويجي يتناول هذا «القانون!» من زاوية إدانته وليس تمجيده.

أنها هدأنا بعد توتّر. خمدت النار في صدورنا، ورحنا نتبادل الابتسامات كما لو أننا ندين تصوّرنا الأوّلي الذي شدهنا وأرعبنا. لكن ثمة جمرة بقيتْ تَنِسّ تحت الرماد. ومع مرور السنين اكتشفنا أننا لم نكن مخطئين تمام الخطأ، وأن الجمرة التي ظلت تعسّ في نفوسنا هي الحدسُ الغامض الذي أنذرنا باكراً.

صحيحٌ أن قانون «يانتا» ليس قانوناً صادراً عن سلطة تشريعية، بل هو «قانون» صدر عن أعماق نفسيّة ووجدانية لكاتب. والأصحّ أيضاً هو أن كثراً يؤمنون بهذا «القانون» ويتبنّونه، ويطبقونه في هذه البلاد. كثيرون يحفظونه ويعملون به بسريّة وصمت مثيرَيْن للغضب والخوف في آنٍ معاً. قانون «يانتا» أقوى «قانون» غير رسمي في اسكندنافيا، لأن من يتّبعونه أقوياء ويثيرون الغيظ. إنه تلك الروح المُتغطرسة، والمُتعجرفة، لما يزيد ربّما عن الثلاثين بالمائة

من سكان اسكندنافيا. إنه العرف العار المتحكّم بعقلية ثلث سكان اسكندنافيا على الأقل.

قهوة الشكرلي

أنا مدمن قهوة ودخان.

كانتْ لنا، قبل أن تخرب البلاد، مضافةٌ كبيرة، مُعَمَّرة «لُبنة ونصف»، أي أن جدارها يقيس ما يقارب خمسة وثمانين سنتمتراً ثخناً، وسقفها من دفوف وأعمدة خشب. بُنيت المضافة في ثلاثينيات القرن الماضي. كانت المضافة مؤلفة من حجرة واسعة، وصالة متطاولة أوسع. الحجرة للجلسات اليومية لأهل القرية وللضيوف القريبين، وفيها بيت النار حيث تصنع القهوة العربية المرّة. أما الصالة المتطاولة، فللضيوف البعيدين والشرطة والوجهاء وللعزائم، وهي مفروشة بالسجاد والوسائد المرتفعة.

بدأ إدماني على القهوة باكراً وأنا صبي صغير في الابتدائي. كان

عمري فيما أظن اثني عشر عاماً. رشفت من فنجان أبي رشفة أوقعتني في عشق القهوة. هنالك نوع من القهوة يسميه شوايا شمال الرقة بـ«الشكرلي». من اسمه يُعرف، فهو نصف من القهوة المرّة مع الكمية ذاتها من السكّر. يصبح الخليط عجائبياً في مذاقه، مرارةً زائدة وحلاوةً زائدة. كان فنجان قهوة أبي من هذا النوع.

القهوة المرّة أيام زمان كانت صناعة حقيقية. البن الأفضل نكهةً هو اليمني. يجلبونه حبوباً بلون أخضر باهت. يحمّصونه في المحمّص مع التحريك المستمر حتى ينقلب اللون إلى البني الغامق. ثم يدقونه في «النِجر» حتى يصبح في قوام الكحل الخشن. وهنا تبدأ رحلة الغلي التي تدوم ثلاثة أيام. من «قمقوم» كبير، إلى أصغر فأصغر. سبعة «قماقيم». والقمقوم يشبه الإبريق العادي، لكنه من نحاس. يتدرج في الكبر نزولاً، من قمقوم يسع خمسة لترات إلى أن يصل القمقوم الأصغر الذي لا يسع أكثر من لتر واحد، ثم «ركوة» الصبّ التي لا تسع أكثر من مقدار كأس ماء. القهوة النهائية التي يحتويها الـمَصبّ هي روح القهوة. ثخينةٌ ثقيلةٌ مرةٌ مرارَ العَلقم. لذلك لا يُصَبّ في الفنجان للضيف سوى رشفة أو رشفتين.

دائماً، وحتماً، يجب أن تكون هناك خثرة. والخثرة مقدار فنجان، أو أقل، من قهوة أقدم، قهوةٍ سميكة ومتجانسة. قطرةٌ واحدة منها

على اللسان تجعل المرء يعرف معنى المرارة الحقيقية. الحثرة تضاف على القمقوم الأوسط عندما تكون رحلة صنع القهوة قد قطعت يوماً ونصف من التهدئة في الجمر والرماد.

شرعت بسرقة القهوة بعد أن ذقت تلك الرشفة من فنجان أبي.

عند الظهر، تخلو المضافة من الزوار عدا من يكونون في القيلولة في الصالة الوسيعة. أضع سكّراً إلى منتصف كأس الشاي وأخفيها في جيبي. أتسلل إلى المضافة حريصاً خائفاً مثل كلّ لصّ. أسكب قهوة من الـمَصبّ، وأنسل إلى خلف التل، ماسكاً الكأس في جيبي وماشياً بحذر كي لا تَتموج القهوة في الكأس وتنسكب. هناك، خلف التل، ما بين القبور، أجلسُ على شاهدة. وأبدأ حفلة التلذّذ والتلمّظ بعد أن أحرّك القهوة والسكر بعود ألتقطه. يا الله ما ألذّها!

أذكر أول مرة كيف شرع قلبي يخبط في صدري وانتابتني دوخة لذيذة أجبرتني أن أتمدد إلى جانب قبر. بعد أسابيع من سرقتي اليومية، بدأت أصابعي ترتجف، وبدأ أهلي يقلقون عليّ من اصفرار وجهي وقلة شهيتي. وما كرهت رجلاً في صغري كما كرهتُ «علوان البطران» الله يرحمه. في يوم من أيام الصيف القائظة، وأنا أضع الكأس في جيبي غمرَ باب المضافة ظِلٌّ، ومن الفزع انسكبت القهوة في جيبي وظهر بللُها.

- ماذا عندك؟

- لا شيء.

قبض على يدي وهي في جيبي وأخرجها وهي تقبض على الكأس.

- يا حرامي القهوة.

حاولت الهرب، لكنه قبض عليّ بيدين قاسيتين، ولم يتركني إلا بعد أن أشهد عليّ من كانوا في قيلولتهم. يومها أمضيت النهار طافشاً في البراري. وعندما أظلمت العينُ، عدتُ وأبي في صلاة العشاء. وما إن أنهى صلاته بقوله متعجلاً لليمين وللشمال السلام عليكم، حتى اقترب مني بسرعة. الحقيقة قفز قفزاً، ولطمني لطمةً لن أنساها. طرتُ في الهواء ووقعت في حضن أمي.

جوري وجزمات

دخلت المدرسة الابتدائية في عهد الوحدة المصرية السورية للعام الدراسي 1958-1959 بعمر خمس سنوات. نعم خمس سنوات نتيجة لإلحاح والدي الذي كان يريدني أن أصبح مدير ناحية.

وكان الأستاذ المصري الوحيد حشاشاً عنيفاً. مسبّة «يا ابن الجزمة» لا ترتمي من فمه.

ما إن عرفت بعد أيام؛ أن الكلمة التي يلفظها هو بالجيم المصرية هي «الجزمة» بالجيم المعطشة التي نلفظها نحن، حتى سكنت رائحة جزمنا البلاستيكية ذات الساق الطويلة أنفي ولم تغادره. نقصت الرائحة مع العمر لكنها لم تغادر. على الرغم من هذا، كان أستاذنا «بيومي الحلواني» والحق يقال نشيطاً جداً. يعلّم الصفوف

143

جميعاً باقتدار، كما بتّ أعتقد الآن. كان معلّماً وحيداً بالطبع. وكان يبدو عليه أنه يتحمّل الغربة بجدارة. خارج المدرسة كثيراً ما رأيته يمازح وينكت ويضحك مع الناس. أليس كل المصريين خفيفي دم مثله؟ فيما بعد سيشاع أنه كان يحصل على الحشيش من المهربين بين تركيا وسورية. مدرستنا تجاور الحدود. وقتها كنت طفلاً لا يدري ما يجري. لكن مع مرور السنين عرفت.

تخرّج من مدرستنا هذه عدد لا يستهان به ممن أصبحوا فيما بعد أعلى من مرتبة مدير ناحية، ولكنهم جميعاً لم يركبوا الدرب العسكري، فالشوايا لا يحبون العسكرية، بل يكرهونها كره العمى. وحده أبي، على الأقل عند بدايتي الدراسية، كان يأمل برؤية نجوم على كتف ابنه.

وكانت رائحة الورد الجوري تزاحم في الربيع ما سكن ذاكرتي للشم من روائح جزمنا التي يذكرنا بها الأستاذ في كل ثانية: «يا ابن الجزمة». كيف حدثت مزاحمة كهذه؟

المدرسة تبعد عن قريتنا حوالي الأربعة كيلومترات أو أكثر. وكان عليّ أن أقطعها مشياً على الأقدام عندما تتعطل دراجتي. لم تكن هناك مشكلة في الذهاب والعودة أيام الخريف والربيع، سواء مشياً أم على دراجتي، وإنما كانت الصعوبة الحقيقية أيام الشتاء، وبالأخص في الأيام الماطرة منها.

وكان في شمال قرية «الويبدة» بئر زراعية، وعلى كتف ساقيتها عدة شجيرات ورد جوري. يا إلهي كم كانت فواحة؟ وكم كان عطرها قوياً!

تطرح الشجيرات وردها في أواخر الربيع، في فورة تجعل الرائحة تلاحق الدرّابة على الطريق إلى مسافة غير قصيرة. وتستمر في طرحها إلى أواخر الخريف.

كنت أمر بالبئر وأمضي وقتاً متأملاً الورود وسقسقة الماء ورقرقته، والتماع مويجاته في الساقية وأنسى نفسي طويلاً.

مرة في ذهابي الصباحي الباكر إلى المدرسة مررت بالبئر وقطفت عدة وردات قدمتها لمعلمنا. أذكر كيف فنجر بعينية متفاجئاً، وكيف طبطب على كتفي. ومن يومها استثناني من جملته الأكثر ترداداً في وجوه التلاميذ: «يا ابن الجزمة». والفضل لنفاقي وانتهازيتي، وللورد الجوري.

بقي أستاذنا مقيماً في بناء المدرسة أثناء العطلة الصيفية، ولم يسافر إلى أهله في مصر. فجأة نزلت غيمة من الحزن على الناس. حـدث الانفصـال في 28 أيلول. ورأيت بأم عيني رئيس مخفر الشرطة يجرّ الأستاذ من ياقة قميصه وكأنه يجرّ مجرماً. رأيت أستاذنا مستسلماً ذليلاً. رأيته بعد قليل يبكي وينهنه بحرارة كالأطفال.

ماريانّا

نحن في قلب شتاء استثنائي. نحن الآن في شهر آذار 2010. نسمعُ كل يوم الغناءَ يصعد وينتشر. جارتنا تستخدم مكبرات صوت كالتي تُستخدم في النوادي الليلية. صحيحٌ أنها تخفّض من علوّ الصوت، لكنه يظلّ فعّالاً يدخل جسدكَ ويملأ أذنيكَ. إنّه قريبٌ نافذٌ إلى درجةٍ تحسّ أن دمكَ يتراقص معه.

لدى «ماريانّا» مختارات موسيقية عالمية من اليابان إلى البيرو، ومن روسيا وكندا إلى أستراليا ونيوزيلندا. كلها ألحانٌ راقصة. كلها شبابية. «عودك رنان، لفيروز» هي الأغنية الأكثر احتشاماً من خزين ماريانّا الموسيقي.

ما إن تبدأ الموسيقى، حتى يشعر المرءُ برغبة في الرقص، أو على

الأقل هزّ الرأس، أو النقر بالأصابع وخفْق القدم. أنا مُتيقّنٌ أنّ الهضبة الصغيرة التي نسكن على قمتها، والطريق إليها، وبيوتنا الأربعة المتلاصقة، والغابة القريبة كلها أدمنتْ على موسيقى مارياّنا، كما أدمنّاها نحن.

منذ الصباح والثلج يهمي بسكون عجيب. ندف الثلج تسقط متهادية بلا عجلة. مشهد كما لو أنه في لوحة. هدوء. سكون. للشهر الثالث على التوالي تثلج. تثلج وتثلج. تتوقف لساعات ثم تشرع من جديد. الثلج أمتارٌ. لا يستطيع بعض الناس مغادرة بيوتهم إلا من الطابق الثاني. ثلج. ثلج.

يقطع السكونَ مرورُ سيارات إزالة الثلج عن الطريق العام. تصخبُ في الجوار لدقائق وتنصرف. يعود السكون. سكون عميق. ثم تأتي مارياّنا من مناوبتها الليلية، وتبدأ الموسيقى على الفور. أسمعها خلال الموسيقى توقظ «سليم» بصوت عال.

أقف في إطار النافذة البللورية الكبيرة محدقاً بهذا البياض الناصع، وجسدي يتراقص غصباً عنّي مع الموسيقى. أجفلُ على صرختها.

- أنت. محمد. تعال وتريّض قليلاً.

أراها تحتي تماماً في الحديقة، في ثياب خاصة لإزالة الثلج ويدها مجرفتان. لا ريب أنها رأتني سارحاً وليس بين يدي ما

يُشغلني. اللعنة. أما كان في وسعي أن أجلس بعيداً عن هذه الواجهة الزجاجية!

تحدّق بي منتظرة الجواب. لا عذر لي الآن.

تقذف الثلج بعيداً وتتحدث. تصمت قليلاً ثم ترافق الغناء المنبعث من المكبرات. والغناء يأتي خَلَلَ الثلج، كما لو أنه من مادة ملموسة تجعل الجسد يرتجّ تلك الارتجاجات الخفيفة اللذيذة. أستند على مجرفتي وأعدُّ لها 53 قذفةً بالدقيقة، ومجرفتها مملوءة دوماً. بينما لا أستطيع أنا، ورغم الجهد، سوى 51 قذفة، ومجرفتي ناقصة.

مارياّنا طويلة. لا بد أنها تتعدى 180 سنتمتراً. كتفاها عريضان، وثدياها ضخمان، وأردافها أصغر من أرداف رجل. أوّل تعرّفنا بها، شغلنا السؤالُ؛ كيف تكون نرويجية وشعرها أسود فاحمٌ وملامحها ملامح امرأة من الهند؟ وكما لو أنها معتادة على نظرات حبّ الاستطلاع هذه، سردتْ تاريخها العائلي باختصار وإيجاز وصرامة.

أبوها باكستاني نزا على أمها النرويجية وهرب إلى بلاده بعد أن ولدتها أمها.

فاجأتنا باستخدامها «فعلاً» في اللغة النرويجية لا يستخدمه إلا الشبان الوقحون؛ وألطف ترجمة عربية لذلك الفِعل هي «نزا».

سألتها بغتة السؤال الذي ظلّ يحمسُ في داخلي:
- ألا تفكرين بالسفر إلى باكستان والبحث عنه؟
- لا.

قالتها صارمة. ثم توقفت عن قذف الثلج، وأخرجت نصف سيجارة من جيبها. آلياً أخرجت أنا أيضاً وبالمصادفة نصف سيجارة، وسحبنا بالتزامن أنفاساً عميقة، وبالتزامن أيضاً نفثنا الدخان. نصف السيجارة تقليد عادي بين المدخنين في هذه البلاد. في الوقت ذاته تقريباً غمسنا عقبي السيجارتين في الثلج. دون تفكير قذفتُ أنا عقب سيجارتي من بين إصبعيّ الوسطى والسبابة، فأنقذف العقبُ بعيداً في البياض اللانهائي. أما هي فأخرجت ورقة من جيبها ولفت العقب، ثم أعادتها إلى الجيب. خجلتُ، وشرعت بقذف الثلج. بضع ضربات وضاق صدري. بتّ أسحب النفس سحباً، بينما راحت هي تملأ مجرفتها وتطوح بكمية الثلج الكبيرة بعيداً كما لو أنها تقذف قطناً مندوفاً، مرافقةً الغناءَ بغناء، وبحركاتٍ من خصرها. ومن خلفنا أسمع صوت سليم وتثاؤبه. قبّلتْهُ ماريانّا في فمه وضمّته ضمةً شغف. لا أظنه كان سيخجل كما خجل الآن لو أنني لم أكن عربياً مثله.

سليم جزائري. لا أحد يعرف اسمه الحقيقي. هو صديق ماريانّا وحبيبها، وزوجها لو لم ترفض السلطاتُ. فهو محكوم بالإبعاد عن

البلاد لثلاث مرات، لكنه ويتدبير من ماريانّا ما يزال هنا. سليم قصير لا يتجاوز الـ 165 سنتمتراً. نحيف لا يزيد عن الخمسين كيلوغرام. عَمِل السبعة وذمّتها، قبل أن يرسو عند ماريانّا ويهدأ. ظريف، لطيف، وخدوم.

دقائق أخرى ويأتي الجميع من مدارسهم وأعمالهم، فنحفر معاً دربنا الصاعد إلى بيوتنا تحت قيادة ماريانّا. أجل نحفر، لأن الطبقة السفلى تحت الثلج كانت جليداً صلباً، تلزمه القوة لتكسيره أولاً، ولقذفه بعيداً ثانياً.

و«الثلج من الجانبين... أعلى وأعلى... أعلى ارتفاعاً من سليم»، تغنّي ماريانّا مقلّدة أغنية معروفة.

صرنا أكثر من عشرة، كل بيده رفشه مستمتعين بجهاز أغاني ماريانّا.

وفجأة التفتنا إلى تمنّع سليم، لنراه محمولاً بين ذراعي ماريانّا، وهي تفتل وتفتل مع قطعة موسيقية روسية.

وسليم يدفع بيديه ويرفس بقدميه، وماريانّا ترقصُ به وتحتويه بكلّ قوّتها.

مثل ذاك العصفور

قال: «شبّهت نفسي به».

كنا نجلس على مقعد في الحديقة في إحدى ضواحي أوسلو. يواجه المقعد بحيرة من البحيرات التي تتخلل بلاد النرويج. في هذه البلاد أربعمائة وخمسين ألف بحيرة عذبة!

الحديقة في موقع عالٍ يطلّ على العاصمة، تنيرها ليلاً عشرات المصابيح ذات الضوء الساطع. اختار مقعداً يواجه الجبال والغابات ويعطي ظهره للعاصمة. لا يبعد المقعد من جهة اليسار سوى ثلاثة أمتار من أول صف سيارات في موقف سيارات العاملين في المصنع. أما من جهة اليمين فساحة عشبية تكثر فيها مقاعد المتنزهين.

قال إنه يجلس كل يوم ساعات في هذا المكان الذي نجلس فيه الآن، وإنه يدعوني غداً على فنجان قهوة، بعد أن ينام الناس. قال: «ولا أروع من السكون هنا، بعد أن يخمد نشاط البشر».

لم يحضر القهوة فقط كما وعد، وإنما أيضاً سندويشات صغيرة وبعض المكسرات. الدنيا صيف والسكون بدأ يخيم، والساعة قاربت الحادية عشرة، والناس نامت، فغداً يوم عمل.

هو في منتصف العقد السادس، متقاعد تقاعداً جزئياً مبكراً. قال: «مللت العمل وتقاعدي يكفيني»؛ فلا تلد ولا ولد.

لم يتوقف عن الكلام. كان جوعان كلام وحديث.

قال: «خرجت من سورية أثناء حملة اعتقالات الثمانين، وجئت إلى هذا البلد. لم يكن اللاجئون وقتها كثر كما هم الآن. تعلمت اللغة واشتغلت وعندي مال في البنك وشقة. شقتي على بعد أمتار من هنا». وأشار بإبهامه من فوق كتفه إلى الحي خلفنا، وأضاف:

– لم أعش. لم أعش حياة منذ خرجت من البلد بالثياب التي عليّ فقط. لعلك فوجئت من قولي هذا. لم أعش، نعم لم أعش. أتدري لماذا؟ لا لشيء يخص الهروب، أو السياسة أو افتقاد البلد والأصدقاء، وإنما بسببها هي. أحببتها وأحبتني، ولا أدري كيف طاوعتها نفسها على أن تنام مع أحد غيري

وتنجب منه. أتدري، حصلتُ على صورة لها من الفيسبوك مع أبنائها الثلاثة وبنتها. كل يوم أرفع الصورة تحت الضوء أو بالقرب من النافذة مرّات ومرّات، وأحدق بها طويلاً كما لو أنني أتمرأى. أهذه هي؟ أهذي هي الفتاة التي أحببتها؟ يا إلهي كم كبرت، وكم ظهر أثر السنين في تجاعيد وجهها. أين فتاتي تلك المكتنزة بلا امتلاء؟ أين طعنة نهديها الواقفين الصلبين؟ أين لمعة الشقاوة والاشتهاء في عينيها؟ أين شلالات شعرها الفاحم الذي كانت تلاعبه؟ أين؟ وأين؟ وأين؟

تابع حديثه بعد أن توقف لبرهة:

- كنا قد تعاهدنا، مثلما يفعل المغرمون، على أن حبّنا أبديّ، وأنه لن يفرقنا سوى الموت. هربتُ مثل غيري وتصوّرت أنني أستطيع استقدامها سريعاً، ولكن أعواماً ثلاثة مرّت قبل أن أحصل على العمل، وقبل أن يصبح لدي الحق باستقدام زوجة. ثلاثة أعوام ليست بالكثيرة على حبّ كبير مثل حبّنا. ولكن...

في السنة الأولى ظل الحبّ ملتهباً، ثم في السنة الثانية صرت أحسّ بنقص في حرارة صوتها عبر الهاتف، وفي السنة الثالثة، بدأت تلومني وتغلق الهاتف. ثم جاءني الخبر الصاعق: تزوجت.

لا أريد أن أعمل من نفسي العاشق المسكين الضحية، ولكنني أحببتها حقاً، ولم أستطع استبعاد ذكرى ملامساتنا ولعبنا وهمساتنا وتلاحظنا بالعيون في وجود الأخرين... لم أستطع لم أستطع.

مرّت سنوات أغرقت نفسي فيها بملاحقة النساء هنا، ولم تنطفئ ناري. ومرّت سنوات أخرى من اللخبطة، والضياع، حتى إنني بدأت أصلي بلا قناعة. ومرّت سنوات بعدها من الذهول، والغرق في العمل... وها ذا أمامك، مثل ذاك العصفور. مرّت كل حياتي وأنا أتأمل داخل ذاتي وأنظر فيها. ومنذ أن اقتنيت هذه الصورة وأنا مهووس بالنظر إليها، ولا أستطيع أن أجبر نفسي على ترك هذه العادة.

أخرجَ الصورة وتمَلّاها طويلاً، ثم دفعها إليّ، وقال:

– شوف، صارت عجوزاً.

خطر ببالي أن أقول له: «وأنت أيضاً صرت عجوزاً»، لكنني استثقلتها.

– صرتُ مثل ذاك العصفور. أتراه؟ إنه بالمئات في هذه الشجرة التي أمامنا فقط، فما بالك بالشجر الكثير هنا. أنا مثله يا صاحبي... مثل هذا العصفور. أتعلمْ أنه في هذا البلد عصافير يسميها الناس بعصافير الحب؟ كثيراً ما شكى سكان الحي والعاملين

في المعمل من ذرق العصافير على سياراتهم وبالأخص عندما يركنونها قرب الأشجار أو تحتها. هذا العصفور لا يحلو له الذرق إلا على مرايا السيارات تحديداً. ألا ترى الأمر غريباً؟ سمعت من الناس عنه. سمعت آلاف التساؤلات عن غرابة أن يترك العصفور كل السيارة ويأتي ليذرق على المرآة. غريب! أثار الأمر فضولي وقلت في نفسي لا بدّ وأن يكون هناك سرّ؛ ولأنني بتّ لا أنام إلا لماماً وصار نهاري في الصيف هو الليل، أجلس هنا على هذا المقعد وصورتها مع عائلتها في الحقيبة هنا، أراقب برغش الليل والفراشات في جامات النور الساقطة من المصابيح. أتأمل عائلات البطّ وهي تسبح في البحيرة، وأسمع أمّهات البط بين لحظة وأخرى تنغط على صغارها. على الهامش؛ هل تعلم يا صاحبي أن البط في هذا البلد تحت حماية الملك. ممنوع صيده أو أذية أعشاشه أو فراخه.

المهم رحت أراقب وأراقب. ليال وأنا أراقب جموع العصافير. خَمِّنْ ماذا اكتشفت؟ عندما يحل الظلام يكون آخر عصفور منها قد اندسّ بين الأغصان، فإذا ما كانت الدنيا ضوّية فإنها تظل تزقزق وكأنها تسمر. أما إذا كان الظلام كثيفاً، تصمت وتنام. وفي موعد محدد هو بين الثالثة والرابعة فجراً عندما تتفتّح السماء ويكون السكون عميقاً تخرج تلك العصافير فرادى.

يحطّ كل منها على مرآة سيارة... ربما حطّ عصفور أحياناً على جزء آخر من السيارة، ولكنه سريعاً ما يتقافز، ويرفرف إلى أن يصل المرآة.

العجيب يا صاحبي أنها جميعاً تُمضي وقتاً طويلاً وهي تتمرأى في المرآة. ترى الواحدَ منها يقلّب رأسه من هذه الجهة لتلك، وينظر في عمق المرآة بالمقلوب، من فوق، ومن جنب، ومن الأسفل، ويذرق أكثر من مرّة فيما هو يقلّب النظر إلى ذاته في المرآة. لم أرَ يوماً يا صديقي اثنين منها على مرآة واحدة. كلّ واحد منها يحجز مرآته ليرى نفسه فيها بكل الأوضاع إلى أن يملّ فيخلي مكانه لغيره.

التقرير

آجر بي وحصل على إدارة أصغر الدوائر الحكومية في الرقة وجيب لاندروفر. وحقّ الله آجر بي على الرغم من أننا أصدقاء.

كيف إذاً كسب صديقي الأجر وأضرّ بي؟

صديقي العزيز تأوّل، وفسّر قصص مجموعتي المتواضعة «قمر على بابل» بطريقة انتبه لها رئيس مفرزة المخابرات العسكرية في الرقة. استُدعي صديقي، ويبدو أن قلبه كان قلب عصفور. سأعرف فيما بعد أنه لم يترك ستراً أو خفاء في قصص المجموعة إلا وفضحه.

لا أعتقد أنه تعمّد إيذائي بوعي. كان بالطبع مسروراً بأنه ضرب الشيفرة أو كلمة السرّ التي اعتمدتها في القصص، فسعى

157

إلى أن يقود ندوة يشرف عليها المركز الثقافي لتناول مجموعة القصص. كنت حاضراً، لكنني انسحبت بهدوء لأنني شعرت بأن فخّاً يُنصب بعناية. كرّر صديقي محرضاً المحاورين بأن في القصص دفيناً ملعوناً، لا يدركه إلا من عرف تاريخ الكتابة على ألسنة الحيوانات.

قصصٌ ملعونة. مضامين ملعونة. تمويه ملعون. تكنيك مَلعنة ينتشر في كل قصص المجموعة. هكذا كان صديقي يعيد.

عندنا في الرقة لمفردة ملعون وقع خاص، ربما يُختلف عن وقعه في مدن أخرى غير الرقة؛ فهي تحمل معاني: الخبث، الذكاء الشرير، اللؤم، التجاوز للحرمات والحدود، الشيطنة، المكر...إلخ.

صديقي العزيز لم يجانب الحقيقة. فقد كتبتُ المجموعة وفي ذهني تقليد «إيسوب»، وابن المقفع، وبعض قصص الجاحظ الواردة على ألسنة الحيوان. والسبب معروف بالطبع. كنت وقتها أخاف من خيالي. كان صوت مكابح سيارة عابرة يجفلني، يرمع قلبي، ويهتف هاتف في داخلي إنها سيارة مخابرات. مع ذلك، وتحت الرغبة العارمة في أن أقول شيئاً، كتبت تلك المجموعة ونشرتها عن طريق «دار الحوار» التي كان صاحبها نبيل سليمان قادراً في ظنّي على تمريق ما لا يمرق.

في المجموعة قصة أبطالها قطط وفئران. قصدتُ فيها تمثيلاً

لما حدث في حماة شباط 1982. في هذه القصة ارتكبتُ غلطة الشاطر أو أنها كانت نفثة المقهور. حيث بنيتُ القصة على أن قطاً رئيساً مندوباً عن القطط يقنع فأراً شاباً بأنْ يسعى لإقناع قومه بأن القطط ترغب بصلح دائم. الأمر الذي أغرى الفئران رغم تشككها وترددها. حدّدت القطط عبر المندوب يوم 2 شباط لعقد مؤتمر الصلح. والنتيجة معروفة بالطبع. إبادة.

حقدي الدفين العميق والثقيل دفعني إلى تحديد الموعد بالثاني من شباط أي يوم بدء مجزرة حماة.

استدعتني مفرزة الأمن العسكري أثناء عملي في العيادة. لم يمهلوني حتى نهاية الدوام. تركوني لساعات ملطوعاً في غرفة عارية تماماً إلا من كرسيّ الحديد الذي جلست عليه.

أدخلوني إلى مكتب رئيس المفرزة أبو وسيم. كلهم أبوات. راح يقلّب صفحات المجموعة. يقرأ ويطلب منّي أن أفسّر.

سرعان ما أدركت أنه يروم الوصول إلى قصة القطط والفئران إياها. ورحت أضرب أخماساً بأسداس مناشداً نفسي أن أبقى هادئاً وأن أضع قناع البرود متى ما سألني. لماذا قطط وفئران. ولماذا شباط. الأنكى من ذلك هو لماذا الثاني من شباط؟

أدركتُ أيضاً أن الورقة التي كان أبو وسيم يرفعها وينظر

فيها بين لحظة وأخرى، ثم يعيدها مقلوبة على الكتابة، هي تقرير. وسأعرف بعد أشهر أن صديقي من قدّمه مضطرّاً، كما اعترف بنفسه.

كان دفاعي ناجحاً إلى درجة أن أبو وسيم رمى بالكتاب في خزانة خلف ظهره، وبانت عليه خيبة النمر عندما تفلت منه الفريسة، أو يعافها لأنه لم يكن جائعاً جداً، أو أنه كان متكاسلاً عن الاستمرار بالمطاردة. لكن دفاعي ما كان نافعاً حتماً لولا (!) أنا هلّاط حكي، ذرب اللسان في حالتين عندما أكون منتشياً، أو عندما أُزنق.

بجمل مختصرة وواضحة، مع احترام منافق لسيادته، أوردت أسماء كتّاب في التاريخ كتبوا على ألسنة الحيوانات: «ابن المقفع، وابن عربشاه، وأحمد شوقي، وزكريا تامر... وتصوّر سيادتك أن قصة الغراب والثعلب، التي لعلك تعرفها وقصصتَها لصغارك، كتبها عبد يوناني قبل المسيح بنحو 005 عام». بدا لي أن أبو وسيم لا يعرف أحداً من هؤلاء، ولا يعرف قصة الثعلب والغراب، فرويتها له.

واسترسلت: «سيادتك تسأل لماذا شباط؟ ولو يا سيدي أليس شباط هو وقت هوْرنة القطط؟ مع غمزة!» تبسم أبو وسيم. قلت لنفسي هانت، وجاءت الفرصة.

قلت كاذباً: «كأني سمعت مصادفة من العناصر أن سيادتك ستسافر في إجازة، وهذه هدية بسيطة مني لمصاريف الإجازة تُعين قليلاً». اختلقتُ الكذبة اختلاقاً. ثم قمت ودسست 2000 ليرة تحت الورقة التي كنت أظنها التقرير العتيد. رفعت طرف الورقة أثناء دس النقود لعلي ألتقط معلومة ما.

شربنا الشاي. واستمعت إلى محاضرة مطولة من أبو وسيم عن عظمة القائد، وأنني ما كنت لأكون طبيباً لولا القائد، فهو الذي بنى لي الجامعة ودرّسني، وأنّ حبس إخوتي هو لصالحهم كي لا يغلطوا أكثر بحق الوطن ويعاقبوا بأكثر من الحبس.

وظلت الألفين ليرة راقدة هناك، تحت الورقة التقرير، إلى جانب مجموعتي القصصية الحاقدة.

ثم عند توديعي، جعلك الورقة وألقاها في سلة المهملات، وقذف بمجموعة القصص إلى رف خلفه.

مسحال حيّة

كنا أنا وعليّ ونايف راجعين من المدرسة إلى قريتنا. المدرسة تبعد عن قريتنا حوالي أربعة كيلومترات. كان الوقت أوّل حصاد الشعير. وكانت موتورات الميْ تطقطق من جهات عدة لسقي حقول القطن. نبتات القطن ما تزال في أول تبرعمها وتقفّعها. فجأة رأينا مسحال حيّة. وقفنا هناك نتحازر إلى أي جهة كانت تزحف. إلى اليمين حيث حقل قطن عمي، أم إلى اليسار حيث حقل حنطتنا الذي لم ينضج تماماً بعد!

الذي أثارنا وجعلنا نرتعش رهبة وفضولاً، هو أن الراعي حمدان كان على مسافة غير بعيدة عنّا يهش على قطيعه ويمنع الماعز من أنْ يدشّ في حقل القطن أو حقل الحنطة. آثار أظلاف الدواب

مطبوعة بوضوح على تربة الطريق الناعمة، بينما كان مسحال الحيّة قد طمس في مسيره الجزء الذي مر عليه من تلك الآثار. هذا يعني أن الحيّة على بعد أمتار منا، وأنها مرّت من هنا للتو. كان أثرها عريضاً يوحي بأنها حيّة ضخمة.

حسم نايف مسألة الجهة التي سلكتها الحية. قال: «شوفوا، الحيّة ترفع راسها وهي تتسحّب، وذيلها يظل ينقر التراب. شوفوا شلون نقرات الذيل على اليمين واليسار، بينما هنا لما قطعت الطريق ظل الذيل يضرب والرأس مرفوع... عاذْ عرفتوا وين راحت؟» أشرنا بأصابعنا نحو الجهة، وعزمنا بلا تردد على ملاحقتها.

سرنا بضع خطوات ودخلنا حقل القطن. لوّح لنا الفلاح بيده. صحنا: «حية. حية». صاح «اقتلوها، اقتلوها لا تخافوا». كنا قد التقطنا حجارة من كتف الطريق. ذاك كان سلاحنا. بضع خطوات أخرى ورأيناها هناك تتسحب بين خطوط القطن، كانت أفعى ضخمة فعلاً. رشقناها بحجارتنا وأصبناها، لكنها ظلت تسير سيرها. أصلاً نحن نعرف سلفاً من أهالينا أن قتل الحيّة لا يكون إلا بسحق رأسها، فكيف لحجارة نقذفها عليها وهي في هذه الأرض الفَدِرة الرطبة وحتى الموحلة أن تسحق رأسها؟ لن يكون لحجارتنا تأثير!

لاحت منّي التفاتة إلى حيث يقف الفلاح ضاحكًا من مشهدنا.

وكان رفشه مغروساً إلى جانبه. أتت الفكرة. خطفت الرفش. وكان ثقيلاً.

رفعته واندفعت. اقتربت منها، اقتربت... اقتربت، وبكل العزم والرهبة نزلت عليها بضربة. غاص الرفش وذيل الأفعى والجزء القريب من الذيل في الأرض الموحلة. لوهلة بدا الوضع وكأنني حققت المراد، ولم يبقَ إلا سحق رأسها. رفعت الرفش مرة أخرى، تماماً في الوقت الذي استدارت به الحيّة نحوي ونهضت برأسها وانفتح شدقها عن فحيح مخيف وعن لسان بدا لي أسود مرعباً. كنّا وقتها نعتبر السم كامن في اللسان.

وليس بجزء من الثانية، بل أعتقد بلحظة، سقط الرفش من يدي وطرنا نحن الثلاثة. طرنا فعلاً من الرعب! تكاد أقدامنا ألا تمس الأرض، وقد ملأ صراخنا الحقل.

راح الفلاح ينادي علينا بيده وهو فارط في الضحك. مضى وقت إلى أن ضبط نفسه وتوقف عن القهقهة. ومضى وقت حتى هدأنا. ووقفنا على مبعدة من الموقعة. نرتجف ونتلفت.

قادنا الفلاح إلى المكان. لم تكن الحية هناك.

جلس الفلاح وطلب من الجلوس على كتف الساقية، ولكننا لم نأمن الجلوس. اعتقدنا أنّ الحية يمكن أن تنبق في أي وقت مقتربة

منّا. ظلّ الفلاح يتبسّم بخبث وينظر إلى رعبنا، ثم لم يستطيع ضبط نفسه فاستسلم لنوبة قهقهة.

المصيبة أنه باستجوابه لنا زاد من رعبنا أضعافاً مضاعفة.

- هل أصبتوها يا تُرى؟ هل ماتت برأيكم؟ إذا ماتت لازم ندفنها عميقاً، وإلا فإن عظامها المليئة بالسم ستجرحك أنت يا قاتلها، وسيسوقك القدر إلى أن تدوس عليها.

وأضاف:

- هل انقطع رأسها عن جسمها يا ترى؟ لأن الرأس سيظل يبحث عنك حتى يجدك. هل انبتر ذيلها يا ترى؟ لأنها في هذه الحالة ستصوم إلى أن تجدك يا قاتلها وتنتقم منك، فهي تنمّي حقدها كل ساعة لأن ذيلها عزيز عليها.

في تلك الليلة لم أستطع النوم إطلاقاً. فقد ظلّت برودة وجه اللحاف تجفلني، وكلما لمست شيئاً ناعماً، أو كلما تصورت، مجرد تصور شيئاً، ناعماً ارتعشت روحي.

ليال وليال، ظل الكابوس يأتيني على صورة أفعى فاغرة، ولسانها الأسود يتلاعب، ومع تلاعبه أختنق في الرعب.

لا زلت حتى الآن. والله حتى الآن، أدير وجهي بعيداً إذا ما ظهرت أفعى على شاشة التلفزيون.

لا عصمة في مطار أوسلو

في مطار أوسلو تقدمتُ من الشرطي ذي القامة الممشوقة والعضلات المفتولة، وسألتُه عن إمكان مساعدتي في الوصول إلى الطائرة الذاهبة إلى «كريستيان ساند». لا شكَّ في أن إنجليزيتي المكسَّرة، ومشهدي في الالتفات، ونظراتي اللائبة، أوْحت له بأنّ هناك شيئاً مُريباً. سألني من أين قدمتُ ولماذا أسافر إلى «كريستيان ساند». أجبتُ إنّي لاجئ قادمٌ من العربية السعودية، ومن المفترض أنْ أجد من ينتظرني هنا، لكنني لم أجد أحداً. حقاً كان في الحُسْبان أن ينتظرني شخصٌ ما من منظّمة الهجرة العالمية، لكنّ خطأ في المواقيت جعله يطمئنّ إلى أن موعد وصولي ليس هذا الخميس، بل الخميس القادم، كما سأعلم فيما بعد.

تولى الشرطيّ دفع العربة التي كنت قد وضعتُ عليها الأغراض. فأسررتُ في نفسي: ما ألطفه! مررنا بميزان، فوزن هو الأغراض. وأسررتُ في نفسي: ما ألطفه! ثم اتجهنا نحو ما سيظهر أنه مكتب شرطة المطار وغرفة الحجز للمرحّلين وللذين سيُسجنون.

على الفور شرع شرطيان يفتشان الأمتعة، بينما قادني الشرطي الذي قابلته أولاً إلى الداخل. ثمّ إلى مرحاض هناك، وأمرني بأن أخلع ملابسي عدا السروال الداخلي. تسارعت الأمورُ بشكل لم يتح لي التفكير. الآن بدأت أتساءل. ما الذي يحدث؟

غرفة الحجز وسيعةٌ وجدارُها الفاصل عن المكاتب المفتوحة لرجال الشرطة من بِلْلَور. كنتُ أرى كلَّ شيء. أراهم مشغولين بأمتعتي وحدها. يقلّبونها ويفتشون الجيوبَ ويتأمّلون الأوراق، وينزّلون ما في كمبيوتري المحمول. نكثوا كل شيء. فجأة سرتْ بينهم موجةُ اهتمامٍ وتركيز، وراحوا يتبادولون ورْيقةً. يقرأُها الواحد منهم فتبدو عليه سيماءُ الانشغال والمفاجأة، ثم يُمرّر الورقة لزميله. وأخيراً دخل الجميع في تفكير عميق. كان هذا هو انطباعي. كأنهم اكتشفوا شيئاً في غاية الأهمية. يعيدون النظر في الوريقة ويُلقون إليّ بنظرةٍ ذات معنى عبر جدار البلّور.

ما تكون تلك الوريقةُ يا ربّي؟

شيئاً فشيئاً مثل نارٍ أمسكتْ بأثر بنزين ثمّ أخذت الخزّان

بانفجار مروّع؛ ارتعشت صورة الوريقة في رأسي غامضةً أولاً، ثم بغتة ظهرتْ، سكنتْ، وتثبّتت واضحة كل الوضوح.

كنتُ قد زرتُ طبيبَ أسنانٍ في أواخر إقامتي في مدينة الخُبر في السعودية. ولأنني لا أملك المال ولا الوقت، فإن طبيب الأسنان لم يقم بعلاجٍ وافٍ. اكتفى بإحداث حفرتين عبر جسر على أسنان الفك العلوي الأيمن ووضع قاتل للعصب تسكيناً للألم الفظيع. حلٌّ مؤقت ريثما أصل إلى أوروبيا، كما قال. ولذلك كتبَ على وريقة من الأوراق التي يستخدمها الأطباءُ عندما لا يريدون كتابة وصفة أو تقرير. في ذلك الوقت كان إعطاء أي وثيقة من أي جهة في السعودية أو تقرير سيستخدم في الخارج، يتوجّب تصديقه من جهات منها وزارة الخارجية. إي والله. لذلك اختصر طبيب الأسنان الطريق وكتب على هذه الوريقة.

الوريقة تتظّهر في رأسي وتملأ الأفق، والكتابة عليها بالإنجليزية في أوضح صورة الآن:

قاتل عصب (nerve killer). تحت الجسر عبر حفرتين (under the bridge through to holes). ثمّ أرقام الأسنان الرحوية التي ثُبت عليها الجسر.

هكذا كلمة الجسر بالتعريف، من دون ذكرٍ لأسنان. الأمور لابِسةٌ ومنتهية! جسرٌ وقاتل عصبٍ وأرقام وقادمٌ من العربية

السعودية بعد سنتين فقط من 11 سبتمبر. فمن يكون هذا الوغد الإرهابي؟ وما تكون هذه الوصفة إن لم تكن ورْيقة ارشاد لتفجير جسر، أو إطلاق مادة سمية قاتلة؟

يا إلهي! رحتُ أدقّ على الزجاج وأشير إلى جسر الأسنان في فمي، بينما راحوا هم ينظرون إليّ. الحقيقة أنهم كانوا يخرزونني بنظرات مفترسة. وفي لحظة إلهام أدرك أحدُهم ما أعني، وشرع يتكلّم مع رفاقه.

لم تمضِ سوى ساعات حتى ثبت أن الجسر المقصود هو جسر أسناني، ولم يكن جسراً للتفجير.

مسدسات

ما إن أضع الكتب وآكل لقمة، حتى أخرج مستعجلاً بحثاً عن الآخرين كي نلعب لعبة. كنّا حزباً متضامناً نحن أبناء الأحياء الطرفية خارج السور، مثلما كان عجيان أحياء داخل السور حزباً آخر. كانوا باستمرار أقوى منّا وأوقح، وكانت عيننا مكسورة تجاههم على الدوام. كنا نتحاشى أن نلعب وإياهم في المكان ذاته، وكانوا يعيّرونا بأننا شوايا.

من اللعبات التي كنّا نحبها لعبة «التكساسي» التي نقلد فيها الأفلام الأميركية، والتي عرفنا عندما كبرنا أن اسمها «أفلام الويسترن». أمّا لماذا أسميناها وقتها «أفلام تكساسية»، فلأنّ اسم ولاية تكساس ترد كثيراً فيها.

كان لدى كلّ منا نصف فك سفلي لخروف أو نعجة يشبه في شكله مسدساً. نشكُّ نصف الفكّ في أحزمتنا، ونسلّه وقت نطلق النار من أفواهنا. كنا نعثر على فكوك الأغنام في مزابل المدينة شمال السور. تلك المزابل لم تكن بعيدة عن المدينة، وهناك نجد كل شيء. كانت الفكوك أكثر الأحيان متصلة. فكّان اثنان معاً. نفصلهما فيصبح للواحد منّا مسدسان. وكانت الفكوك الأقدم جاهزة للاستخدام فعلاً، فالنمل والحشرات الأخرى والشمس والريح تكون قد برتْـها وجعلتها نظيفة لامعة. أما الفكوك الحديثة فإننا نحسكُها بالحصى والتراب إلى أن تنظف.

كانت برية شمال الرقة حيث المزابل ملكنا، نحن حزب أولاد خارج السور.

في ذاك اليوم اتفقنا أن نلعب لعبة «التكساسي» على السور، وفي الوادي المحيط به.

وكان الأهالي منذ زمن بعيد قد جردوا السور من فخّاره وبنوا بها بيوتهم. بقي جسم السور الضخم العالي السميك جداً عارياً. يتكون لُبّ السور من اللبن، وقد عملت الأمطار فيه مجاري وأكتاف. في تلك المجاري كنا نختبئ، وعلى تلك الأكتاف كنا نتنقّل صعوداً إلى ظهر السور، ونزولاً إلى الوادي المحيط.

كنت أهرب جنوباً على ظهر السور من جمع يطلقون عليّ النار

من بعيد، وليس من مَهرب سوى أن أجد كتفاً أنزل عليه نحو الوادي، أو أختبئ في أخدود بجواره.

وجدته ونزلت مسرعاً ويا للهول! الكتف ينتهي بعد مسافة قصيرة ويصبح جسم السور أملساً عمودياً. سأسقط سقوطاً شاقولياً من علٍ إذا ما زلَّت قدمي. لا أدري كيف توقفت، ولا كيف التصقت بالسور مرعوباً. صار جسدي قطعة واحدة. كنت أضغط بكفَّيّ وذراعي وظهري على السور. وكان تراب اللّبن يتفتت تحت قدمي ويتساقط. رعب وعجز وضياع.

في الأسفل كنت أرى صبيتين صغيرتين تركضان خلف ثلاث سخلات عابثة. تصعد السخلات كتفاً وتنزل على كتف آخر. تهبط الوادي وتغيب، ثم تظهر صاعدة مرة أخرى، والصبيتان بمثل خفّة السخلات تعبثان وتتضاحكان. يا إلهي كم حسدت آنها السخلات والصبيتين!

من فوق أطل الجمع مطلقاً النار عليّ بصخب وظفر. لحظات وأدركوا المأزق الذي أنا فيه. صاروا يتصارخون وأنا أضغط وأضغط بظهري على السور متجنباً أي حركة، وما زال التراب تحت قدميّ ينهال ساقطاً.

أظنني لم أكن أتنفس عندما سمعت صوتاً عميقاً هادئاً يقول: «لا تخف... أعطني يدك القريبة بهدوء... لا تخف». كان الصوت

لرجل نزل خطوتين على الكتف ومد يده نحوي. تحت قدميه هو الآخر كان التراب ينهال ساقطاً، ومع ذلك ظل صوته هادئاً: «لا تخف... أعطني يدك القريبة بهدوء... لا تخف». أيقنتُ أنني ما إن أتحرّك أيما حركة، فإنني ساقط لا محالة، وهو ما انفكّ يكرر: «لا تخف... أعطني يدك القريبة بهدوء... لا تخف». ببطء شديد ودون أن أترك أي فراغ بين ذراعي والسور مددت يدي، وهو يعيد ويعيد بصوته العميق: «لا تخف... لا تخف». فجأة نترني من يدي إلى الأعلى، وخطا خطوتين إلى الوراء حيث يتسع الكتف ويصبح شبه منبسط. التعبير الوحيد في وجه الرجل الشهم الذي احتفظ به في ذاكرتي بعد كل هذه السنين، هو أنه كان مرعوباً ومتقطع الأنفاس مثلي.

أكبر من مظاهرة الدير

عام 1965 كنت في الصف السادس الابتدائي؛ صبياً ريفياً انتقل وحيداً من أعماق أرض الشوايا إلى الرقة للدراسة، ولكنني كنت على الدوام نظيفاً، مرتباً، وأنيقاً، حتى إنني جلبت معي ربطة عنق الفراشة (الببيونة) التي اشتراها لي أبي مع بدلة زرقاء داكنة اللون فيها خطوط دقيقة تكاد لا تظهر، وقميص أبيض محجر. لم ألبس تلك البدلة إلا ثلاث مرات. المرة الأخير كانت في عرس عمي، فأصبحت محطَّ سخرية الأولاد. كرهت بدلتي منذ ذاك الوقت، وكرهت «الببيونة» أكثر، فهي كانت موضوع السخرية الأول. كان في ظني أن الطلاب في المدينة يتأنقون بالببيونة ويلبسون البدلات على الدوام، وكان في ظنّي أن أولاد القرية سيحسدونني ويغارون منّي. لكن لا. والنتيجة عقدة دائمة وكراهية مزمنة لأي بدلة.

كنت أسكن في غرفة مستأجرة من بيت كبير في حوش واسع مبني من الفَخَّار. بالمناسبة كل بيوت أهل الرقة كانت في ذاك الزمن من الفخّار الذي نزعه الأهالي من السور. وكان في البيت بناتٌ ثلاث لطيفات حنونات لم يدخرن وسعاً في تنظيف غرفتي وترتيبها. كن مهووسات بالنظافة، يعملن في البيت من دون كلل. كنّ يخلقن الأعمال خلقاً. عاملنني كأخ صغير لهن. في ذاك الزمن كانت شريعة أهل الرقة وسيعة لا تحفظات فيها. وكان الأهالي يفخرون بالقول إن «شريعتنا فضيّة».

كان لدى البنات راديو لا يسحب سوى إذاعة دمشق. منه تعرفت معهن على الأغنية المصرية واللبنانية، بالإضافة إلى الأخبار بالطبع، وإلى نقل الاحتفالات. يتركن الراديو مرتفع الصوت وسط الحوش إلا إذا كان الوالد موجوداً، وهو نادراً ما يكون في البيت، فهو مالك مقهى، ويعيش في المقهى وللمقهى.

أياماً عديدة ظل الراديو ينقل لنا شتائماً ضد الحبيب بورقيبة رئيس تونس. كان الأمر بالنسبة لنا مثيراً وجديداً. كيف له أن يطالب العرب بالصلح مع اسرائيل؟

انتقل الغضب إلينا وصرنا ننتظر الأخبار عند الربع فوق تمام الساعة. الثانية والربع ثم التعليق، والسادسة والربع، وأخيراً التاسعة والربع.

من الراديو علمنا أن مظاهرة كبرى خرجت في دمشق احتجاجاً، وسمعنا بحماس الهتافات. من الراديو علمنا أن المحافظات الأخرى ستخرج في مظاهرات على التوالي. وكان دورنا بعد دير الزور، فالرقة محافظة جديدة أنشأها عبد الناصر. والدير هي المحافظة الأم بالحقيقة. وهو الأمر الذي خلق تلك الحساسية الجديّة والمازحة بين المحافظتين.

قال لنا المدير في التحية الصباحية غداً مظاهرتنا، ويجب أن تكون أكبر من مظاهرة الدير.

مدرستي كان اسمها «مدرسة الأمين الابتدائية»، وهي بيت كبير نسبياً مستأجر ومبني كالعادة من فخّار السور. تهدّمت المدرسة واندثرت بعد سنوات. أيامها كانت مدرسة الرشيد الابتدائية وحدها ضخمة وطابقية ومبنية بالإسمنت، يدرس فيها أبناء الأحياء الرقاوية. أما مدرستنا فأكثر طلابها من الشوايا والغربتليّة.

فاتني القول إنني كنت خجولاً ومجتهداً للغاية. كنت أتعرض للتنمر ولا أقدر على الرد. يمكنكم القول إنني كنت جباناً. أذكر أن ابناً لعضو قيادة فرع في الحزب من أصل أردني كان يضطهدني، وكان لا يملّ من أن يلفت انتباه الآخرين. يقترب منّي ويمشّي أصبعيه الوسطى والسبابة في الهواء، ويقول بنغمات مختلفة كل

مرة: «عندكم دبابات من هاي... يعني عندكم قمل؟» وأنا أُنقهر.
لمرة واحدة ثأر لي الأستاذ نيقولا الصباغ، وقد لاحظ مدى اضطهاد
هذا الولد، الشقي الغبي الكسول ابن القيادي، لي. كان الأستاذ
نيقولا يدرسنا التاريخ، وكان الدرس عن سلخ لواء اسكندرون،
وعندما فرغ من عرضه للدرس، سأل من يعيد ما جاء في الدرس.
رفعت يدي، وسمح لي. كررت الدرس كرّاً مبهراً، فقد كنت حقّاً
في تركيز شديد. اليوم أفكّر وحسبما أذكر، لو أن في الكلام واللفظ
فواصل ونقط، لكان من الجائز أن أقول إنني كَرَرْتُ كلام الأستاذ
بفواصله ونقاطه ووقفاته. سُرّ الأستاذ وأمرني أن أقف إلى جانب
اللوح، وأنشأ كلاماً عن الطالب المجد الذي سيبني الوطن الذي
هو أنا. أظن أن الأستاذ نيقولا، وبمقاييس إدراكي اليوم، كان
قومياً سوريا. طلب من الطلاب التصفيق قائلا بالحرف «تصفيق
حادّ لهذا الباني للوطن مستقبلاً»؛ وقد صفق الطلاب تصفيقاً
حاداً فعلاً. ولكن الأردني لم يصفق. هجم عليه الأستاذ كما لو أنه
سيعفسه عفساً. شرع ذراعه في الهواء بعصبية ليصفعه، ثم رأينا
أصابع الأستاذ تتجمع متوتّرة، ويبقى لحظاتٍ في هذه الحالة. لعله
تذكر أن هذا الغبي الكسول هو ابن القيادي، فتراجع.

المدرسة لا تبعد عن سكننا سوى 300 متر. وفي صباح يوم
المظاهرة، ارتديت بدلتي وقميصي الأبيض، ولمعت حذائي، وكدت

أن أضع الببيونة، ولكنني تراجعت في اللحظة الأخيرة، والحمد لله
وإلا لكنت موضع سخرية بلا شك.

كانت الدنيا تدثّ مطراً ناعماً، وشوارع الرقة وقتها كثيرة الوحل.

كانت المظاهرة كبيرة فعلاً. كل المدارس، وكل الحزبيين،
والفلاحين المجلوبين بالشاحنات...

زحمة، زحمة وصياح وهتافات:

بورقيبة يا غدار يا عميل الاستعمار

كثيراً ما دست على أقدام زملائي في الزحمة، وكثيراً ما داس زملائي
على قدميّ. في البداية كنت أتنحى وأحاول تنظيف حذائي كلما
دعس أحد على قدمي، ثم استسلمت للدوس والدوس المضاد.
وكانت الميكرفونات ذاك الوقت كثيرة الصريف والتشويش بحيث
لا يفهم من صوت الخطباء شيء، ولكن الخطباء ظلوا يخطبون.

انتهت المظاهرة وعدت إلى البيت، وفي الطريق شعرت برطوبة
على صدري فإذا بكل الجانب الأيسر لقميصي مصبوغ بالأزرق.
لقد انكسر قلمي الحبر. انكسر زجاجه الأوسط الشفاف في
التدافع. والأسوأ حدث أيضاً، حيث لم أجد الليرتين ونصف التي
كانت في جيبي. سقطت الليرتان والنصف في حماسة الهتافات، أو
أنني تعرضت للنشل.

من الجرن إلى كفيفة

تعلمتُ ركوب «البسكليت» لوحدي. كنتُ قبل أن يصبح لدي بسكليت أذهب إلى المدرسة مشياً، وأنا الذي أدخله أبوه المدرسة باكراً في سن الخامسة بالواسطة لدى أستاذ «مدرسة كفيفة» المصري. لم يقبل الأستاذ أولاً، لكنه أذعن أمام هدايا والدي. كان الزمن زمن الوحدة. تبعد قرية «كفيفة» حوالي أربعة كيلومترات عن قريتنا؛ قرية الجرن. وكان ابن الخامسة، الذي هو أنا، شديد الحماسة للتعلّم. بين قريتنا وكفيفة واديان، وكنت مضطراً إلى أن أخوض في مياهها في الشتاء، بعد أن أخلع حذائي وجواربي ثم ألبسهما من جديد. وكان عليّ أن أجد مكاناً أستطيع أن أمرر قدميّ، واحدة بعد الأخرى، في الماء الثلجي كي ينظفا من الوحل وأنا أمسح بيدي.

سنتان ونصف وأنا على هذه الحال. لذلك، كان بالنسبة لي شيئاً خارقاً، شيئاً فوق التصور، أن أمتلك بسكليت!

في شتاء السنة الثالثة قرر أبي أن يشتري لي بسكليت.

ذاك اليوم كنت أقف على رأس التل منتظراً بفارغ الصبر عودة أبي بالبوسطة. من هنا، من أعلى التل، سأرى البوسطة منذ أن تبزغ من خلف الهضبة الشرقية. وجاء البسكليت. كان جميلاً في عيني جمالاً لا يوصف. بدنه أحمر وعجلتاه مطاطيتان سوداوان، ولكل منهما عند «الجنط» دائرة بيضاء.

على الرغم من نفاق ربعي في القرية، لم أسمح لأي منهم باعتلاء بسكليتي مطلقاً، حتى أن عمتي «زكية»، التي هي من جيلي، سرقت من صندوق جدي «كرميلا» وأطعمتني. لكنني رغم ذلك لم أسمح لها بركوب البسكليت. أما أخي مصطفى، الأصغر مني بسنة واحدة، فقد كان ممنوعاً عليه حتى اللمس.

غداً دوام مدرسة. سبت. وأنا في أشد حالات الترقب والتطلع لأن يراني زملائي في المدرسة أقود بسكليتي. أمضيت ساعات وأنا أتخيلهم منبهرين وعيونهم تكاد تأكل بسكليتي أكلاً.

غداً دوام وأنا مشدود الأعصاب ومتوتر. أتتني فكرة أن أجرّب حالي وأنا أقود البسكليت، لابساً أعز ثيابي على نفسي، جاكيتاً

رماديا يشبه جاكيتات الرجال، وقميصاً بلون سماوي، وبنطالاً أزرق. كان أبي يكرّر بفخر أن الجاكيت جوخ انجليزي أصلي. كان أبي كثير التفاخر بي مما يُخجلني ويضايقني.

لبست وتهيّأت. ورأتني أمي خارجاً. فسخرت:

- وين العزم انشالله. لا ترجع إلا وأنت موسّخ هدومك هااا.

أكره سخرية أمّي، وفي داخلي تمنيت لو أنني أستطيع أن أقول لها: «انقلعي... العمااا...»

كل ما فكرت فيه وقتها أن أجرب كيف أكون غداً وقت بدء المدرسة. تسلقت أنا وبسكليتي التلَّ مشياً. ومن عند قبر جدي الأكبر، انحدرت راكباً لأمرّ على زعمي من خلف بيت عمي باتجاه وسط القرية. تسارع البسكليت بشكل مخيف نحو الأسفل. من الطبيعي أن يتسارع من ذاك العلوّ. لم تمض ثوان حتى شعرت أنني أطير، وأنني فقدت السيطرة. امتلأت رعباً ولم أعد أعرف ماذا أفعل.

كان البسكليت يتسارع لوحده متّجهاً نحو البئرين الرومانيين. فإمّا أنه سيصطدم بحجارتهما، وربما طرت وسقطت في أحدهما، وإمّا أن يمرّ بينهما لنسقط أنا وهو في «الكولة». الكولة مستنقع واسع نشأ من استغلال الناس للتراب القابل أن يصبح غضاراً لصنع اللبن الذي يعمرون به بيوتهم.

الدنيا أوّل الربيع والكولة مليئة بالماء والوحل.

لم يعد بإمكاني حتى أن أفكر بتحريك المقود يميناً أو يساراً. انسطم عقلي. فقدتُ كل توجه. ومضى بي البسكليت طائراً نحو جرف الكولة. طرنا في الهواء، البسكليت وأنا، واستقرينا في وسط الكولة.

أذكر أنني فكرت أولاً وقبل كل شيء ما الذي ستقوله أمي.

في الباص

واضحٌ أنها تعيد الاتصال بالشخص نفسه، فهي تضغط ضغطة واحدة على «الموبايل». لا تنتظر كثيراً حتى تبدو عليها الخيبة، ثوانٍ، مجرّد ثوانٍ أخرى وتتصل مرة أخرى. صرتُ شبه متأكد أن من هو على الطرف الآخر ظلّ يقطع الاتصال. احتمال أن يكون الخط مشغولاً احتمال بعيد. هكذا كانت تعابير جسدها تقول. هكذا كانت تقول سبابتها المتوترة الراجفة وهي تضغط على إعادة الاتصال.

لم تكن كل المقاعد في الباص مشغولة. والعادة هنا في النرويج أن يجلس كل مسافر في مقعد لوحده أولاً، وعندما يزيد عدد المسافرين عن عدد المقاعد تبدأ المقاعد في استقبال الراكب الثاني ليجلس إلى

جانب الأول. يحبون العزلة، ولا يحبون الحديث في السفر. وكنت أجلس في المقعد المجاور. بيني وبينها الممر. خلفها تجلس عجوز تقرأ في كتاب ويهتز رأسها من أثر الزهايمر، والكتاب يرتعش بين يديها.

فتاة مشوشة متوترة. تعيد الاتصال مرة إثر مرة.

فجأة صار صوتها مسموعاً. لكنه صوت مخنوق. قالت في هاتفها:

- I thought I would surprise you (فكرت أن أعمل لك مفاجأة).

أعادتها مرات ومرات.

يبدو أنه ملَّ من رنين الهاتف وردّ أخيراً. أو لعله يلعب. أو ربما هو غاضب. أسمع صوته؛ صوت رجالي خشن. لا يمكن تمييز حالة صاحب ذلك الصوت، ولكنه، وبكل تأكيد، صارم وعميق. مع الوقت ومع تكرار الصبية القول إنها فكّرت في أن تفاجئه، وإنها فكّرت أنهما سيقضيان عطلة ممتعة، فهمتُ أنها قررت، مدفوعة بشوق عارم، أن تسافر إليه من دون أن تخبره.

هي فتاة في العشرينيات من عمرها، لا أكثر فيما أعتقد. شقراء ذات شعر أصهب. وعيناها زرقاوان. غير مكتنزة، لكنها ليست

نحيفة. تلبس بنطالاً من الجنيز ضيقاً، وقميصاً حريرياً أخضر، وهو اللون الذي تلبسه النساء الأكبر سناً، وجاكيت أسود، وهو أيضاً اللون الذي لا تلبسه فتيات هذه البلاد، إلا فيما ندر. كانت تبدو أكبر سناً وأغنى من مجايليها. كان لدي انطباع أنها تعمل عملاً يدر مالاً كثيراً، أو أنها من عائلة غنية من عائلات العاصمة. وما لفت نظري أكثر هو أن أصابع يديها طويلة نحيفة، وهو أيضاً مما لا تتمتع به نساء هذه البلاد عموماً. أصابعهن عادة قصيرة بتراء ثخينة. عِرقٌ عامل خشن.

I thought I would surprise you -

مع الوقت زال تحفظها وضاعت نبالة صوتها. راحت تجهش ببكاء مكتوم مع ترداد الجملة ذاتها. فكّرت أن أعمل لك مفاجأة. ينقطع الاتصال. لا بد أنه هو من يقطعه. وتعيد هي الاتصال مرّات ومرّات. مرةً بعد مرّة. ثم يستأنفان الحديث.

هي لا تزيد إلا كلمات قليلة عن:

- I thought I would surprise you (فكرت أن أعمل لك مفاجأة).

بدأت كلماته غير المفهومة تتواتر في مقاطع طويلة مثل رشاش يطلق من فوق رابية، بينما تقلّصت هي على ذاتها مرددة: «فكّرت أن أعمل لك مفاجأة». واضح أنه لا يريدها أن تأتي، وأنه غاضب

للغاية من هذه المفاجأة التي نقضت غزْلاً كان يغزله.

لم تكن هناك موسيقى ولا راديو في الحافلة ولا أحاديث جانبية بين الركاب. صوتها الضارع الباكي فقط هو المسموع. وما من شكّ في أن جميع المسافرين كانوا مشدودين إلى صوتها، وإلى التفكّر في حالها وحال ذاك الذي على الجانب الآخر من الخط؛ يبدو ذلك جليّاً في لغة أجساد الجميع. سكونٌ وتململٌ وتشتتٌ في النظر، والتفاتات حذرة كما لو أنهم لا يريدون الإساءة إلى حزن هذه المرأة المخذولة وقهرها.

فكّرتُ في ذلك الشاب، أو الرجل، الموجود على الطرف الآخر من الخطّ. ماذا يفعل الآن، ولماذا يعذب هذه المرأة الرقيقة. أيكون لعوباً مزعزع الأخلاق؟ أليس وارداً أنه الآن مع «حبيبة» أخرى يلهو معها وقد باغتته حبيبته الأولى بمفاجأتها؟ أيكون قد خطّط ومنّى نفسه بعطلة مع الحبيبة الجديدة، فإذا بالأولى تداهمه وتخرب خططه؟ والأهم من ذلك، لماذا هي بهذا الضعف، وهي الجميلة الشابة التي يبدو عليها الغنى؟ لماذا هي متعلّقة بهذا الرجل وبهذه الطريقة التي تبدو غير طبيعية بالمرة؟

من خلف نظارات القراءة ويديها المرتعشتين ويرأسها الرقاص مثل لعبة الواجهة الأمامية في السيارات، أبدت العجوز امتعاضاً صامتاً. وفجأة عند آخر (I thought I would surprise you)،

التي تجاوزت حتماً المرة المائة في تردادها، غرست العجوز عصاها في أرض الباص ونهضت. ترنحت، ولكنها تماسكت. خطت خطوتين إلى الأمام. تحفّزتُ لمساعدتها كي لا تقع. في هذه البلاد يرفض الناس المساعدة بإباء إن لم يكونوا بحاجة إليها. ولن يشكروك على المساعدة مطلقاً إن لم يكونوا قد طلبوها.

مع سرعة الباص بدا أن العجوز لن تستطيع الثبات في وقفتها. بادرتُ مغامراً، ومسكتها من خصرها. وبدا جسدها راضياً ومستسلماً للمساندة. قالت للفتاة بالنرويجية كما لو أنها تصرخ:

Du... Nå må du slutte å klage på den måten... si til ham du er n drittsek, rasshøl og at det er slutt mellom oss. Vær... vær kvinne. Vær sterk.

أنتِ يا هذه... توقفي عن الشكوى بهذه الطريقة... قولي له أنه فتحة طيز... كيس خراء. وأنها النهاية. كوني امرأة. كوني قوية. قالت: «كوني امرأة. كوني قوية». قالتها مثلما نقول عندنا لفتى ليّنٍ: «كن رجلاً».

تنظر الفتاة إلى العجوز بعدائية من خلال دموعها وكأنها تقول: «وأنت ما خصّك!»، ثم تعود فوراً إلى مكالمتها وهي تعيد I thought I would surprise you (فكرت أن أعمل لك مفاجأة)، بينما عادت العجوز إلى احتضان كتابها وهي تقلّب يديها المرتعشتين وتنظر بحنق من فوق الكتاب إلى رأس الفتاة من الخلف.

هشيل العيون

لي قصص وقصص في بئرنا.

في القرية بنى والدي بيتاً واسعاً قبيْل أن يتزوج بأمّي، وهو البيت الذي وِلدتُ فيه ابناً بكراً. ثم بنى بيتاً آخر أصغر على بعد أمتار من الأول عندما بدأنا بالطيران خارج القرية للدراسة. البيت الثاني ليس لي فيه ذكريات تذكر، أما الأول فإنه شاهد على طفولتي وذكرياتي.

البيت الأول مؤلف من صالون متطاول تتوزع على جانبيه أربع غرف. غرفتان إلى اليمين، واحدة للضيوف نهاراً ولنومنا ليلاً نحن الأولاد؛ ما إنْ نشب عن طوق النوم إلى جنب الوالدة. الغرفة الأخرى لنوم الوالد والوالدة والأصغر منّا. أمّا الغرفتان على اليسار،

فواحدة مخزن لكل شيء، والأخرى مطبخ وسيع نسباً وعتبة للاستحمام تتصل بفتحة إلى الخارج. الغرف الأربع مروّسة بأربع قُبب، والصالون بثلاث قبب.

على بعد أمتار من البيت حفر أبي بئراً. أيامها، قبل زمن الجفاف، كانت المياه قريبة من سطح الأرض، وفي بعض المواقع لم يكن العمق يزيد عن الثلاثة أمتار. وفي الوادي خلف البيت، يكفي أن تحفر حفرة بعمق شبر حتى تبدأ الحفرة بالامتلاء. مع الزمن راحت المياه تغيض فيلاحقها الناس بتعميق الآبار.

بئرنا الحديث نسبياً كان عمقه تسعة أمتار. في هذا البئر لي ذكريات. نعم «فيه»، وليس عنه أو حوله. فيه. ما إن ينتهي سَنْيُ الماءُ ويُسكب في الجابية، مباشرة بعد أن يرتوي القطيع ويصدر، ويختفي الناس في البيوت هرباً من حماوة شمس الصيف، ويدخل أبي في قيلولته المقدسة، حتى أتسلل إلى البئر. أنزع ثيابي، ثم أخفيها خلف عِمارة البئر. كنت قرداً متوحّداً خفيف الحركات، نحيفاً. كنت أنزل إلى جوف البئر دون حبل. أنزل أول ثلاثة أمتار كالضفدع. ساقان مُفرشختين ويدان تتعلقان بالنتوءات أو تندسان في الفُروج. بعد الأمتار الثلاثة يصبح البئر مدوّر الجدران، وتصبح الجدران مبللة زلقة، ولكن الذين حفروا البئر أحدثوا في الجدران الرطبة نُقراً غائرةً، كنت أرتكز عليها إلى أن أصل الماء.

ويكون الماء ما زال ضحلاً، يكاد لا يصل إلى ركبتي أي أقل.

شيئاً فشيئاً، يرتفع الماء وقد يصل إلى عنقي وأكثر. كلما ارتفع الماء ارتقيت نقرةً أو نقرتين، إلى أن يستوي الماء ويتوقف عن الصعود، وهي الحالة التي كنّا نسميها «الجمّ». جمّ الماء.

متعة المتع عندي كانت مشاهدة عروق الماء تهشل ماءها وتسكبه في جوف البئر، بعد السقاية مباشرة. لم أكن أملَّ من تتبعها ولمس فتحاتها، والشرب من فوهاتها مباشرة. عشرات العيون الصغيرة ينسكب ماؤها سكباً بعضه هادئ يكاد يكون تنقيطاً أو سيلاناً شفيفاً صامتاً، وبعضها تطنّب بعيداً في قوس مع خرير كما لو كان ماؤها تحت ضغط. كنت أتلهى كثيراً بمثل هذا التطنيب، وأعرض جسدي ووجهي له. أو أستند إلى الجدار بيدي وأرفع ساقي في الماء، وأوجه أخمص قدمي لخيط الماء الدافق كي يتخلل فورانه أصابعي، وألتذّ.

كنت أمضي وقتاً طويلاً هناك في القاع إلى أن يحبحب جلدي من البرد. ويا لها من نشوة! أنا أبترد وأرتجف وفي الخارج نار جهنم. في الخارج شمس تدوّخ البغال.

مرة واحدة خفْت من هَشْل الماء وشخبه. كالعادة نزلت وكانت شمس الظهيرة حامية بالطبع، ولكنها أواخر الربيع في سنة مَطيرة. ثلاث قطعان من الغنم وردت وأنا أتحرق بانتظار أنْ يختفي الناس.

نزلت ورأيت العيون جميعاً تكبّ ماءها بغزارة، والماء يرتفع بسرعة مع صوت مخيف إلى درجة أنني خشيت أنْ لا أجاريها في الارتقاء. وحقّاً صعدت المياه إلى مستوى أعلى من المعتاد. لكنها جمّت في النهاية وسكنت.

كنت دائماً أتخيل ما سيحدث إذا اكتشفني أبي. تصوّرته غاضباً وهو يصرخ بي: «نشرب من وسخ رجليك يعني يا جرو! لا... ويمكن تبول بماء شربنا». ثمّ يلسعني كفّاً، كفّين، ثلاثة. كفوف أبي لا ترحم.

في يوم من الأيام، وبعد أن نزلت الأمتار الثلاثة وملأ شخب الماء سمعي، وحين بدأ الزلق، كأنّي نسيت نفسي وغاب حذري. انزلقت وسقطت. حاولت التشبّث برؤوس أصابعي وبالأظافر، ولكن هيهات. تلوّن الماء بلون الدم. ويدأ إصبع قدمي الكبير الأيسر يقرضُ ويؤلم. تحاملت على نفسي وخرجت، رأيت ظفري مقلوعاً تماماً؛ غير موجود، وقد ترك مكانه نوافير صغيرة من الدماء. بقي ظفري هناك في القاع.

قال أبي وهو يكزّ على أسنانه: «ما تشوف؟ أهوج؟ ما تشوف قدامك؟» كذبتُ عليه وقلت إنني عثرت بحجرة. كانت أمي قد لفّت خرقة بيضاء على أصبعي ونبّهتني بتواطؤ حنون: «إذا سألك أبوك قلْ عثرت بحجرة».

زوجها

لبَسَتْه! لبَسَتْه القضية، وآمن كل من رآه يخرج مضطرباً، محنيّ الرأس، متعثّراً، بأنه ارتكب للتوّ جرماً أو حماقة.

حيّنا كبير. سكانه خليط من كل أعراق الدنيا. مساكنه متنوعة، بعضها كتل طابقية وبعضها بيوت منفردة. لكن أكثرها من تلك المساكن التي يطلقون عليها اسم البيوت المصطفّة. التسمية آتية من أنها تقع في صفوف طويلة. في هذا الأنموذج الأخير يقع بيتنا، حيث للبيت الواحد جدار مشترك من الجانبين مع بيتين آخرين، باستثناء البيتين الطرفيين. صفّ طويل يقابله صفّ طويل آخر. وعلى الرغم من جمالها، تتشابه بشكل مملّ. نسخة واحدة مكررة.

خلف كل بيت حديقة واسعة وأمامه حديقة صغيرة. لا تخفي

الحواجز بين حدائق البيوت الكثير، فهي حواجز وطيئة مكوّنة مما لا يعدّ ولا يحصى من الأوتاد الخشبية المسطحة المغروسة في الأرض المدهونة بالأبيض؛ دائماً أبيض. تتخلل تلك الأوتاد فراغات منتظمة. غابة وطيئة من أوتاد متشابهة ترسم سياجات حداق متشابهة تمام التشابه.

كل البيوت في شارعنا مؤلفة من طابقين. يحتوي الأسفل مطبخاً وركن الطعام، وصالون ومدخل وحمام. في الطابق الأعلى ثلاث غرف نوم وحمام.

شتاء هذه البلاد مرعب بدرجات حرارته السالبة، وبثلجه الذي يتكوّم، بلا مبالغة، كالجبال. بينما صيفها شديد الروعة، حيث تحلو الجلسة أثناء العطل في إحدى الحديقتين. في الفترة الصباحية عادة ما تكون القعدة في الحديقة الأمامية، أما جلسة المساء فتكون في الخلفية. صباحاً، تغمر الشمس الحديقة الأمامية إنْ استطاعت التفلّت من ركام الغيوم، ومساء تتحول الشمس إلى الجهة الخلفية. سطوع الشمس ثمين للغاية هنا، إذ إنها محجّبة بالغيوم الرمادية أكثر الوقت، لكنها تجد أحياناً، لحسن الحظّ، فرجةً تطلّ منها علينا، وتدعونا إلى الاحتفال خارج البيوت، وتمنحنا فرصة كي نفتح النوافذ والأبواب على مصارعيها.

كانت الساعة حوالي الثانية عشرة ظهراً، عندما سمعنا

الصرخات التي أجفلت الجميع. صرخات حادة جعلت الطيور تنفر وتطير من قمم الأشجار مبتعدة؛ حتى كلاب البيوت المدربة على الصمت نبحتْ. التفت الجميع ينظرون نحو مصدر الصرخة، ورأيناه يخرج بتلك الحالة.

ما كان يُرى من قبل إلا وهو في كامل قيافته. إنه جارنا الذي لا مثيل له في الأناقة. رجل في الخمسين، مطلّق وله ابنتان تزورانه في العطل فقط. شديد العناية بحديقتيه وبسيارته وبمظهره. كلنا يعلم أنه غنيّ، أو أنه، على الأقل، الأغنى في شارعنا. يحيّي الجميع بمرح وخفة، ويظل يلاعب سلسلة مفاتيحه وهو يدندن لحناً ما.

كانت الشمس ساطعة وقتها، ويبدو أن عقله كان سارحاً، وبيوتنا متشابهة في كل شيء، حتى في مداخلها الخارجية. لعله لم يرفع نظره. كان الباب مفتوحاً، فأسرّ في نفسه أن إحدى ابنتيه هنا حتماً. لن يُصدر صوتاً، فكّر، بل سيتسحّب ويُجفلها بكلمة مفاجئة من خلف ظهرها، أو ينقر أذنها بسبابته مثلما اعتاد.

لم يستوعب المشهد إلا بعد أن تتالت الصرخات. رأى جارته الأفغانية متباعدة الساقين، حاسرة الثوب إلى الخصر وهي تضع لصاقات إزالة الشعر الزائد. قال، فيما بعد، إن المفاجأة سمّرته في مكانه لثوان طويلة، وإنه رأى المرأة وهي تجمع ساقيها وتحاول أن تغطي بكفيها ما كان ظاهراً. وعندما وعى الأمر، وجد نفسه في

صالون جيرانه واقفاً إلى جانب التلفزيون ينظر مشدوها إلى المرأة المنكوشة شعر الرأس، العارية أسفل الجسد، والتي لم يرها من قبل إلا وهي مستورة في حجابها.

زرته بعد دقائق، بعد أن أرسل لي رسالة على هاتفي يرجوني أنْ آتي. وجدته مرتاعاً، مروعاً مثل نسر منتوف. مصفرّاً مرتعشاً. يخطو بلا هدف، رائحاً غادياً في الصالون. ينثر كلمات اللوم على نفسه، وعلى ضياع تركيزه في تلك اللحظة الشيطانية التي فقد فيها توجّهه؛ حتى كلمة «آسف. غلطت بالمدخل»، أو أي شيء من هذا القبيل، لم تأت على لسانه، بل تمتم حروفاً متقطّعة بلا وعي، ثم خرج. خرج كما لو أنه مجرم ألقى للتو السكين التي طعن بها ضحيته، تحت أنظار الجميع.

يكرّر، ويكرر برعب، اسم جاره زوج المرأة الذي لم يكن على وفاق معه. كلّنا يعرف أنهما متكارهان. ما الذي سيقوله، وما سيكون تصرفه.

أنا شخصيّاً صدّقته على الفور. صدقت تبريره.

ولكن كيف ستكون الحال مع زوج المرأة عندما يعرف ما حصل؟ حتى أنا داخلني الرعب وأنا أتصور الزوج يتفجر غضباً.

أصدقاء طفولة

أحمد العرسان وظاهر المحمود صديقان منذ الطفولة، كما إن قرابة قريبة تربطهما.

أحمد العرسان صار سلفياً في كهولته، وظاهر المحمود صار صوفياً. أصلاً أهل المنطقة شوافعة. ولكن الشافعية اختلطت تدريجياً بالصوفية خلال فترة الحكم العثماني.

أسلاف أهل هذه المنطقة، الممتدة من الرها وحرّان حتى الموصل والدير والرقة وطبعاً وادي البليخ ووادي الخابور ومنابعهما ووادي الفرات الأعلى، لهم دَينٌ كبير على العالم كلّه. لا أمزح أبداً. دينٌ على العالم كلّه. فهم الذين ترجموا التراث اليوناني والفلسفة اليونانية إلى العربية. وهم من عربوا الدواوين. لولاهم لبقيت الفلسفة

اليونانية مجهولة لأوروبا والعالم، إذ إن أصول الكتب اليونانية ضاعت. ولولاهم لما عُرِّبت الدواوين ولما سُكَّت الكتابة العربية على النقود.

إذاً، كيف مُسخ ناس المنطقة إلى شوايا مهملين مضطهدين محتقرين؟ بدأ الانحدار مع الغزو المغولي عندما أبيد أغلب أهل هذا الإقليم، ثم جاءت الحملة الصليبية الأولى التي اجتاحت كيليكية، أيْ كل ما تحت طوروس نحو الجنوب، حرّان والرها وراس العين وماردين وأعالي البليخ والخابور.

قبل الغزوين، وحتى قبل الإسلام ذاته، كانت الرها وحرّان والرقة والدير والموصل مركزاً حضارياً عربياً سريانياً عظيماً.

آخر عهدنا نحن الأحفاد، أحفاد أولئك الأسلاف، بالكتب والكتابة، كان مع ابن تيمية الذي رحل إلى الشام، وظل هناك يكتب ويكتب بحماس ويكفِّر ويكفِّر، إلى أن مات هناك وليس هنا. يعني كان ابن تيمية وجه سحارتنا التي عفّنت. عفسها الزمن وجعلها تخمّ.

ثم البقية معروفة. مسخنا التاريخ اللئيم إلى ما نحن عليه.

كنا خفيفي دِين على الدوام. تديننا بسيط للغاية. مزيج متنوع من النسطورية المسيحية والإسلام. ولسوء الحظ، غلبت علينا في

القرون الأخيرة طبعة فارسية خراسانية من الدين.

أحمد عرسان وظاهر المحمود كانا في شبابهما في عصبة من الشبان الشوايا المهووسين بلعب الورق، والصِّرع، والخويتمة، وسباق الخيل، والنيشان، وسرقة دجاج أهلهم ليلاً للهو، ولملء البطون بعشاء دسم.

ثمّ جاءت ثالثة الأثافي. دخل علينا الدين السلفي قبل أكثر من خمسين سنة بقليل. ضِعنا بين ما هو حلال وما هو حرام، بعد أن كنّا عفويين على السّبْحنه. كانت أعراسنا أعراساً فعلاً، وصارت حياتنا عزاء مستديماً وغضباً وعبوساً.

تفرّقت عصبة الشبان. البعض صار بعثياً، والأكثر صاروا متدينين. وحصل انقسام. انشطار في كل شيء.

أحمد السلفي الوهابي وظاهر الصوفي. لا يلتقيان إلا ويتناقران مثل ديكين.

مرّة كان هناك عزاء. والعزاء عندنا كما هو معروف يتمّ في بيت شعر كبير أو صغير حسب أهمية عائلة الميّت. دخل ظاهر إلى بيت العزاء وصاح كالعادة «الفااااتحة». شرع الناس بقراءة الفاتحة، بينما انبرى له صديقه القديم، وعدوه الجديد، أحمد بالقول بصوت عالٍ «يكفيكم بدْغ. هذه بدعة. قراءة الفاتحة بدعة. حرام. لا تنفع

الميت قراءتكم هذي. خلصْ؛ صفحته تسكَّرت وما رح تنفعه إلا أعماله. هذي بدعة، وكل بدعة ضلالة، وكلّ ضلالة في النار».

رد ظاهر: «من كل عقلك يا وهابي... يعني الفاتحة ما رح تفيده ولا تصل لعنده؟»

قال أحمد بصوته المجلجل: «لا تنفعه، ولا تصل إليه. تسكَّرت الصفحة».

ردَّ ظاهر: «يعني يولْ... أبوك مات العام الماضي، ولمّا نقرأ له الفاتحة لا تصله؟»

- لا تصله أبداً.

- وأنت لا تقرأ لأبوك الفاتحة لأنها لا تصله؟

- نعم لا أقرأ له ولا تصل له.

- عجلْ أنـ...ك أبوك.

حفَزَ أحمد يريد أن يضرب ظاهر، فحال الناس بينهما.

- اتركوني عليه، والله لأمصع رقبتك ياخ...

- يولْ، إنت تقول إنو ما في شي يصل الميت... يعني النـ...ـه ما رحْ تصله.

- تصله، تصله يا ابن الكلب...

- يعني يا عرص، يا وهابي، النـ...ـه وصلت والفاتحة ما تصل؟

مرّة ثالثة

إنها المرة الثالثة. وهل ينجو أحدٌ من الثالثة؟

كلَّ شيء يهتزّ في سيارة الإسعاف التي ليس فيها من إسعاف سوى بوقها الصارخ. حمّالة المرضى ترقص. قناع ضخّ الأوكسجين يرقص. عضائد صندوق السيارة التي كانت مغطاة في يوم من الأيام وصارت الآن عارية؛ هي الأخرى تتراقص. رؤوس وأيدي المسعفين تتراقص. كل شيء يتراقص.

تنظر إليه متعرقاً غائباً عن الوعي، وتتساءل إنْ كانت هذه لحظاته الأخيرة في الحياة. الغريب أنها في لحظات مثل هذه ضبطت نفسها وهي تفكر: «لماذا اختارته هو بالذات من بين شبان المدينة؟»

في سنوات مراهقتها وبدء نضجها، لم تبقَ عينُ شابٍّ في المدينة لم تمسح بنهمٍ جسمها مرّات ومرّات. لم يبقَ شابٌ إلا وشُغِف بها، وحلم بها. وهي متأكدة وواثقة من أن جمالها الأخّاذ لا يترك حيّزاً للشبان دون تمنّيها. «لماذا اختارته هو بالذات من بين كل الشبان؟» بالطبع أحبته وتحبه، وانتقته هو لا غيره؛ تقول لنفسها ما إن تضبط نفسها وهي تقارن بين أن تكون محطَّ الأنظار كلها، وبين أن تصبح لواحد. واحد فقط. ما الذي ميّزه عن ذوي القربى من أبناء العم والعمّات وأبناء الأخوال والخالات ومن جموع الشبان في الحارة وفي البلدة؟ ما الذي جعلها تقع فلا ترى غيره؟

كثيراً ما فكَّرت أنه أسرها مثلما تؤسر حمامة.

تذكُر أنها في طريق عودتها من المدرسة عرّجت على شقة أختها. لم تجد أحداً في الشقة. وقفت هناك تتأمل المطر الغزير من فتحات الدرج، وترى شرفات الشقق المقابلة من خلال غلالة المطر، وكأنها في ضباب كثيف، وتسلي نفسها بالنظر إلى المياه المتدفقة على إسفلت الشارع في الأسفل. وكان هو يحوص. ينزل الدرج ويصعده مرّات ومرّات. وهي تعلم أن شقة أهله في الطابق الرابع من البناية. نزل وصعد. نزل وصعد، بينما كانت تنتظر أن تأتي أختها أو زوج أختها، أو أن يخفّ المطر. فجأة اقترب منها وقال بلا مقدمات:

- كلهم يريدونك. لكن أنا أحبك... وأريدك لي وحدي.

رائحة عطره فائحة وقوية. ففي كلّ صعودٍ إلى شقة أهله يبخّ بالتأكيد بخّة من العطر. كان كمن يسير في غيمة من عطر.

لا بد أن المفاجأة والارتباك، وأفكارها المراهقة السابقة عنه، واقترابه الجسدي منها، كلّ ذلك جعلها تحس بدوخة. بادر بإسنادها ومساعدتها على الجلوس على درجة، وذراعاه تحوطانها برقة ورعاية؛ وبغتة قبّلها على جانب عنقها، تحت شعرها. وامتلأ شمُّها وإلى الأبد براحة عطره. قال مرتعباً:

– لا تؤاخذيني تجاوزت حدي... سامحيني. لكني أحبك.. أحبك.. أحبك!

ومن أسفل الدرج صعد وقع خطوات، فكان لا بد له أن «يهرب». رفع رأسها بإبهامه وسبابته من تحت ذقنها ونظر تلك النظرة، ثم ارتقى الدرجات بخفة ودون أن يصدر عنه أي وقع أقدام.

لم يستطع أحد من الأطباء أو العاملين في العناية المشددة منعها من الدخول، فهم يعرفونها ويتذكرونها ويعرفون تصميمها. إنها المرأة الجميلة الشهيرة المحترمة والتي كثيراً ما قالوا عنها إنها بألف رجل.

كل شيء أعدّ. ربطت الأجهزة... وشرع مخطط القلب بالشغل. بعد دقائق وفي لحظة رهيبة انقطع نفسه، وتحولت موجات المخطط

إلى خط مستقيم. سرت حركة مرتبكة سريعة. وبقيت هي ترتعش وتقبض بكفّ على كفّ كي لا يظهر ارتجافها.

ثوانٍ ويقوم الطبيب بالصدمة الكهربائية الأولى عبر المقبضين. لا استجابة وخط التخطيط بقي مستقيماً. الصدمة الثانية ويشرع التخطيط مرة أخرى باستعادة موجاته. ويفتح هو عينيه ويقول:

- نمت شوي مووووو؟

برقت عيناها، ثم انحنت فوقه مبتسمة، وقبّلته على عنقه، في موضع يطابق قبلته على عنقها قبل ثمان وأربعين سنة، وامتلأ شمُّها برائحة عطره الذي لم يغيره أبداً.

وديعٌ ليلُ الرَّقة الصافي

قبل أن يُبنى السَدّ وتنتشر المزروعاتُ وتَنشأ المستنقعاتُ، كان ليل «الرقّة» صيفاً، من أعذب الليالي.

عند الساعة العاشرة ليلاً يشرع مكبّر صوت صاف كما لو أنه ماء زلال بنقْل صوت وديع الصافي. لا! ليس عبر مسجل؛ كما يمكن أن يتبادر لأذهانكم. بل وديع شخصياً.

كان أكثر غناءه في أيام فندق فينيسيا الرقاوي دَنْدنة وسلطنة، لا أعرف كيف أعبر عنها. لم يكن يغني. بل كان يسلطن مع عوده من دون أي آلة موسيقية مرافقة. أم أنني أتوهم بسبب بعد الزمان والمكان والحنين؟ أكان هذا في العام 1968 أم 1969؟

يأتي صوته العميق خافتاً، لكنه مسموع؛ وكلّ حرف منه

مفهوم. يأتي الصوت كما لو أنه يغني لكَ وحدك. يأتي الصوت كما لو أنه يغني في قلب أذنك، حتى لو كنت على بعد مئات الأمتار. لا يرافقه شيء سوى العود.

من أيامها ترسّخت لديّ فكرة أن السهرة تبدأ الساعة العاشرة. ما إن تلفظ كلمة السهرة، حتى تنبثق في رأسي صورة عقارب ساعة عند العاشرة، مترافقة بدَنْدنة وديع «يا ابني ليلى بنت ضيعتنا...».

الفندق الذي غنّى فيه وديع كان في أقصى غرب المدينة. هذا الفندق، هو الآخر، تحول فيما بعد إلى مركز لقيادة الشرطة. كانت حديقة الفندق ذات الشجيرات الكثيفة هي المكان الأكثر ملاءمة في الدنيا لغناء ما هو بغناء. غناء هو دندنة شجيّة تدخل القلب.

ما الذي جعله يغني بتلك الطريقة ولعدة أسابيع؟ من يدري! أكادُ أَدَّعي أنه لم يغنّ، ولا في أي مكان وطوال عمره، كما غنى تلك الأيام، في تلك الحديقة الصغيرة، وفي مدينتا الصغيرة الوادعة آنذاك. أكان للكحول دورٌ؟

سأتجاسر على التخمين بأن وديع كان يعيش حالة حبّ أو صدمة حب؛ كان يغني بأحاسيس ومشاعر. كان يغني كما لم يغنّ أحدٌ أبداً. الآن، بعد أن جربتُ وخبرتُ، أجزمُ أن لا صلة للأجر أبداً في مجيء وديع ليغني في مدينتا المنسيّة. لا بد أن في الأمر سرّاً. هل كان لوجوده علاقةٌ بصيد القطا الذي كان مولعاً

به هو وفيلمون وهبي وفنانون لبنانيون آخرون؟ كانوا يأتون إلى وادي البليخ ليصطادوا، بالتحديد حيث ينفسح الوادي عند قرية «العلي باجلية»؟

أيامها كان يحدث أن تصخب الرقة في فترتين. فترة صباحية عندما ينزل أهل الريف للتبضّع والطبابة ومراجعة الحكومة والجلوس في المقاهي. تنتهي هذه الفترة بسفر «البوسطات» حوالي الساعة الثالثة بعد الظهر عائدة من حيث أتت. وعند الخامسة أو السادسة مساءً تبدأ جولة الصخب الثانية. سيكون عدد الناس هذه المرة أقلّ، وسيكون منبع الصخب المنافسة الموسيقية في كل زاوية، حيث لا حرج من رفع صوت المسجّل أو الراديو إلى آخره. والأولاد، كل الأولاد، في الشارع، والنساء متحلّقات حول «دِلال» الشاي. أمّا الرجال ففي المقاهي، أو في طريقهم إليها. وقليل من الناس يمارس مشوار التنزه قريباً من النهر. أما الشباب الذكور فيحوّمون من شارع إلى شارع، وعيونهم على باب موارب أو نافذة مفتوحة. وفي قلب المدينة، حيث دور السينما الثلاث والمقاهي العديدة، يسود صوت أمّ كلثوم في الفترات الفاصلة بين الحفلات.

يسمع المرءُ في النهار من مقهى أو من السينما أو من دكان، عبد الحليم يغني «كامل الأوصاف» أو «زيّ الهوا»، ويسمع المرء حصراً في الصباح الباكر فيروز في برنامج «مرحبا يا صباح». ويحصل أن

تسمع أغان عراقية في الحارات العتيقة. أما عندما تغرب الشمس ويحل الظلام وتقترب الحفلة الأخيرة في السينما ويبدأ لعب الورق، فلا صوت هنا في قلب المدينة إلا صوت أمّ كلثوم. جوقة أغانٍ من عشرات المسجّلات ومكبّرات الصوت. أمّ كلثوم.. فقط.

مع بدء حفلة التاسعة في السينما يسكن كل شيء، سوى الغناء الأخفض طبقة والمنبثق من قلب مقهى أو من أمام دكان حلاق أو بقّال.

بضع مئات من الأمتار غرباً في الحيّ الحديث حيث فندق فينيسيا يسيطر الهدوءُ، وتبدأ دندنة وديع. لكن حتماً ليس قبل العاشرة.

كنا ثلاثة وكنا كالعادة في جدل حول أن نكمل المشوار إلى الفرات والجسر القديم، أم نستمر في التطْواف بين الحارات. فجأة، وعند عطفة الشارع جاءت الدندنةُ مثل رشقة لذة غامضة. ومن بعيد رأينا بضع نساء مُلتفّات بعباءاتهن يحاولن أن يسترقن النظر من بين الشجيرات. كان سور حديقة الفندق خفيضاً، فالدنيا كانت أمان. ومثلهن رحنا نتمايل لصق السور لنتمكن من رؤية أفضل. كان وديع يحضن العود جالساً على كرسي خيزران، وأمامه طاولة صغيرة عليها كأس من العرق. يدندن. يبتسم. ويرشف. كان الأمر مفاجئاً لنا؛ فلم يحدث أن سمعنا أو رأينا مطرباً يشرب

وهو يغني. الأمر برمته لم يكن مألوفاً لنا. طريقة حضن العود. رشف العرق. والغناء الخافت الذي بدا لنا كمراهقين كما لو أنه في غرفة نوم «جولييت». يومها لم يكن قد مضى سوى أيام قليلة على مشاهدتنا فيلم «روميو وجولييت» للمرة الثالثة أو الرابعة.

هو أمرٌ استثنائيّ فعلاً أنْ يغني مغنٍ مشهور في الرقة تلك الأيام. فقد كانت الرقة وقتها مدينة على الهامش حتى نشرات الطقس لا تذكرها.

تسلّقنا السور، ثمّ لطونا خلف كتلة شجيرات غارٍ ودفلى في الزاوية الشرقية الجنوبية. إلى يسارنا جدار السور وإلى يميننا وأمامنا كل مساحة الحديقة، وتحت أقدامنا عشب مقصوص. أولى الطاولات لا تبعد عنا سوى عشرة أمتار وحولها كان يجلس خمسة أو ستة رجال، يقرعون الكؤوس ويتحدثون، وعلى مسافة أبعد طاولات عديدة يجلس حولها رجال، ولم نر بينهم سوى امرأتين. على بعد ربما خمسة أمتار منا كانت طاولة كبيرة للخدمة، حيث الكؤوس والصحون والشوك والمعالق النظيفة وأباريق الماء، ولكن أيضاً بقايا الطعام والكؤوس نصف الفارغة وأرباع أو أنصاف الليترات.

تفاهمنا باللكز وبالهمس.

يمكنُ لأيّ منّا أن يزحف إلى تلك الطاولة دون أن يلحظه أحد،

فالكلّ لاهٍ ملته. دقائق وكان لدينا في مخبئنا ما يكفي كي نسمر نحن أيضاً. أنا شخصياً كانت تلك المرة هي الثانية أو الثالثة التي أشرب فيها العرق. في المرات الماضية كانت جرعات قليلة. أما الآن فإننا أحرار في أن نشرب ونشرب.. ومجاناً.

لم يمض وقت طويل، كما أظن، قبل أن يزول الحذر والحرص لدينا، إذ رحنا نردّد مع وديع ونتخيّل ليلاه في صورة جُلييت. منبطحين أو مستلقين نكرع ونأكل ونغني. والغريب في الأمر أن أحداً لم يحسّ بنا. نقلّد ونغني وندندن، وبالرغم من السُّكر، كنا نعي أننا لصوص.

آخرُ علمي بحالنا هناك كانت صورتنا ونحن مستلقين وأجسادنا تصنعُ مثلثاً. كانت رأسي تتوسّد كتفاً وقدماي تحت رأسٍ. وكان وديع يتنحنح محاولاً تنظيف حنجرته ويُدوزن العود استعداداً لوصلة تالية. أذكر أنني رغبت في جرعة أخرى لكنني لم أفعل، بالرغم من أنني كنت قابضاً على عنق الزجاجة. وكنت أقول لنفسي الآن سأرفعها وسأغبّ جرعة كبيرة، لكنني غبت.

كان ضوء الشمس قد تجاوز الشجيرات عندما استيقظنا.

كيس زبالة

بالنحنحة واللّفظ الجاهز «يا واحدْ!»، تعلّم الردّ على السـؤال الآتي مِن خلف الأبواب: «منْ؟». تعلّم ذلك مِن الشيخ الذي درّبه، قبل أن يستلم الشغل لوحده.

كان ما يزال شاباً صغيراً محرور الدم يأسره جسد المرأة، حتّى لوْ كانت في الستين، ويشتمُّ عطر النساء كما لو أنَّه ريح فردوس. كثيراً ما تخيّل نفسه ذا قدرة سحرية تتيح له تجريد المرأة مِن ثيابها. عندها يتصور نفسه وهو يجسُّ الأثداء الصلبة. نعم الصلبة! لأنَّه لا يحبّ الأثداء الرخوة الملمس. أو يروز الردف المكتنز العضِل. أو يمسح الخصر المخموص المنحوت. خبرته في هذه التصوّرات أتته من المرأتين العاهرتين الوحيدتين في حياته. أولاهما لها جسدٌ

رياضي متين وفي ذراعَيْها وفخذيها قوّة هاصرة جعلته يذوق أوّل لذّة مدوّخة. الثانية، رغم ملاحة وجهها، كان لها جسد رخو وردفان تغور فيهما الأصابع، وثديان كالقطيفة، وفخذان يرتجُّ لحمهما في الحركة كأنه مفصولٌ عن العظم. ما إنْ انتهى منها حتّى تقلّبتْ معدته وتقيّأ على ثيابها المكوّمة جنْب الفراش.

«يا واحدْ!»

يقولها بعد النحنحة خجلاً من أن يلفظ عبر الباب: «الكنّاس». فتمتدّ من خلف الباب الموارب الأيادي الفتيّة البضّة أو الأيادي المجعّدة المسفّطة على السنين، وتناوله كيس الزبالة. وربما جاءه الصوت حيادياً آمراً. انتظرْ. فينتظر لتمتدّ له اليد ببعض المال أو بألبسةٍ وأحذية بالية.

عرف بخل النساء وكرمهن من أيديهن الممتدّة من خلف درفة الباب. كمْ من امرأة تعطيه نقوداً قليلة، تسلّمه إياها بعد فركها بأناملها كأنّها، وقد أوشكت النقود أن تبتعد، تريد توديعها بلمسة أخيرة. بينما البعض منهن يعطين بكرمٍ في غياب الأزواج ويسقطن له النقود كأنّها جزءٌ من الزبالة. بعضهن يعتبرن التكرّم عليه بأسمال بالية لا يلبسها أفقر شحاذ في البلد مكرمةً تعوّض بخلهنّ في ألاّ يعطينه مالاً. أخريات ينـزحن من البيت كلَّ ما لم يعدْ جديداً كأنهنّ عدوّات لكلّ ما مذر لونه. بات خبيراً بالبيوت

يعرف من أيّها يأتيه الخير ومنْ أيّها لا ينوبه إلاّ ثقل الزبالة وفحّة الصدر. من أيّ البيوت سيحمل كيساً مُرتّطاً ونظيفــاً، ومن أيّها سيحمل كيساً مثقّباً ينقّط سوائل عفنة. لكنّه دائماً ظلّ يحسّ بأنّه الكائن المحتقر الذي يشتغل مهنة محتقرة. لا أحد يرغب بالنظر في وجهه، حتّى الرجال الذين يمرّون به صباحاً وهم ينزلون إلى أشغالهم يذهبون بعيداً بأبصارهم عنه، والقليلون الذين ينظرون في وجهه يقولون له بجفاء السادة: «صباح الخير»، كما لوْ أنّهم يقولون له: «صباح القذارة».

كان يوماً جهماً، سماؤه واطئة الغيم تكاد تمطر ولا تمطر، وريحه تنذر بيومٍ عاصف. وكان يرتقي الدرج مهموماً. يطرق باباً وينتظر. فيأتيه السؤال اللعين: «من؟» ويجيب ناظراً من فتحات الدرج إلى الغيم المُختبط قريباً من الأرض:

«يا واحدْ!»

يسمع طرقات المشّايات على البلاط أو حفيفها على السجّاد، حسب غنى البيوت وفقرها، وحسب كرمها ويخلها. بعد قليل يُزيّق البابُ وتظهر يدٌ أنثوية على الدوام بينما الجسد المشتهى يظلُّ متوارياً خلف درفة الباب. يتناول الزبالة ويربط الكيس إذا كان مفتوحاً، أو يدخله في كيس آخر إذا كان أهل البيت مهملين.

هي وحدها من بين نساء الحيّ تفتح له الباب ناعسة

كالمسرنمة، وتقول له الجملة ذاتها: «خذها من المطبخ»، فيخلع حذاءه البلاستيكي ذا البطانة الحمراء، ويمشي متوقّياً على السجادة المبسوطة في الممر الموصل إلى المطبخ. يربط الكيس فوق سلّته ويحمله ليمشي المشية ذاتها كأنه يخاف على السجادة من الدعك أو التوسيخ.

كان الشيخ الزبّال يكرّر وهو يحدّ عينيه العمشاوين بعينيه المتهرّبتين أبداً من ذاك البريق الرطب الذي يصل مع كلمات الشيخ: «عليكَ بالدين والصلاة فنحن نشتغل لبيوتٍ غريبة فيها كلّ شيء يشدّ النفس الضعيفة. الصلاة. الصلاة وحدها تمنع دناءة النفس». لكنّه أبداً ما كان يستطيع حرْف عينيه عن الأيادي والزنود البضّة الممدودة من خلف الأبواب، فيرى نفسه مُكبّاً على تقبيلها أو عضعضتها بشهوة، متخيّلاً على الدوام وجه امرأة مستسلمة إلى اللذة وتعابير الغبطة. لكن المشهد ينقلب فجأة ما إنْ يتذكّر روح الكنّاس التي يحملها في نفسه وفي ثيابه، فيرى المرأة تصرخ بقرف وخوف.

كما في كلّ مرّة، قالت له:

- خذها من المطبخ.

وفتحت درفة الباب إلى آخرها.

وقف مذهولاً بعد أن مسح ببصره جسدَها الظاهر تحت

منامتها الرقيقة المعلّقة على الكتفين بخيطين رفيعين. انصعق وهو يرى تقبُّبَ الحرير فوق الحلمتين الطاعنتين. كأنها لم تعِ أنها عارية تحت المنامة التي تشفّ عن جسدها؛ فقد استدارتْ كأن كلَّ شيء عاديّ وطبيعي مثل كلّ يوم. وفي انبهاره وهي تبتعد، ظلّ يحسُّ جسدها بنظرٍ يكاد يلمس انسياب الكتف واستدارة الردف.

عبر ضوء الشمس الآتي من نافذة الصالون ارتسم جسدها عارياً تحت المنامة الشفيفة. صهلت الرغبةُ في جسده. نعظ كلّ شيء فيه. واصلتْ خطوها نحو غرفة النوم، ناعسة مسرنمة تمسُّ الحائط بكفّها. خطا خطوته إلى داخل البيت؛ وكالعادة خلع حذاءه البلاستيكيّ، ووقف في الممر. ثمّ وبلا وعي منه دفع بعقب قدمه الباب، فانغلق بصوت مُجفلٍ. انتظر دقائق قَلِقة مُصغياً إلى الصمت العميق وإلى الدفء الغريب الذي جعله يحسُّ بحبيبات العرق تنْضح من جبينه. كالمسحور خطا خطواته إلى الصالون. انبهر من السجّاد والنظافة والصور والفرْش ورائحة النوم والثريّا الكبيرة. كما لو كان منوّماً هو الآخر، دخل الغرفة الوسيعة الغابقة بالنوم. كانت تتنفّس تنفّساً هادئاً. كفّها تحت خدّها وشعرها مسدولٌ على الوسادة الطويلة التي أظهر طرفها الآخر ثنية لا بدّ وأنها ارتسمتْ تحت رأس زوجها. تخيّله يحتضن جسدها ويداعب

بأصابعه حلمتيها والمنامة محسورة حتى السّرّة. انْقلبتْ على ظهرها رادفة فخذاً وساقاً عاريين فوق البطانية، فأحسّ بحكاك في أنامله يرغّبه بلمسها. صار تنفّسه شخيراً مكتوماً.

في غمرة الخوف، وفي لحظة غير واعيةٍ، قفز إلى السرير وهبط فوقها واضعاً كفّاً على فمها، وداسّاً ذراعه الآخر تحت ظهرها ليقبض على عضدها من الجانب الآخر، ومثبّتاً بكتفه الذراع القريبة. أفرج بنفضة واحدة من ساقيه المضمومتين فخذيها. رأى عينيها قرب عينيه تحوصان في الرعب وجبينها يتخطّط بثنيات الهلع. حاولت التململ تحت ثقل جسده وقوّة ذراعيه لكن قدرته على تثبيتها جعلتْ حركاتها بلا جدوى. وعندما راح يحرثها بكلّ جسده تتابع فخذاها في حركة عاصّة لمنعه من الاتصال العميق، فاستثير أكثر وأكثر وهو يباعد ساقيه عن بعضهما مُفرجاً بقوة وعنف. عميقاً شقّ أحشاءها بشهوة من حديد. ولما هبط من علياء الرغبة البهيمة جمد فوقها الثواني الكافية لأن يحسّها تختنق بغثيانها تحته، ويبدأ يعي في اللحظات التالية أنها ستموت مختنقة إن لمْ يرفع يده عن فمها حيث أنسته الشهوة الطاغية أنها يجبُ أن تتنفس كي لا تموت. رفع جانب كفّه عن طرف فمها فشهقتْ شهقة الغريق. دفع في أذنها كلماته الراعشة:

— سأقتلك إنْ أخبرتِ أحداً.

هبط جفناها بحركة خفيفة علامة الموافقة، فرفع كفّه عن فمها ودسّ تهديده بين عينيها:

- سأقتلك.. هل تخبرين أحداً؟

كان فمها يتلوى في ألم شائهٍ كأن في جوفها سكين يمزق أحشاءها قطعة.. قطعة، وعلى وجهها ارتسم رعب قاهر.

- لن تقولي لأحد وإلاّ ذبحتك، كرّر هاذياً وهو ينزاح من فوقها.

وعلى الدرج بصق على نفسه مراتٍ كما لو كان يبصق على كيس زبالة قذرٍ.

في أول صندوق زبالة

حين يكون الفصل شتاء، ويكون الثلج قد تراكم مرة بعد مرة، وحين تسقط على أكوام الثلج أضواءُ الشبابيك والمداخل، يحسّ المرء برهبة جمالية غريبة حقاً.

حيّنا حيّ سكني يسكنه نرويجيون من الطبقة الوسطى وأجانب أكثرهم لاجئون أمضوا سنوات في هذا البلد وحصلوا على عمل. أكثر الأبنية يتألف من ستّة طوابق، ولكن يصدف أن يكون بعضها مؤلف من ثمانية.

الساعة الآن هي التاسعة إلا دقائق ليلاً وأنا مضطر للوصول إلى سيارتي، ويتوجب عليّ الالتفاف حول عمارتنا. لم أجد للسيارة مكاناً أمام بنايتنا، لذا أوقفتها أمام البناية التالية التي تفصلها

حديقةٌ عنّا. عمارتنا تحتوي على أربعة مداخل واثنتين وثلاثين شقة، وأمامها حديقة وخلفها حديقة. هكذا هو نظام حيّنا.

كل شيء أبيض، الحـديقة والممـرات البينية والأشجـار والشجيرات وعشب الحديقة المدفون، كلّها في البياض الثلجي. كل شيء أبيض.

واجهات الأبنية في هذه الساعة مضاءة جميعاً. الشبابيك جميعها تقريباً مضاءة. بينما الجانب الخلفي للبناء فمعتم أو تختفي أضواؤه خلف الستائر. كثيراً ما تساءلت فيما إذا كان مهندسو هذه البلاد مقلوبي دماغ حين يشيدون المطابخ والحمامات في واجهات الأبنية بينما غرف النوم والجلوس في الخلف! أم أنني يا ترى أنا هو المقلوب الدماغ؟

ما إن تجاوزت زاوية البناء الغربية الشمالية حتى رأيت جاماً من ضوء يخرج من غرفة نوم أو غرفة صالون آخر شقة أرضية. تساءلتُ شقة من هذه. وتذكرت أنها شقة «كريستينا»، أمّ الولدين اللذين يعيشان أسبوعاً لدى الوالدة وأسبوعاً لدى الوالد. هذا هو أحد الإجراءات المتبعة هنا عندما يكون الوالدان منفصلين.

أتاني فضول من النوع الذي لا يعترف الواحد به حتى لنفسه أحياناً. أسررت في نفسي أنني سأتلصص على جارتنا كريستينا وأرى كيف تبدو غرفة نومها. أم هو صالونها؟ وربما شاهدتُ ماذا

تفعل الآن. لعلها تصبغ أظافر قدميها في هذه اللحظة وثوب نومها منزاح للأعلى. هذا ما خطر على بالي حقاً.

يمكنني عبور الحديقة رأساً نحو موقع السيارة من حيث انعطفت عند زاوية البناية، لكن فضولي دفعني إلى أن أسير موازياً للجانب الخلفي للعمارة. رحت أسمع خفق أقدامي على الثلج البكر حيث لا تصله جرّافات البلدية. لا تفصلني سوى مسافة قصيرة من الجدار. كنت أترّدد وأحذر الوقوع بلمس الجدار، وكنت أسمع حتى بعض الكلمات التي تقال خلف الجدران.

ولم يكن ثمة أي نافذة محسورة الستائر إلا نافذة كريستينا.

حقيقة كان مشهد سقوط الضوء من نافذة كريستينا الوسيع على الثلج غريباً عجيباً لا يمكن وصف ما فيه من غموض وسطوع في قلب هذا الهدوء الساكن في الخارج. أكثرية النوافذ في هذه البلاد تتألف من إطار كبير جداً يضمّ لوحاً زجاجياً واحداً على الأغلب، فالشمس نادرة وعزيزة واصطياد أشعتها ثمين للغاية.

نور غرفة كريستينا ساطع مثل شمسٍ في ليل الحديقة الخلفية، وقد بدا لي مجسماً من نور وأنا أقترب.

لِـمَ نسيتْ كريستينا أن تسحب الستائر؟

دفعة واحدة صدم نظري المشهد. كانت غرفة نوم كريستينا مضاءة بنور مبهر يتدفق للخارج، ونافذتها الوسيعة تبدو كشاشة فيلم سينمائي. وعلى السرير جسدان ملتفان ببعضهما بعضاً. لم أشك أنهما في القمة. جسد بني محروق وشعر أسود يعتلي ويندمج في جسد أبيض ساطع وشعر منثور أصفر. كم لبثت وأنا واقف هناك مصعوقاً؟

الرجل أعرفه. إنه «ماهيندو» عامل السوبرماركت السريلانكي المبتسم دوماً. لبرهة فكّرت كيف انْجمعا معاً. هي طويلة اسكندنافية بكل معنى الكلمة، وعضوة نشيطة في حزب يميني كاره للأجانب، و«ماهيندو» رجل قصير وأصغر عمراً منها بكثير.

كانا منهمكين كل الانهماك؛ فما الذي جعل كريستينا تراني من بين أجفانها الناعسة النائمة. كأنها رأتني ولم تصدق ما رأت. بقيت لثوانٍ في سياق حركتها، ثم شيئاً فشيئاً راحت عيناها تتسعان. وعندما أدركت الوضع وأدركت أن ستائرها محسورة، وأن رجلاً غريباً يقف هناك منتهكاً خصوصيتها، قذفت «ماهيندو» وشبّتْ واقفة تحدق بي. فعلاً فعلاً قذفته. انقذف «ماهيندو» من فوقها وكأنه مجرد وسادة أو لحاف، أو كما لو أنه محزوم بحبل نتره فجأة وأبعده كما في السينما. أظنها وضعت قدمها في بطنه ورفست بكل قوتها. طيّرته.

وقفت هناك إلى جانب السرير عارية تحدق بي تريد أن تعرف من أكون. استدرتُ وتجاوزت الحديقة مسرعاً واختفيت مبتعداً عن السيارة. لم أعد أجرؤ على الاقتراب من سيارتي، وطار من بالي ما الذي كنت أريده من السيارة؛ لم أذكره إلا بعد أن جلست في مقعدي في صالون البيت بينما التلفزيون يصخب بصوت مذيعة عربية. درت حول بنائين أو ثلاثة وأنا ألوم نفسي لوم رجل متدين يزني ويسرق في يوم واحد.

هل عرفتني؟

لا أدري. كنت ألبس الطاقية، و«اللفّاحة» تغطي فمي وأنفي فكيف لها أن تعرفني.

في أول صندوق زبالة ألقيت الطاقية و«اللفاحة»، إذْ لعلها إذا ما رأتني أرتديهما في يوم من الأيام عرفت الحقير الذي كان يتجسس على متعتها.

عربي في الجليد

تصوروا عربياً هارباً من ظروفه وظروف بلده.

هذا العربي معتاد بجسده وروحه على الحرارة. حرارة الطقس، وحرارة البشر.

يجد هذا العربيّ نفسه لاجئاً في بلاد كالنرويج، بلاد البرد. هنا، كانت درجة الحرارة منذ يومين في منطقة داخلية؛ 40 تحت درجة الصفر فقط. في مثل هذا الجو عليكَ أن تغطي أنفكَ، وخدّيكَ، ويديك، وأن لا تكون جواربك رطبة، وإلا تموّت الجزء المعرّض للبرد من جسدك وجفّ. تصوروا أن هذا العربي كان مضطراً إلى العمل كموزع جرائد. عليه أن ينهض حوالي الساعة الثانية ليلاً. يسافر بضعة كيلومترات في جو كهذا وطرقات كهذه، حيث تلعبُ

السيارةُ لعبةَ التزحلق على الجليد، إذْ كثيراً ما همّت بالقفز في الوديان العميقة. كلّ الوديان هنا عميقة.

في هذا البلد تصطفّ صناديقُ البريد في الطرقات على نُصُبٍ خشبية أو أعمدة. والمدينة التي يعيش فيها هذا العربي ليست مدينة مُكتظّة كما هي المدن. إنها بيوتٌ متناثرة أو متكوّمة بين جبال وتِلاع من الصخور السود. على هذا العربي أن يتبع خطَّ سير التوزيع بدقّة. خطّ معقد يتلوى بين الوديان، والبيوت، وجبال الجليد، والصخور التي بحجم تلال.

يستلم العربيّ حصّته من الجرائد والإعلانات، ويبدأ التوزيعَ مع بلوغ البرودة قمتها عند الساعة الثالثة. في هذه الساعة يسود الهدوء ويسكن كلّ شيء، إلا من عربي يفتح صندوقَ بريد، ويغلق آخر. يحزرُ مدى غنى المالك من سعة الصندوق، ومن نوعيّته، ومن عدد الجرائد التي اشترك بها، ويدمدم مُغنياً أو شاتماً أو لاعناً أمّ النرويج وأبا البرد.

مُحرّك السيارة دائر باستمرار. يسوق بضعة أمتار، ويتوقف. يسوقُ عشرات الأمتار، ويتوقف. وأحياناً يسوق مئات الأمتار، ثم يتوقف. يسحبُ المكبح إلى الأعلى، ويحدق بالجهاز متتبعاً الأسماء. من سيحصل على الجريدة الفلانية ومن سيحصل على الأخرى... والثالثة... والرابعة؟

الجرائد مكدّسة ومصفوفة على المقعد الخلفي، وفي الفراغ بين المقعدين، إضافة إلى المقعد الأمامي. يحمل حَضْناً ما يستطيع حمله. يخطو بحذر القط الهرم وبطئه.

يفتح علبة البريد فيصدر الغطاء صريراً معدنيا. علبةً بعد علبة وصريراً بعد صرير. ثم عودة إلى السيارة، والسياقة من جديد، فالتوقّف في موضع ملائم، مع استعمال مكبح اليد.

الناس هنا ينامون باكراً كالدجاج. ويستيقظون باكراً كما لو أن كل واحد منهم هو الديك المكلّف بإعلان موعد الاستيقاظ.

كثيراً ما رأى ذاك الموزع العربي القاطنين يحضّرون القهوة في المطابخ، فاستخدام جدران البللور شائع هنا، وليس من مكان يُعزل جيداً بالستائر والجدران سوى غرف النوم. أيّ مارّ يمكنه أن يرى أحشاءَ المنزل وسكانه.

يخرج رجلٌ، أو تخرج امرأة، بمعطف ثقيل فوق ثياب النوم. يتثاءب أو تتثاءب، ويسمع الموزع العربي كلمة صباح الخير. الناس لطفاء هنا عموماً، لكنك قد تلحظ لمعةُ في العيون لحظة إدراك تلك العيونُ أنها ترى رجلاً مختلف البشرة وذا ملامح «شرق أوسطية» بالقرب من غرف نومهم؛ وفوق ذلك يدمدم بالرد على التحية من دون تعليق عن الطقس كما اعتادوا. يأخذون جرائدهم ويعودون أدراجهم مُتلقّتين بين حين وآخر، متسائلين عمّن وظّف

هذا الأجنبي. وهل هو كفء ليعمل موزّع جرائد؟

ليس من النادر أن يكون هناك بيت منعزل على قمة تلّ أو على كتف واد، والممر إلى ذلك البيت يكون عادة ضيّقاً بالأساس، فما بالك بعد أن تكوّم الثلج أكواماً، ثم تحوّل إلى صخور من جليد! فالحذر الحذر أيها العربي. لنفترض أنكَ انزلقت ووقعت فتناثرتِ الجرائد هاوية ومنزلقة بعيداً في المنحدر. كيف ستجمعها ثانية؟ والأهم، إذا ما عجزت عن جمعها، ماذا سيقول سكان المحلّة في الصبح عندما يرون صفحات جرائدهم تقلّبها الريح؟

لحظات ويتوقف الموزع العربي في ساحة واسعة. يسمّي العربي هذه الساحة «ابنة الطبيعة» لأن تكويناتها تُركت عمداً على بكارتها الطبيعية. هنا الصخور الضخمة بقيت في موقعها، وجدران الحدائق المنخفضة بنيت من حجر غير مشغول ودون تسفيط مصطنع، ومثلها الممرات. إنها محاولة لمحاكاة الطبيعة.

أنجزَ مهمة الصعود مشياً إلى ذلك البيت المنفرد المخيف، تاركاً السيارة شغّالة في الأسفل. ثم عاد وقاد السيارة سبعين متراً إلى هذه الساحة المائلة كصحن عملاق ينْكَبّ إلى أحد أطرافه.

خطا الموزّع العربي خطوات حذرة حاملاً الجرائد بين ذراعيه، عندما أحسّ بأن حركة في الفراغ تجري خلفه. وما إن التفت حتى رأى السيارة تمشي متمهلة نحو الجهة المنكبّة. قذف الجرائد من

يديه فتزحلقت على الجليد مبتعدة إلى اللانهاية، وأسرع يريد قذْف نفسه في السيارة. تسارعت السيارة فلم يستطع سوى أن يفتح الباب ويُدخل جزءًا من جسده محاولاً الوصول إلى مكابح القدم. وكما لو أن عماء سحرياً استولى على عقله ليَجعله ينسى أنّ سحْب مكبح اليد كافٍ لمنع الكارثة. أمّا الآن فالسيارة بدأت تتعثر عالياً وسافلاً منحدرة على الدرج الوسيع المنحدر نحو بيت يقع تماماً على حرف الوادي، فوق ذاك الجرف العمودي المرتفع مئات الأمتار، والغاطس في أسفله باللسان البحري المتجمّد في مثل هذا الوقت. أتاه إحساسٌ أن هذا الذي يجري ما هو إلا مشهد كان قد حدث من قبل. وفي لحظة تالية شعر موزع الجرائد العربي أنه ميت لا محالة، وأن السيارة بثقلها ستخترق هذا البيت الخشبي، كما هي البيوت هنا، وستتدلى بأنفها من على الجرف هاوية نحو المياه المتجمدة. لا أثر من تفكيرٍ في أن يقفز بعيداً أبداً، فقد كان الموزع العربي مشدوهاً ومشغولاً فقط بثروة الجرائد في السيارة والتي لن تصل أصحابها، ومشغول أيضاً بما سيقوله رئيسه في العمل غداً.

يتذكر العربي موزع الجرائد أن مقدم السيارة كان متجهاً نحو صالة البيت المطلّة على الحديقة ومن ثَمّ إلى جرف الوادي. كثيراً ما كان يتأمّل تلك الصالة كلما مرّ. كمْ كان معجباً بجدرانها البللورية وأثاثها الحديث وستائرها التي لا تستر شيئاً حتى

ليتخيل المرءُ أنها مجرد غلالة شفافة للزينة! من المؤكد أن الصالة ستتناثر، وأن السيارة ستتجاوزها ثمّ تهوي بعد لحظة واحدة. أما لماذا ظلَّ ذاك العربي إلى هذه اللحظة الخَطِرة متشبثاً بإطار باب السيارة؟ فإنه للغزٌ حقاً. والأعجب أن تنحرف السيارة لسبب ما نحو الأساس الإسمنتي المرتفع للبيت. مجرّد انحرافة بسيطة جعلت السيارة تعاف اختراق الصالة البللورية، وتختار الأساس الإسمنتي. انحراف بمقدار درجة واحدة.

في البداية لم يشعر بالألم. يتذكّر أنه بدأ بصراخ خجل طالباً المساعدة. ويتذكر أن زوجين شابين خرجا بعد فترة مذعورين مشدوهين. كانت قدمه مسحوقة تحت السيارة وكان واعياً. والأعجب أيضاً أنه استطاع تمليص قدمه من تحت السيارة. يتذكّر أيضاً أنه بعد أن شرب جرعة ماء، مازح الزوجين قائلاً إنه كان خائفاً على الجرائد وليس على روحه ولا على السيارة. يتذكر أنه تأسف كثيراً حتى كاد أن يبكي عندما علم منهما أن السيارة اصطدمت بالضبط بأساس غرفة نومهما، وأنهما كانا في عز النوم. ثم غاب عن الوعي.

فيما بعد سيمازحه صديقه بعد أن علم بالقصة: هييييهْ يا أخْ ماذا حسبت؟ وين راح عقلك؟ شُووووو صارت السيارة معزة شاردة لتركض وراها وتمسّك بها؟

النورسة الأمّ

من بعيد في الشارع المؤدي من حيّنا إلى مركز المدينة رأيت تجمّعَ الناس. رأيت سلّم سيارة الإطفائية يعلو رويداً رويداً، وعندما وصلت وقفت بين الواقفين أرقب المشهد. كان رجل الإطفاء مشغولاً بالدفاع عن نفسه بدلاً من إتمام مهمته في الانقاذ. كان الرجل ينحني وينتصب مدافعاً بكلتا يديه، ويحاول الالتجاء خلف القضبان الحديدية للقفص في أعلى السلم. رجل الإطفاء في حالة ميؤوس منها حقّاً؛ فأنثى طائر النورس الشرسة تهاجم هجوم الانتحار. تهاجم بإلحاح وعنف. تقترب من رأس الإطفائي إلى حد التماس والخمش. تهاجم وتهاجم، و لو أنها وجدت فرصة أو غفلة من دفاع الرجل لاقتلعت عينه بالتأكيد.

بدأ الإطفائي بالإشارة إلى أنه يريد النزول. أنزلوه. وما إن ابتعد بضعة أمتار حتى عافت أنثى النورس متابعته، وعادت إلى الاهتمام بالفرخين المحصورين خلف الشبك في أعلى الجرف. يصرخ الفرخان وهي تصرخ. صراخ النوارس في حالات مثل هذه مرعب. حتى لو أنكَ لا ترى المشهد، حتى لوْ أنك تسمع فقط من بعيد، ستشعر أن ثمة شيئاً مخيفاً يحدث. يسمي اللغويون صوت النوارس «نعيقاً». وهو اسم لا يليق أبداً. الاسم اللائق هنا لصوت هذه الأم هو «الصراخ». كانت تصرخ بكل معنى الكلمة. تصرخ بغضب. تصرخ بصوت عال. تصرخ باستمرار. تصرخ كما لو أن صراخها سيعني نهاية داهمة.

تدرّع رجل الإطفاء بقناع من شبك معدني وخوذة. وشرعت الرافعة تنهض به من جديد.

هنا في هذا البلد ذي الساحل الطويل جداً تكثر الاندخالات البحرية الضيقة والعريضة التي تسمى «الفيوردات». وهذه «الفيوردات» البحرية قد تمضي عشرات الكيلومترات نحو الداخل. وهنا في هذه البلاد تلتقي اليابسة مع المياه بجبهات لا تنتهي من الأجراف الحادة العالية. جبال سود وصخور سود تتصدى للبحر. ينبت بين شقوق هذه الجبال والصخور الساحلية نبْت دائم الخضرة وأشجار قزمة.

على الحافة العليا لهذا الجرف أمامنا وبين شجيراته النابتة في الشقوق يبدو أن أنثى النورس صنعت عشها ووضعت بيضتيْها لتتفقسا عن هذين الفرخين. لسبب ما انهدم العش، أو أن الفرخين دفعهما الفضول لأن يطّلعا قليلاً، فسقطا خارجاً، وانْحشرا بين الشبك المعدني الذي يحمي الطريق من تساقط الحجر والحصى وبين صخور الجرف. ولا بد أن أحداً لاحظ حرّة قلب الأم وهتف للإطفائية.

هذه المرة استطاع الإطفائي التقاط الفرخين على الرغم من عاصفة غضب الأم وصراخها المجنون وانقضاضاتها الفدائية. كأنه، ونحن نراه من تحت، بحث يمينا وشمالاً وفي الأعلى عن العش، ولم يجده. فنزل.

عندما أخرج الفرخين من جيب في عبّه وأنزلهما على أرض الشارع وسط حلقة المتفرجين، ازداد جنون الأم وتوسع. راحت تغير على رؤوسنا وتصفق جناحيها أمام أعيننا وتكاد تخمش الوجوه لولا أننا جميعاً أتقيناها بالأكواع وبأي شيء في أيدينا. رأيت امرأة حمت وجهها بكيس تحمله. رأيت الفواكه والخضار تتساقط من كيسها.

أجبرتنا جميعاً على أن نبتعد وأن نترك فراغاً واسعاً. راح الفرخان على مهل يتمشيان نحو الصخور والدعامات الضخمة المهملة

حيث الميناء القديم، والأم تذود عنهما في كل الاتجاهات. تصرخ وتصرخ، ومن فوقنا كانت عصائب من النوارس تدور. تستجيب وتنعق. تنعق بحمية وتقترب من رؤوسنا.

عندما صرت طباخاً

في يوم حاسم قررت أن أصير طباخاً ماهراً. «على الكبرة جبّة حمرا»، كما يقولون. منذ ذاك اليوم وأنا مريض بالمنافسة والمقارنة بين طبخاتي وطبخات امرأتي وبناتي، وحتى طبخات زوجات الأصدقاء التي نُطعَم منها أو نأكلها كضيوف.

يمكنني القول إن زوجتي طباخة ممتازة. لكن ما يزعجني في طبخها أنها تقلّل من التوابل، بينما أحبها أنا وأُكثر منها. والأهم أن تقاليدها في إعداد الوجبة وطريقة السكب وترتيب الصحون والملاعق والشوك وتقطيع الخبز و... كلها تجري على يديها وفق نظام هادئ بطيء مستثير. إيقاع لا يتغير.

لدينا ضيوف غير عرب على الغداء، عادة ما نتبادل معهم

الزيارات والدعوات على الغداء. بناء على رغبتهم ستطبخ زوجتي محشي باذنجان وكوسا وفليفلة. وكالعادة حضّرت كل ما يلزم. حفرتْ وحشت ورصفت الخضرة المحشية في القِدر الكبير، وركنتها جانباً، فالوقت مبكر. ما زلنا عند الظهر.

خطرت لي خاطرة لؤم جهنمية. سأنال منها. سأشكّكها بمهارتها في الطبخ، وسأكسب نقطة لصالحي وأنتقم من استهانتها بطبخي.

أحتاج إلى خطة من مرحلتين.

بدأت بالتنفيذ ما إن غادرتْ هي في زيارة سريعة للجارة. لا يلزمني سوى أن تغيب ربع ساعة فقط.

أحضرت صينية وسيعة. صففت فيها ما سيكون الطابق الأعلى من الكوسايات المحشية. هذه لن أمسها بسوء. ورحت أخرج حبات الباذنجان والكوسا والفليفلة من العمق، واحدة.. واحدة، وأشقها من جانب شقاً يكفي كي يتسرب الرز واللحم المفروم والتوابل خارجاً ما إن يبدأ الغليان. عندما أنهيت عملية التخريب، رصفت الحبات من جديد بترتيبها السابق فوق بسطة العظام وأقماع الباذنجان. ثم وضعت الحبّات السليمة على الوجه.

قلت لها وهي تّضيف الماء الدافئ المذاب فيه رب البندورة

مع بهارات أقل من القليل، وقليل القليل من النعناع وعصير الليمون؛ قلت «أنا سأطبخ ملوخية على الطريقة الفلسطينية تعلمتها من اليوتيوب. شي جديد». نظرت إليّ تلك النظرة المؤنبة المتشككة وقالت:

- تمزح!

- لا. لا أمزح

- ضيوفنا طلبوا المحشي... يحبّون المحشي الذي أُعدّه، والكمية التي حضّرتها كبيرة. فأين الحكمة في أن تطبخ أنت طبخة أخرى هااا؟»

- لا حكمة ولا شي... خطر على بالي ومشتهي الملوخية. فيها شي هايْ؟

- لا. لكن غريبة موووو! على كلِّ اشتغل على كيفك.

قالت جملتها الأخيرة بأسلوب متهكم ساخر، وهو بالضبط الأسلوب الذي يحنقني ويجعلني أفور وأثور. لكنني هذه المرة كنت هادئاً هدوء المتلذذ بنجاح تخطيطه.

طبخ كلٌّ منا طبخته. وعندما جاء الضيوف وانتهت المجاملة الأولية وشرب الشاي الخفيف، نهضنا معاً وبدأ كل منّا بسكب طبخته في أطباق المائدة. أنهيت أنا العملية بثوان، ورحت أسوّي الرز وأوزع الملوخية في طبقها الوسيع. بينما شرعت هي بهدوئها

المعتاد بنقل حبات الكوسا من الطبقة الأولى إلى طبق المائدة، بعد أن أزالت طبق التثقيل. كنت أسترق النظر إليها من تحت لتحت. رأيتها وهي تتفاجأ ويمتقع وجهها وهي تكتشف أن ما تحت الطبقة الأولى من المحشيات ما هو إلا خبيصٌ من رز وقشور وأقماع الباذنجان ذات الألياف الظاهرة. تناولت مغرفة كبيرة وهي تكاد تجهش بالبكاء وغرزتها عميقاً في كثافة الخبيص، ثم غرفت من أسفل، وتبين لها حقاً أنَّ ما في القدرية فقط خبيص لبيص. جمدت طويلاً حزينة مقهورة، فتظاهرت بدوري بالتساؤل البريء عمَّا بها. قالت: «انظر...» وغرفت من جديد من عمق القِدر وأرتني الخبيص، ثم لاصت المغرفة في القِدر مرّات وأخرجتها والنتيجة ذاتها خبيص سميك من نشاء الرز ومن قشور الخضراوات والأقماع الكثيرة وقطع اللحم بعظامها. تصنعتُ الدهشة وقلت ببرود: «لعل النار كان حامية والغليان كان حركيّاً جداً ... لعلَّ...». أشارت بيدها أنْ كفّ عن الكلام.

وبكل خبث ولؤم قلتُ مبتهجاً: «انقذتنا ملوخيتي. احمدي الله إني طبخت ملوخية».

في النفق

كانت الساعة قد تجاوزت السابعة مساء. الظلام دامس خارج مجال أعمدة النور. الفصل شتاء الآن. وليل الشتاء في هذه البلاد ثقيل، مظلم، طويل، وقاضمٌ لساعات عديدة من النهار.

دخلنا النفق نحن الثلاثة تقريباً في الوقت نفسه، آتين من دروب مختلفة تمر بالدوّار الكبير ويشارعه الرئيس الممتد بين المدينة العتيقة وبين التوسعات اللاحقة. هذا النفق هو أيضاً قديم، وقد شقّه الألمان أثناء فترة الاحتلال. الناس هنا لا يحبون أن يذكروا هذه المعلومة. لا يحبون أن يربطوا الاحتلال الألماني بأي شيء إيجابي. هذا النفق تحديداً ومنذ بضعة سنين ممنوعٌ على السيارات. صار نفق مرور مشاة ودراجات هوائية فقط.

كنت قد اعتدت فعلاً حمْل العكاز بعد أن حصل لي ما حصل العام الفائت، وتأذت ركبتي اليمنى وعرقوب ساقي اليسرى.

كلاهما لم يكن يسمع شيئاً بالتأكيد. كلاهما كان في عالمه الخاص عبر السماعات، مثلهما مثل أبناء جيلهما. لا بدّ وأنهما كانا يستمعان إلى موسيقاهما المفضلة. على الأغلب هي موسيقى صاخبة؛ فكّرتُ... فكلاهما شابّ.

قلتُ لنفسي، وأنا أجتهد في أن لا يبتعدا عني كثيراً؛ إنهما لن يسمعا ولن يلتفتا مهما كانت نقرات عكازي صاخبة، ومهما تبع النّقر من تردد للصدى في جوف النفق الرطب. كأنني في اللاشعور رحت أثقل على عكازي كي يصدر صدى أقوى. كأني رحتُ أطرب للحالة. أسمع الصدى يتردد في الجوف العميق، وأتخيل الجبل الكبير من فوقنا، حيث تنتشر البيوت، والأبنية، وحيث تتلوى الدروب وتنغرس الأشجار العتيقة على أرصفتها وعلى الجروف المطلة، أتخيل كل هذا وأتساءل حقاً ما مصير ذبذبات الصدى وهي تلمس سقف النفق!

تتسع المسافة بيني وبينهما قليلاً، ولكنني أجهد نفسي كي لا يبتعدا أكثر.

كلاهما كان في أوائل العشرينيات أو أقل؛ بـ«الطعشات» ربما. هو أفريقي بني البشرة كما لاحظت بوضوح، عندما رمقتهما لثوان

تحت النور المبهر ونحن ندخل فتحة النفق البعيدة الآن خلفنا. أما هي فنرويجية على الأغلب. بشرتها بيضاء وشعرها أصهب. قوامها بديع وخرْطة جسدها مبهرة... مبهرة حقاً.

فجأة بدأت أنوار النيون تتراقص داخل النفق. تضيء لثوان وتعتم لثوان.

لم يلحق بنا أحد من الخلف. لا أسمع طرق أقدام ورائي، كما لم يأت أحد من أمامنا.

وحدها طرقات عكازي كانت تتردّد وتتصادى.

أظنه كان معتاداً على ظلام دروب أفريقيا أو هي في مورثاته، فقد ظل يسير خلفها بخطوة أو خطوتين بتواتر منتظم هادئ كما لو أنه عسكري، وظلت سماعته ذات القياس الكبير القادرة على عزل الأصوات الخارجية في مكانها. لم يرتكس على اضطراب النور. أما هي فأجفلها تغامز الضوء، وأسدلت سماعتها على رقبتها، وراحت تتلفّت بعصبية. ثم خفَّت في سيرها.

ظهرت فتحة النفق على شكل هلال نحيف بعيد. غمز الضوء غمزة أخيرة، وانقطعت كهرباء النفق، وهجمت العتمة التامة، عندها صرخت الفتاة صرخة رعب عالية. تبعتها صرخات. ثم وقع أقدامها وهي تعدو، وامتلأ النفق بالصدى كما لو أن تلاميذ

مدرسة كاملة شرعوا بالصراخ معاً.

ثوان أخرى ويعود الضوء وتستمر الإنارة. أراها وقد اقتربت من سيارة الشرطة. يستقبلها شرطي بذراعين مفتوحين وتأتي الشرطيّة من الخلف وتلمس شعرها.

ليس نادراً أن تتمركز سيارة الشرطة هنا عند نهاية النفق في عطلة نهاية الأسبوع، وتمضي الليل بطوله تراقب السكارى ومدخني الحشيش في الساحة وفي الزوايا المعتمة.

وكان هو قد التقط سمّاعة الفتاة وهاتفها ومحفظتها، وما كان يبدو عليه أيما تغيير في مشيته الواثقة، وما تزال سمّاعته في مكانها. اتجه فوراً إلى دورية الشرطة حيث ما زالت الفتاة تُوهِوِه بعصبية الخائف. وما إن رأته بقربها حتى لاذت خلف الشرطية. مدّ هو يده بأغراضها.

كنتُ للحظة قد فكرت أن أذهب إليهم لأقول: «أنه لم يفعل شيئاً... وإنما هي خافت من العتمة وتصورت أنه...». ثمّ فكرتُ لبرهة أخرى: «ولكن، لِـمَ لا يكون الأمر غير ما فكرت أنا به! فربما أراد استغلال فرصة العتمة، ولمسها... وربما فعل أكثر... ربما حاول خطف محفظتها... ربما... وربما».

وجدتني فجأة أنحرفُ بزاوية حادة عنهم وأتجاوزهم مبتعداً. ثم

أخجل من أنني لم أفعل. أبدأ بلوم نفسي مع كل خطوة أخطوها بعيداً وأهمس في داخلي: «لكن بالتأكيد لم يكن يريد إيذاءها... إذن لِـمَ لمْ تمرّ بهم وتقول هاتين الكلمتين: لا أظن أنه أراد إيذاءها، لا أعتقد أنه فعل... هي خافت من العتمة وو...»

ولكنْ...

تلك الابتسامة

ينتهي الدوام بين الساعة الثالثة والنصف والرابعة والنصف. يختلف الأمرُ بين مَنْ بدأ العمل في الساعة السابعة والنصف، وبين من بدأه في الثامنة والنصف.

التدخين ممنوع في محيط المدرسة.

مدرستنا، أو بالأحرى مجموعة المدارس هذه، مؤلفةٌ من روضة أطفال وابتدائية وإعدادية ومركز تدريس للمتوحّدين وذوي الاحتياجات الخاصة. وفي القِسم الأخير أعملُ أنا.

أوّل أيامي في العمل، دخّنت مع بعض زملاء الشغل في الغابة القريبة. لكنّ ضياع معظم وقت ما يسمونها هنا «الاستراحة الكبيرة» في الذهاب إلى الغابة والرجوعِ منها، جعلني أُقلع عن

التدخين في الدوام. لكن ما إنْ أستوي في جلستي خلف المقود في السيارة، حتى أستلّ السيجارة. بل كثيراً ما تكون السيجارة قد أصبحت خلف أذني وأنا في الطريق، كي لا يستغرقُ إخراجُ علبة السجائر من الجيب أو المحفظة ثم استلال السيجارة وقتاً. حتى في السيارة يُحسّ المرءُ بالحرج، لأن مرآب السيارات غير مفصول عن باحة المدرسة الوسيعة، وأيضاً لأن المجتمع هنا بات ينظر للمدخنين على أنهم غريبون بلا إرادة، وأنهم يلوّثون البيئة. وما أداراك ما البيئة لدى النرويجيين!

لم يكن اليوم استثنائياً. شغّلتُ السيارة. أشعلتُ سيجارتي، وأحسستُ على الفور بدوخة وُرود النيكوتين إلى الدماغ بعد غياب ساعاتٍ طويلة.

الطريقُ تلتفّ حول هضيبات عديدة، ثم تستقيمُ كيلومترات عدّة، لتعود إلى الالتفاف بمنعطفاتٍ حادّة حول التِلاع. وما إن استقام الطريقُ حتى لمحتُ من على البعد امرأةً في موقف الباص، تلوّح بالإشارة التي تعني أنها ترغب بنقْل مجاني. كان نهرُ السيارات يمرّ دون أن تنْزاح منه أيّ سيارة إلى الجانب، لتتوقفَ هناك. من هنا صممتُ، إذا وصلتُ إلى موقعها ولم يكن قد فعل أحد، أن أُقلّها.

ما إن رأتْ هي الإشارة تَتَغامز من سيارتي حتى تأهبت. حملت

حقيبة ظهرها عن الأرض. فتحتْ باب السيارة ولفظتْ بآلية: «مركز المدينة». هزرتُ برأسي إيجاباً. وتماماً في اللحظة التي التقتْ نظرتي بنظرتها؛ ارتدّ شيء في جسدِها، وغاضتِ الابتسامة الآلية عن ملامحها، ليحل محلّها تعبير غامضٌ. تردَّدتْ للحظات، ثم تركتْ جسدها يهبط على المقعد حاضنةً حقيبتها.

لم تلقِ تحيةً. ولم أبادرْها بالتحية. ثمة كائن خبيث في داخلي قال لي: «أنتَ من قدّم الخدمة؛ فعليها هي أن تبادر بالتحية». لم تفعلْ. ولم أفعلْ.

مضتْ بضع ثوان من صمتٍ محمول على حفيف العجلات، حين شرعتْ تُلملم نفسها وحقيبتَها في زاوية المقعد البعيدة. كان واضحاً أن جسدَها لا يريد اقتراباً من هذا الأجنبي. مرّات ومرّات يتحرك جسدُها مكتسباً مسافة أبعدُ، ولو بمقدار أنملة.

أنا معتاد على السياقة بيد واحدةٍ، اليد اليسرى. وكانت يمناي كما هي العادة تستريحُ على علبة لحفظ الأشياءِ الصغيرة خلف ذراع التبديل. ذراعاي مكشوفتان، فالوقتُ أول الخريف آخر الصيف. بشرةٌ بنّية وشعرٌ نابت. وعلى بعد نصف ذراع تحضن هي حقيبتها بقوةٍ، وساعدها البضّ خالٍ من الشعر تماماً.

بماذا تفكر هي الآن؟ مؤكد أنها تهمس في داخلها تلك الكلمة: «إبليس!»، والتي يقولها النرويجيون للتعبير عن نفور شديد.

«إبليس أجنبي»، لعلّها تردد هذه الجملة في داخلها الآن.

عمداً بدأ جسدي استعراضه بهدوء ثقيل.

تناولتُ السيجارةَ الثانية من قلب العلبة دون أُخرجها من جيب الصدر. أشعلتُها. نفثتُ. تركت السيجارة هناك معلقةً بين شفتي. تدخين محترف. يروقُ لي أن أفعل ذلك. ورحت أفكر بهذه التي تنزوي في الكرسي المجاور كما لو أني كائن متوحش.

إنها وبالتأكيد تقول في نفسها الآن: «إبليس أجنبي». ليتها تقولها علناً. ليتهم يقولونها علناً. شعبٌ صموت.

لو إني كنت جالساً على مقعدٍ عادي لا مقعد سيارة، لشرعتْ ساقاي في الحركة الاهتزازية المتسارعة عالياً سافلاً من شدة التوتّر. تعويضاً راح إبهامي يلعّب الخاتم ذا الحجر الكبير في بنصري. ولعلها الآن وهي تراني أفتّل الخاتم تقول في سـرها: «يا للذوق! ابليس ياخذكْ».

كلما انعطفتُ بالسيارة أسترق النظر، فأراها تنظر إلى الأمام دون رفّة رمش ودون تعبير.

أتتنفسُ؟

حاولتُ أن أسمع صوتَ تنفّسها عبثاً. لا شعورياً رحتُ أنفث الدخان بصوت مسموع، وأتنفّس بصوت مسموع. رحت أحسّ

244

أنني أحاصرها وأحتل كل المكان، بينما هي تنكمش وتنكمش.

لن أقولَ كلمةً واحدة إن لم تبادر. وهي لن تبادر. ستظل متكوّمةً على نفسها تأخذ نفساً سطحياً وتتظاهر بالتحديق بالطريق وبالأشجار المارة بنا خطفاً، وتهمس في داخلها: «إبليس أجنبي». وسأظل أنا أكتم على أنفاسِها وأتمدد في فضاء السيارة مثل أخطبوط، منتقماً مما تضمره وما تقوله بالتأكيد في سرِّها: «ابليس أجنبي».

أعدت مقعدي إلى الخلف من غير حاجة وبمخاطرة أن ينزلق المقعد إلى المدى الأقصى، فأفقد توازني وتفقد السيارةُ توازنها. أنزلت كلَّ جامات البلور في النوافذ، فراح الهواء يلعب. وشرع شعرُها يتطاير في كل الاتجاهات. أحسست أنني أملأ السيارة بضغطي عليها وأفيض أكثر وأكثر. أحسست بأن لي يداً في تلاعب الهواءِ بشعرها وفي مضايقتها. أحسستُ برغبة في تلمّس عنقها والضغط عليه قليلاً بينما تجحظُ عيناها من الرعب، وتدرك للتوّ أن عليها ألا تهمس في داخلها: «ابليس أجنبي».

دخلنا المدينة وصار الأمر يتطلب انتباهاً أكثر، ومع ذلك رحتُ أسوق سياقةً متهورةً بعرف هذه البلاد.

هم هادئون. يتحركون ببطء مثير للغضب.

ما زالت على وضعها الجنيني تحضن حقيبتها بقوةٍ وتشغل أقل مساحة ممكنة من المكان.

أكثر من سائق أعطاني إشارة تنبيه، ومع ذلك ظلتْ عجلاتُ السيارة تصدر صوتاً في المنحنيات، أو عند الإقلاع. وظلت تلحّ عليّ فكرةُ الدخول في رأسها ورؤية دماغها وهو مُنْشغل الخلايا في تشكيل كلمات الشتم: «يا للذوق السخيف! إبليس أجنبي. غريب...».

أوقفتُ السيارة في موقف باصات المركز. تحركتْ هي بهدوء من يريد أن يثبت لنفسه أن الخطر زال، وأن ليس ثمة ما يزعج، أو هكذا تصورتُ. أغلقتْ باب السيارة بقدمها وهي تضع حقيبة الظهر. أكانت هذه قلّة احترام؟ أم... هكذا ببساطة... لأن يديها كانتا مُنْشغلتين؟

بعد بضع خطوات التفتْ نصف التفاتة، ومن فوق كتفها وبعين مزوية نظرتْ، وأشارت إشارة الوداع مع ابتسامة مبهمة. ابتسامةٌ ستبقى بلا تفسير. آلاف المرات أعدتُ مشهد تلك الابتسامة محاولاً فهم ماذا عنت بها. أكانت تعني امتناناً؟ تحدّياً؟ رغبةً ضائعة في تعارف عابر؟ إغراءً؟ كرهاً؟ استهانةً؟ احتقاراً؟ نفوراً؟... أكانت كل هذا أم مجرد ابتسامة؟

غيّبهم الزمنُ

يدفع أمامه العربة رباعية العجلات ذات المكابح التي يستعين بها المسنّون. محني الظهر متيبّس المفاصل. ينقل قدماً إثر قدم ببطء وبخطى قصيرة جداً. يمشي مثل طفل اكتشف للتو أنه يستطيع الوقوف. حقيقةً لم يكن يمشي؛ كان يجرّ قدميه جرّاً. كم عمره؟ تسعون؟ مائة؟ مائة وعشرة؟

نطّتْ أمامه كرةٌ من خلف سور أحد البيوت، واندفع خلفها طفلان وطفلة بصخب وصياح. تدافعوا وتعثّروا ببعضهم بعضاً. قالت الطفلة بصوت عال وهي تلهث: «مرحبا يَنْسْ». لم أسمعه يرد التحية، ولكنه استدار بكل جسده ببطء نحو الصبية وابتسم لها ببطء أيضاً، واستطاع أن يسند نفسه بحذر عبر ذراع واحدة

إلى العربة، ويرفع اليد الأخرى كما في حركة التصوير البطيء لرّد التحية.

كان اسمه «يَنْسْ» إذاً.

تابع خطوه الثقيل، وعلى ممسك العربة الأيمن تدلّى كيس يحتوي لا شكّ على حاجياته المشتراة. وكان صاحب الدكان «السوبرماركت الصغير» الذي لا بدّ أن الرجل المعمّر اشترى منه ما يزال واقفاً في باب الدكان يلاحق الرجل بعينيه بصبر من لا عمل له، على الرغم من مرور عديدين من جنْبه إلى داخل الدكان.

اتضح أن بيته لا يبعد عن الدكان سوى تلك المسافة القصيرة. مسافة تكاد تكون دهريةً بالنسبة لمعمّر مهدّم الجسد مثله.

تابع الرجل سيره بذلك الخطو البطيء المنتظم، إلى أن وصل إلى باب بيته الخشبي العتيق. مؤكدٌ أنه يعيش وحده؛ مؤكّد.

كيف له أن يُدخل عربته؟ كيف له أن يصعد الدرجتين الحجريتين العاليتين؟ وكيف له، لو أننا في الشتاء، أن ينزل الدرجتين أو يصعدهما وسط أكوام الثلج والجليد؟

بهدوء وارتعاش، وبعد وقت طويل، استطاع أن ينزّع الكيس عن ذراع العربة ويضعه متباطئاً على أعلى الدرجتين. أكمل طريقه بضع خطوات أخرى من خطواته البطيئة، ثم فتح باباً منخفضاً لسياج

حديقته الجانبية. دفعه بسكون عجيب. أدخل عربته بحركات ومناورات غير سهلة، استغرقت زمناً. أغلق باب السياج، وكبس مغلاقه العلوي بيد مرتجفة، كما لو أنه يغلق صندوقاً ثميناً لن يفتحه قريباً.

عاد مستنداً إلى جدار بيته، خطوة ثقيلة بعد خطوة ثقيلة. ارتقى أول درجة بجسده كله. نقل جسده كله ببطء إلى الأعلى. استراح قليلاً ليستجمع الهمّة للنقلة الصعبة التالية. وفعلها كما الأولى. أخرج المفاتيح من جيبه بعد لأيٍ وارتباك. كان واضحاً أن حمالة المفاتيح لم تمكّنه من نفسها بسهولة. بحث عن المفتاح الصحيح دهراً، وأدخله بعد محاولات ومحاولات في القفل، وانفتح الباب. انفتح الباب أخيراً. كان عليه أن ينحني بكل جسده مرة أخرى كي يتناول الكيس. وضع الكيس خلف الباب. ولم ينس أن يرفع متمهلاً غطاء صندوق البريد بجانب الباب متمعّناً طويلاً في النظر إلى داخله، لعل رسالة استقرّت بعيداً في قاعه، وما في إمكانه رؤيتها بسهولة. لم تكن هناك أيها رسالة.

دلف إلى الداخل وغاب هناك، وانطبق الباب ببطء ودون صوت.

وحيداً يعيش ولا بدّ، وحيداً بين جبال من الذكريات وصور الذين غيّبهم الزمنُ.

شلال الإمبراطور

زعموا أنه كان هناك إمبراطور من أباطرة الصين، أو ملك من ملوك الهند، أو أحد الأكاسرة، أو قيصر... سواءٌ كان هذا أو ذاك، فإن ما حدث قد حدث حتماً في ذهن الراوي، حتى لو لم يكن ماء الحكاية قد جرى في تاريخ فعليّ. يكفي أنها ارتسمت في رأس الراوي لتصبح ثمرة من الثمار المقدسة أو المدنسة لهؤلاء الذين تنعموا بنعمة الفكر.

وللتغريب أكثر، سيكون قيصر مستبعداً وكذلك كسرى، لأن الحكاية التي دخلت العربية متأخرة ما كان لها أن تتأخر إلى أواخر الأيام لو أن أصلها كان في هاتين الإمبراطوريتين بسبب غلبة

العرب؛ إن بالحكم والدمج، مثلما حصل لإمبراطورية الأكاسرة، وإن بالترجمة والتفاعل كما حصل مع إمبراطورية القياصرة. ولو أنها أتتنا من الهند لمزجناها في ألف ليلة وليلة وحكايات ابن المقفع. والحال هذه، لم يبق إلا أن تنسب الحكاية إلى إمبراطور في الصين القديمة، وهو ما يضفي عليها نوعاً من التشويق الذي سيفيد غموضها وسحرها، ويُجنّب الزاعم الأخير، الذي هو أنا، التماسّ مع مخاطر قد لا تخطر في البال. فكم من حوادث صغيرة تمرّ عفواً، ثم يتبيّن أن لها عواقب خطرة تجعل المرء يحسّ ندماً كالشوكة أسفل الثدي، أو تدفع المرء إلى انتظار ممضّ لمحكمة ما. وهو، أو أنا، أو أنت، يلوم نفسه في الليل والنهار على انزلاقه بما لا دخل له فيه، حتى لو كان كلاماً، مجرد كلام؛ إذِ الكلام عند البعض أحدُّ من شفرة وأدقُّ من مخرز، فتراني، أو تراه، أو تراك، أتلمس رأسي أبداً، وأهجس أبداً بأني مذنبٌ وأني سأحاسب، وإن كانت صلتي بالحدث كصلة ارتداد صرخة بحدوث زلزال.

إذاً، زعموا أن إمبراطور الصين، الذي لا بد أنْ ينتهي اسمه بحرف الغين كأن يكون «بينغ بينغ» هو الذي يمكن أن تنسب إليه الحكاية.

زعم محبّوه أنه كان رقيقاً لطيفاً منعماً ودوداً تكاد الوردة أن تجرح شعوره. بينما زعم أعداؤه أنه كان صارماً قاسياً بطّاشاً. مهما تكن

الحقيقة، فإن عهده شهد استقراراً بعد بناء سور الصين الذي هابته قبائل الشمال. تلك القبائل الهمجية التي قتلتها حسرتها وهي تنظر من أعالي الجبال إلى هذا المنجز العظيم الذي حبسها خارج الحضارة. وزعموا أنه لن يمر على الأرض إمبراطور في مثل حساسيته للجمال، ويأتون بمثل على فرط حساسيته إذْ ضجر ذات يوم، فتفطّن إلى أنه رأى في طفولته مشهداً بديعاً لشلالٍ تتخلّله الأشجار المائلة الخارجة من الصدوع الصخرية. فضاء من سديم وصخب. ومن الصخرة التي شهدت حبه الأول للطبيعة، كان يرى غلالة المياه تهز أغصان الأشجار بتناوب، وتتساقط في الضجيج. وفي الأسفل كانت المياه تفور وتدور ناثرة رذاذاً وفقاقيع تنطفئ لحظة ولادتها. عندها أمر أن يحضروا أمهر رسام لينقل الشلال من الجبل إلى جدار القاعة الإمبراطورية الخالي من أي شغل أو تزويق.

وهل يوجد في الصين كلّها أمهر من شيخ مصممي المناظر الطبيعية المطبوعة على الحرير، الذي لا بدّ أن ينتهي اسمه بالمقطع «آو»، كأن يكون الشيخ «هاوْ آو». وجدوه نائماً على دكّة بيته في شَرْقة الشمس. ذراعه على جبينه وبين أصابعه ريشة الرسم التي نقّطتْ على غضون السنين في وجهه بضعَ نقاط صفراء كانت ستتوضّع على جزء من لوحته المجهّزة.

«هاوْ آوْ» لا يرسم إلا في جو منعزل، حيث تظهر سلطة الرسم طاردة كل شيء سوى روح الفنّ، لذا أمر أن تُخْلى قاعة العرش من الإمبراطور وعرشه وحاشيته وسجاده وطنافسه... كلّ شيء... كل شيء يمنع عريها. وأمر بإنزال ستارة كتيمة تمنع فضول العيون وتسمح له بالحركة خلفها.

ستة أشهر ظلّتْ الستارةُ تحجب «هاوْ آوْ» والجدار العاري في ذهن الإمبراطور وحاشيته، لكنّه الجدار الذي يتحوّل شيئاً فشيئاً إلى فرجة جبليّة وشلال وبحيرة في عين الرسام. ستة أشهر قضم خلالها الإمبراطور خفية أظافرَه، شكّاً من أن يكون هذا الضئيل المشوه قادراً على نقل شلال طفولته إلى جداره، ونَدَماً على إخلائه قاعة عرشه والعيش في ضيق تحسّه نفسه الإمبراطورية حكماً ممن لا حكم له.

وعندما اكتمل الخلق ظهر «هاوْ آو» بحدبته وعينيه النفّاذتين أمام الإمبراطور ليقول:

- سيدي الإمبراطور، يمكنك منذ الآن سماع صوت الشلال في الليل والنهار ويمكنك أن تنشر أصابعك في مسقطه لتتمتّع برفيف المياه.

كان قلب الإمبراطور يرقص في القلق المتراكم واللهفة لرؤية ما وراء الستار. كم انبهر عندما ملأ عينيه من المعجزة وسمع صخب

المياه المتساقطة من أعالي الصخور وهي تحف أغصان الشجر المُعرّاة والمضطربة وكأنها أصابع سحرة تشير إلى قلب الشلال الخفي وراء حجاب الماء النازل كغيوم عاصفة في مرآة بحجم جرف الجبل. أراد أن يغمس أصابعه بمياه البحيرة من فوق صخرة مُطلّة، لكنه خشي عيون الحاشية التي بات يرى فيها ظلاً لم يكن يظهر فيها من قبل.

هكذا... من يومها ظلّ صخب شلال القاعة يملأ سمعه بضجيج لا يفتر ولا ينقطع حتى في النوم. كم تساءل لما لا يبدو عليهم أنهم يسمعون صخب المياه! صخب يراه كالسائل الشفاف يندسّ بين الكلام المتبادل في أمور الدولة، وبين همسات المداعبة لفتيات القصر، وعلى بللور النوافذ ومرمر القاعة، وتحت حرير أغطية النوم، وفي عصير الصباح الممزوج بالمقويات... شيئاً فشيئاً صار شلاله سبباً لتعاسته المتزايدة. صار صخب المياه المستمر سبباً في قلقه وازدياد قضم أظافره. جافاه النوم.

وفي لحظة ضيق ليلية طلب إحضار الرسام، وأمره بإيجاد حل لهذا الصخب.

- الأمر بسيط سيدي. نمحوه، نمحو الشلال... فينتهي الصخب ويغيب الضباب والرذاذ، وتختفي أصابع الشياطين. الأمر بسيط. بـ...سـ... يـ... ط.

بهذا تلفّظ «هاوْ آو» ومسح بكفه لوحاً في الهواء كأنه يمحو روحاً هائمة من أمام عينيه.

– افعلْ!

قال الإمبراطور وهو يقاوم للمرة الألف الرغبة بغمس أصابعه في مسقط الشلال، إذْ من يضمن أن لا يبقى ملمس الماء في أنامله إلى الأبد؟ وعلى الفور عاد خياله التوهّم. صورته وهو ينفض يده باستمرار، ثم يدمسها بين طيات المناشف. لهاثه وهو يستيقظ فجأة متصبباً عرقاً مُخلفاً في الكابوس صوتاً يهتف إنه ليس العرق: إنه ماء الشلال ... لن تتخلص منه مهما فعلت.

– افعلْ، وفي الحال، قال الإمبراطور حازماً.

مع الفرشاة الضخمة المصنوعة من ذيول الخيل، المغموسة بالدهان الماحي، كان قلب «هاوْ آو» ينبض نبضات بكاء دامعة، ويقفز خارج النّظم. ومع مِسحال كل ضربة تمحي جزءًا من شلال القلق، كان جزء من عقل الإمبراطور يتسطّح كما لو أن الفرشاة تمر داخل جمجمته لا على المياه المتساقطة والصخور. باستمرار راح ضجيج الشلال يتخافت إلى أن مرت الفرشاة على عنق الأوزة الذي ذخره الرسام لآخر ضربة، وما إنْ بدأت الفرشاة تنقط دهاناً في الهواء وتبحث عبثاً عما تمحوه، حتى أحسّ الإمبراطور بالحاجة إلى شهيق عميق بذات الوقت الذي انعدمتْ آخر مويجة صوت

يتلقاه سمعه. انقلب صخب الشلال الذي احتلَّ دماغه وعذب أيامه الأخيرة إلى أزيز داخلي ناعم ساكن متواصل كما لو كان صورة في مرآة معتمة عند المساء للصخب الذي كان.

هكذا. بين إحساس الخلاص من صخب مُنغّص، وبين الندم على زوال أمتع لذة بصر، انقلب ذهن الإمبراطور إلى التفكير في الضدّ. النار! النار صار يهذي. النار.

عليه إذن أن يجد لعبة أخرى، لعبة من نار كي يمحو ذكرى الماء لا من ذهنه هو فقط، وإنما من أذهان كل من متعوا أبصارهم بشلال قاعة العرش، أو بشلال الجبل، ومن آذان كل من سمعوا بهما. ويحسبة بسيطة لا يجيدها سوى إمبراطور له الماء والنار؛ أدرك أن على الصين أن تحرق بالنار ذكرى الماء. لكن كيف؟! كيف؟ كيف؟ ازدحم السؤال الوحيد في عقله الذي بات صفحة بلّور مخدّشة بخطوط مرور فرشاة مؤلفة من خمس وتسعين عاماً هي عمره الذي يتقدم دوماً بلا إرادة منه.

أثناء هذه الفترة القصيرة زمناً، الدهرية في حساب التفكير القلق، وفي التماعة مفاجئة فطن إلى شعاره المرسوم على أعلام الحرير في شكل تنّين طائر ينفث ناراً.

رجال حاشيته يتناوبون الكلام عن عيد ميلاده الميمون الذي سيحلّ غداً، وتفكيره مشغول بصورة لسان النار من تنّينه. وفي

قفزة تالية اندمجت ألسنة النار مع أفراح عيد الميلاد؛ لتنبثق فكرة التطهر وكأنه الخالق الأول الذي صنع كل شيء.

قال نافضاً الكلام إلى لا أحد وإلى الحضور من الحاشية جميعاً:

- كم يكلف إشعال الصين بالنار؟

في قلب الـبُهتة والصمت تبادل أفراد الحاشية السؤال الذي نطق به الوزير الأول:

- أيريد الإمبراطور حرق الصين كلها؟ أيريد حرقنا؟!

- لم تفهم!

- ما الذي يريده الإمبراطور إذن؟

- أريد أن تُغسل الصين بالنار.

- كيف أيها المبجّل؟

- أخبرني أولاً عن المال الذي عندنا، أهو كثير؟

- كثيرٌ مولاي.

- فكم يكفي لإشعال وقْدة نار عند كل مَعلم... على ذرى الجبال. على شطآن الأنهار، وفي الخلجان والبحيرات. أمام البيوت. في عطفات الشوارع وعلى الحدود الفاصلة بين حقل أرز وحقل أرز. على رؤوس الدروب والتلال والوديان. أمام كل شبّاك وباب. وفوق كل سقْف. وفي يد كل سائق عربة وراع ومسافر.

حتى... حتى زرائب الدواب وحظائر الخيول وبيوت التجار الغرباء... وحتى...

- هذا أمر بسيط أيها المبجل. ربما لزمه ألف ألف ألف ألف.

- وهل في خزائننا ألف ألف ألف ألف؟

- بل أكثر يا مولاي.

- إذن خذوا المال ووزعوه على الناس ليشعلوا الصين بالنار احتفالاً بعيد ميلادي.

- أفي النهار أيها المبجل؟

- يا لك من غبي! بل في الليل كي يتطهّر ليلُ الصين.

رغب الوزير الأول بتذكير الإمبراطور أنه شهد النور خارجاً من بطن أمه المقدسة في الظهيرة وقت سطوع الشمس، لكن غبطته بالرزق الهاطل منعته، فراح يكيل المدح لفكرة الإمبراطور شارحاً معانيها التي انتقلت فوراً إلى ألسنة الناس، ليتناولها الفلاسفة والشعراء مبرزين أعماقها التي تعمى عنها عيون البسطاء. فالبسطاء الفقراء لا يرون ما في قلب الصخرة من اضطرام ولا ما في قلب الغزالة من حقد.

أُخرجت الألف ألف ألف ألف من خزائنها، فتخصص الوزير الأول نصفها، ورشّ بعض نصفه على معاونيه، ثم أعطى النصف الآخر لوزرائه ليوزعوه على المقاطعات، ويدورهم تخصص الوزراء

نصف ما أعطي لهم ومنحوا أعوانهم بعضه، وكذلك فعل محافظو المقاطعات وأيضاً مديرو النواحي، إلى أن وصل النزر اليسير إلى وجهاء الأحياء والقرى، فوجدوه قليلاً لا يستأهل قسمة، لذا منحوه لأنفسهم بلا تحفظ، وأمروا الناس؛ كل الناس، أن يشعلوا النار في كل مكان، حتى صيادي الثعالب واليرابيع أمروا بإلهاب ذيول الحيوانات التي يصطادونها احتفالاً بعيد ميلاد ابن الشمس؛ باني البلاد... وكان نهارٌ في ليل الصين.

لَهْوُ أنثى

تنظر إليَّ بعينٍ مُغضبة فيها تعبيرٌ ينطق بالكره. أُشيحُ بنظري متظاهرةً باللّهو مع البنات الحاضرات، فأنا أُجيد التظاهر بأنَّ شيئاً لا يحصل، وأنَّ كلَّ شيء في تمام التمام. أضحكُ بكلّ كياني ضحكتي الرنّانة التي أعلم أنَّ فيها نغماً حلواً، مغناجاً، رقيقاً، يلفت انتباه الشيخ في صلاته. حتّى البناتُ يُصغين إلى ضحكتي بغبطة وحسد. ضحكتي وقدّي وسمرتي العذبة أسلحتي التي لا تفلّ. لا أذكر مرّة نشأت في داخلي رغبةُ استخدامها على الذكور دون تأثير واضح يجعل الضحية مبهوتاً مشلولاً.

أوّل البُغض انتقل إلى رأسي من أصابعها حين شدّت شعري بعنفٍ وهي تربط الشريط الذي كنتُ أنزعه ثم أُعيد ربطه، بعد أنْ

أُلَعِّب شعري في عدّة هزّات من رأسي تجعله يتماوج شلّالاً هائجاً. أحسستُ بحركة يدها، وهي تلفّ بعنف خصلة الشعر لتدخلها في حلقة الشريط، كما لو أنّها تخنق كائناً تكرهه:

- عيب... عيب! أنت طالبة مدرسة... لستِ مطربة رخيصة.

ومن خلفي سمعتُ الهمهمات والضحك المكتوم.

كنتُ آنذاك في الصف العاشر المختلط، حيث الذكور والإناث متساوون في العدد. عشرون طالبة وعشرون طالباً. وكانت الرقّة وحيدة مع طرطوس بمثل هذا التعليم المختلط.

كانت هي خرّيجة مستجدّة في عامها الثالث والعشرين. مليحة الوجه. بشرتُها بيضاء. عيناها زرقاوان. شعرها بنيّ محروق الأطراف بلونٍ ناريّ وبه خشونة ووحشيّة. توليفةٌ نافرةٌ في جمالٍ بارد. لكنّ منقصتها الكبرى كانت في قصرها. لا أدري إنْ كانتْ قد لاحظتْ قبل تلك الحادثة اهتمام الطلّاب الذكور بي. ربّما... وربّما كان هذا هو سبب حنقها.

شيئاً فشيئاً راحت الكراهية بيننا تزداد. ما إنْ تدخل علينا في الصف حتّى يتغيّر شيءٌ ما. شيء يجعل الجميع في حالة ترقّص بدل المرح والشيْطنة. الجميع ينتابهم ترقّب حصول حدثٍ ما. بينما تبدأ هي الدرس بتوتّر واضح ونَفَسٍ مبهور متجاهلة دوماً المقعد الذي أجلس فيه. لكنني أبداً لم أوفّر لها فرصة حصري أو السخرية منّي.

وظائفي دوماً منجزة ودفاتري مرتّبة، ومشاركتي الجريئة الخفيفة الظلّ حاضرة باستمرار. باختصار أنا طالبةٌ مجتهدة رغم اللّهو. علاماتي كاملة أو شبه كاملة.

ثلاث سنوات في الثانويّة تُلازمنا نحن الاثنتين كتلةُ الكره الغريبة التي لم تعدْ تخفى على أحد. فالكلّ ينطقون أمامي اسمها بأفواهٍ ملتوية، ترتسم عند زواياها علامات مُريبة، وغمزات واشية، لتحريضي على إبراز نوع من ردّ الفعل يفقأ دمّل حبّ الفتن البريئة في الدواخل التي تُسرُّ بالفضائح الصغيرة. أو يلفظون هكذا «صاحبتك...!» مُعطين اللفظَ دفقة سخرية محرّضة. لكنّني بإدراكٍ مُبكّرٍ، أعلم أنّ أفضل سلوكٍ يمكنني القيام به هو الصمت مع ابتسامة هيّنة مترفّعة.

في سلوك الذكور تودّد ومساندة أراها في ألق العيون العاشقة. كلّهم يعشقوني عشق المراهقين الذي لا يخفى، لكنه أيضاً العشق الخجول الذي لا يعرف كيف يعبّر عن نفسه بالكلمات. أمّا سلوك الإناث من الطالبات فينحو إلى نوع خليط من التوريط والحسد على الرغم من كلمات التهجّم على الآنسة المتسلّطة.

آخر العام الثانوي الثالث، في الحصّة الأخيرة لها قبل عطلة الفحص، أودعتنا كلماتها، التي لم يفتْنا ملاحظة تحضيرها وانتقاؤها، كما لوْ أنّها أعدّتْ خلال زمنٍ طويلٍ جملاً مؤثّرة. كلمات تضعها

بمصافّ المُربيّة التي لم تدّخر جهداً، ساميةً بالكلام عن أخطاء ربّما ارتكبتُها دون قصد، حسب تعبيرها، طالبةً الصفح عن بعض مواقف الزّجر، متمنّية لنا مستقبلاً يليق بجهودنا وبجهدها، لمصلحتنا جميعاً، ولمصلحة الوطن الذي كثيراً ما أَدْخلتْهُ دريئةَ حماية ساعة تعوزها الحجّةُ الملائمة لبرعم القمع الذي ظلّ ينمو في داخلها شيئاً فشيئاً، ضعيفاً في أوائل أيامها معنا، مُشتجراً نامياً بعد ثلاث سنوات من الخبرة. حتى في هذه الحصّة الوداعية حافظت على تجاهل المقعد الأيمن الأمامي، حيث أجلس. لا لمحة، لا لحظة، ولا اختلاس نظرة. ليس إلّا حذفٌ محنقٌ لوجودي. وكما لو أنّي أستمدّ من ذكرى شدّها لشعري بتلك الطريقة الحاقدة منذ سنتين ونصف شعوراً بالتباغض لا يشفى؛ فردْتُ شعري ورحت أُلاعبه بهزّ رأسي وبتخليل أصابعي في نسيجه الكثيف. مع يقيني أنّها تلتقط الحركة وتكنّ لها استهجاناً لا يطاق، بقيتْ هي على تجاهلها، إنّما برعشة صوت تكاد تنْقطع بصرخةٍ «يا عاهرة، يا قليلة الأدب»، فقدْ لاحظ الجميع أنّها كانتْ تقسر نفسها على إهمال إلحاح الانفجار في كلماتها المرتعشة.

نحن الآن في آخر سنتنا الجامعيّة الأولى للواتي أكملن التعليم، أتينا نحمل لها هدايانا بمناسبة خطبتها. ليس بلا خبثٍ اخترتُ أنا هديّة غالية الثمن، أخفيت حقيقتها عن زملائي لأفاجئهم

وأفاجئها. خاتمٌ كبيرٌ من ذهب مرصّع بزمرّدة زرقاء. وما إنْ جاء دوري وناولتها الهدية وفتحتها حتّى لاحظتُ عليها البهرة وحبس الكلام، وبفيضٍ من كُرْهٍ بدا وكأنّه ينزّ من سحنتها خلف زينة وجهها الكثيفة. شيءٌ ما دفعني إلى زيادة عذابها بضحكة من ضحكاتي المسلّحة بفتنة الأنوثة، وبكلمات رقيقة تحمل خبثاً دفيناً عن امتناني لها وعدم نسياني للجهود التي بذلتْها في تعليمنا وتربيتنا. أعطيتُ رنّة خاصّة لكلمة «تربيتنا» التي بدا لفظها كما لو أني أقوم بوخْزها بمسلّة.

بلا إرادةٍ شرعتْ عضلات وجهها تتراقص في تكزّز بغيض، وأرنبة أنفها تخفق في قهر كما لو أنها تضبط نفسها عن صفعة وشيكة. وبدا على وجه خطيبها الذي كان يشبك يده بيدها إحساسٌ بأنّ ثمّة شيئاً يحدث أمام عينيه، لكنّه لا يدرك ما هو. وككلّ الآخرين بدا مأخوذاً بضحكتي مفتوناً بي يلاحقني بنظرةٍ تقول «من أنت؟». هكذا، باستشعار المرأة وحساسيتها لاحظتُ حركاتها المتوتّرة، ولهفتها النافذة الصبر في متابعة عيني خطيبها كلّما أطلقت ضحكتي من جانبٍ من جوانب الصالة المستأجرة حيث ينتشر المهنّئون، وحيث تتهيّأ في عمقها فرقةُ موسيقيّة.

ليلٌ طويلٌ عليها، قصيرٌ علينا نحن المتحمسين في الرقص والدبك «ردّاً لجميلها!» كما نصرّح مُقنعين أنفسنا خلف قناع

حبّنا للتهييص. بنشوةٍ رقصتُ، وروح النكاية تملؤني، مُختلسةً من وجهها ومن وجه خطيبها نظراتٍ فيها غبطةٌ ظاهرةٌ وغلّ باطن لن يترجمه أحدٌ غيرها، وكلّما رأيتها محصورةً في قهر فرحها ازددتُ إمعاناً في التفنّن بالضحك، وفي إبداع التواءات الأفعى في جسدي.

كثيرون تذكروا، ولاحظوا هامسين في أذني «كفاك... حرام عليك... ستنفجر قهراً» فتتراكم في داخلي رغبة ثأر عارم يَنْقض جسدي في الرقص ويشيّده برعشة المجون، ويطلي ضحكتي بصباغات مبهرجة تجعل كلّ الأعناق تلتفت إلى حيث أكون.

كانتْ تتمزّق في داخلها بصوت مسموع مثل قضقضة الثياب؛ عندما لامستْ يدي يدها وأنا أودّعها مهنّئة بطلاقةٍ وتفصيح الحروف: «بالرفاء والبنين... دزّينة بنين... اثنا عشر كلّهم ذكور. لا نقبل نحن طلّابك وطالباتك الممتنّين دون الاثني عشر تذكرّي». وأطلقتُ ضحكتي التي فاجأني أنا نفسي مُجونُها. نقلتُ يدي إلى يد خطيبها الذي بدا مباغتاً محصوراً. لم ينجح حتّى في لفظ كلمات الشكر. مجرّد دمدمة من حنجرة غاصّة بالحرج. لكنّه ضغط على أصابعي بقوّة من يطلب لقاء، وفي عينيه بانت الرغبة، رغبة الرجال المفتونين التي لا تخفى. وبعد خطواتٍ صرخ بلا مبرّر ليلفت انتباهنا نحن الذين بدأنا نثرثر ما إنْ أصبحنا في الفضاء خارج الصالة: «اهتفوا لنا لا تنسونا»، مُقلّداً مَسْكَ سماعة التلفون،

محدّقاً بي أنا تحديداً، فأَوْمأتُ برأسي ويضحكتي أنْ: «سنفعل... لن ننساكم»، وأنا أعلم أنّها أدركتْ بلا لبْسٍ أنّ شيئاً ما حصل بيننا.

ليس بغير شعـور بالـذنـب أحسست أنني أرضيت رغبتي بالثأر.

في الفضائية

عند الساعة الثامنة إلا ربع هتفت للدكتور عبد السلام العجيلي متوقّعاً أنه يحضّر نفسه للذهاب إلى عيادته التي لا تبعد عن بيته سوى عشرات الأمتار. ردّ بصوت متفاجئ بعد أن أبلغته بما رأيته: «الله لا يعطيك العافية». كان ذلك في ربيع 1998.

وقتها كانت الفضائيات جديدة. وكانت «الجزيرة» أولها وأشهرها. فاجأتنا قناة الجزيرة باستضافة مسؤولين إسرائيليين. كان أمراً مباغتاً حقّاً. نحن السوريين من دون العرب عداؤنا لإسرائيل عميق وأبدي، أو على الأقل هكذا كنا نتصور في ذاك الزمان. رأينا في الأمر إجراماً. أذكر أن هذا التعبير راح يتكرر بتفاصح في المقالات وفي أحاديث الكتاب «قناة الخنزيرة أدخلت اليهود إلى غرف نومنا».

لم نكن نعرف في ذاك الوقت كيفية عمل الفضائيات. خبرتنا التلفزيونية محصورة بالقنوات الرسمية التي لا تزيد قيمةً عن أي صحيفة ناطقة باسم الحكومات. أجزم أنه لولا المسلسلات لما شاهد الناس التلفزيون. بعد الفضائيات انقلبت الأمور. وصرنا نتسابق إلى شراء «الدش» لنشاهدها.

ليل البارحة كنت أتنقل بين القنوات، فرأيت عبد السلام العجيلي يتحدث. كان من المستحيل أنْ لا أتوقف وأشاهد. في البداية لم ألحظ شعار القناة. أظنني رأيت الشعار بعد دقائق. صعقت. هذي القناة الإسرائيلية الموجهة للعرب والتي كالعادة تتخابث أكثر مما تعمل بمهنية.

بيني وبين نفسي كنت أعرف أن ثمّة خطأ ما، لكن تفكيرنا كان أقصر من أن نخمن ما هو ولا كيف تمّ. عبد السلام نفسه لم تدرْ بباله كيف حصل ما حصل بدليل أنه رد بالقول: «الله لا يعطيك العافية».

فيما بعد عرفنا أن المقابلة أُجريت حصرياً للتلفزيون الأردني، وأن القناة الإسرائيلية حصلت على شريط المقابلة بطريقة ما، وبثته.

لعل العذرية العربية بالعداء الثقيل لإسرائيل كانت قد انتُهكت منذ زمن بعيد، ولعلنا نحن السوريين لم نكن ندري. يا غافل لك الله.

تمرات العربي

قبل خمسة عشر عاماً كنت جديداً في مدرسة اللغة، حديث القدوم إلى النرويج. تعرفت، مثلما تعرف زملائي على أستاذنا الودود. وكالعادة الرقاوية بعد أيام قليلة تعمدت أن ألتقيه في الاستراحة، وسألته بلغة إنجليزية رديئة فيما إذا كانت لديه رغبة أن يتذوق طعاماً عربياً شرقأوسطياً.

أتى إلى موعد الغداء حاملاً علبة شوكولاتة كهدية. هذا أول الاستفهامات! عندنا ليس معتاداً أن تأتي بهدية عندما تكون مدعواً إلى الغداء. المعتاد هو أن تردّ بدعوة على الغداء في قادمات الأيام.

أعترف أن دعوتي له لم تكن محض دعوة بريئة. كنت انتهازياً.

كنت أرغب بصديق أتعلم على يده النرويجية. تلك هي الحقيقة.

تمتعنا بالغداء. وتحدثنا في العديد من الأمور بلغة مختلطة من النرويجية والإنجليزية وحتى بعض العربية. أستاذنا تعلم من اللاجئين جملاً عربياً مكسرة وكلمات يلفظها بطريقة مضحكة. في هذه المرحلة كنت قد تعلمت ربما أكثر بقليل من الخمسين كلمة نرويجية، بالإضافة إلى إنجليزية مشوشة، ولكن مع الكثير من لغة الجسد والإشارات مشت الأمور.

أنا أحب الشوكولاتة جداً. فتحت العلبة فور إغلاقي الباب خلفه. أكلتُ كل القطع بينما كنتُ أتابع مسلسلاً نرويجياً على إحدى القنوات النرويجية. لم أفهم أبداً عن ماذا يتكلم الممثلون. أذكر جيداً أنني كنت سعيداً جداً بسبب أنني التقطت بعض المفردات والجمل العامة التي لا تدل على الموضوع، مثل مع السلامة، ويومكم سعيد، وقهوة من فضلك.

في اليوم التالي تغذيتُ بعضاً مما تبقى من البارحة. وجلست على الأريكة لأشاهد حلقة أخرى من المسلسل. كان الأساتذة يوصوننا بأن نشاهد التلفزيون وأنْ نحاول التقاط بعض الكلمات. رأيت مشهداً في المسلسل حيث تتناول الممثلة قطعة شوكولاتة. تلمّظت فوراً وقفزت صورة لقطعة شوكولاتة إلى رأسي واستوطنت هناك.

يا إلهي كم أشتهي قطعة شوكولاتة الآن! لوْ واحدة فقط؛ همستُ رغبتي في داخلي. واحدة فقط. وبدأت ألوم نفسي. اللعنة على هذه العادة. ألم يكن باستطاعتك الإبقاء على بعض القطع؟ ألم يكن بإمكانك أن تبقي ولو قطعة واحدة؟ أم أن الشاوي لا ينام وتحت رأسه حلاة. فجأة قفزت الفكرة وراحت تتنطّط. ماذا لو أنني نسيت قطعة أو قطعتين مثلاً!

خلال أقل من ثانية كنت في المطبخ باحثاً عن علبة الشوكولاتة التي ألقيتها في صندوق الزبالة.

رفعت العلبة من الزبالة ورأيت محبطاً أن كل حفر قطع الشوكولاتة فارغة تتلامع قيعانها. ولكن انتظر قليلاً، لماذا أحس أن العلبة أثقل مما هو متوقّع؟

يا إلهي... لقد كانت العلبة من طابقين، الشكولاتة كانت في طابقين، والآن عندي طابق كامل. لم تكن عندنا في بلادنا الأصلية علب شوكولاتة بطابقين. شكراً للبلاد الجديدة؛ همست في داخلي.

قررت أن آكل قليلاً وأوفر الباقي، ولكن القرار لم يدم سوى دقائق. لأنني وبكل بساطة أكلت قطع الشوكولاتة واحدة بعد الأخرى. أكلتها كلها، وأنا أحاول أن أصطاد بعض الكلمات من المسلسل. ما يشبه هذا حدث مع عربي في حكاية قديمة.

تقول الحكايةُ أن عربياً شرع برحلة طويلة عبر الصحراء. تزوّد العربي بالماء والتمر. وفي الطريق حاول قدر الإمكان تأخير أن يأكل من زوادته بهدف أن تكفيه التمراتُ كل الطريق. وبعد مرحلة جلس في ظل بعيره وفتح الزوادة. اكتشف أن حبات التمر جميعاً مدوّدة. ينغل فيها دود شعري أبيض.

مصيبة! فهـو لا يستطيـع العـودة، لأن شيئاً مشؤومـاً سيحدث له.

العربي في تلك الأيام كان يتطيّر إنْ بدأ رحلة وحصل أن طار طير في قوس نحو اليسار، أو إن اضطر للعودة لسبب أو آخر. علامتان سيئتان للغاية، سيأتي من أي منهما مصيبة عظيمة.

استبدّ بالعربي غضب شديد، فبال على التمرات ليتجنب احتمال أنْ تجبره شهيته للطعام بأن يأكل منها. لكنه ندم.

وبعد مراحل عضّه الجوع. وبدأ بإقناع نفسه. من المحتمل جداً أن بعض التمرات من هذا الطرف لم تُصَبْ بالبول. لذلك أكل قليلاً من التمر. مرة بعد مرة، كلّما قرصته معدته أقنع نفسه. من المرجّح أن تمرات أُخَر لم يصبها البولُ من هذه الجهة. وعندما انتهت الرحلة ووصل إلى غايته كان العربي قد أكل التمرات جميعاً.

على ذمته

ما لكم عليّ يمين، أنّ لدي قناعة راسخة بأن ليس أقرب لعرب المشرق من الكرد ولا للكرد من العرب ثقافةً وتقاليداً وتكويناً نفسياً.

يستحق الكردُ دولةً مستقلةً بلا منازع، فهم أكثر من ثلاثين مليون. ولكن تجري الرياح بما لا تشتهي السفن. خذوا العبرة من قضية الفلسطينيين فلا أوضح من قضيتهم وحقهم في دولة، ومع ذلك لا دولة لهم.

يتساءل سوريون كثر السؤال التالي: «لماذا هذا الخطاب الكردي النخبوي المعادي للعرب السوريين؟ ما معنى وصم العرب بأبشع الصفات؟».

أمرٌ غريبٌ عجيبٌ كالقصة التي يرويها صديق على ذمته:

أحد النشطاء الكرد الذين يعيشون في إحدى الدول الأوروبية، وهو من النخبة التي انشغلت سنين وسنين في البحث عن مثالب العرب. عربان، بدوان، شويان، دواعش، صداميين، متخلفين، قمل، براغيث، عرب جرب، ويول أباعر، ارجعوا إلى صحرائكم، ارحلوا عن أرض الكرد التاريخية... وغير ذلك. قاموسٌ كبير من الشتم هذا أخفّه. قاموسٌ مدعوم بالاستيلاء على الحضارة الميتانية وعلى ميديا وعلى جزءٍ من تاريخ فارس وتاريخ شعوب المنطقة. المهم، هذا الناشط كيّع ولوّع وأزعج الشبان العرب الذين كانوا يسكنون في المنطقة نفسها. كان الرجل ملسِناً في جوّ أوروبي عام يساعد على أن يكون خطابه لا ردّ له، فالإعلام الغربي بحر يسمح بنمو أسماك كهذه. وعلى الأرض تتحالف القوى العسكرية الغربية مع الكرد وحكام العراق لسحق الجوف العراقي السوري، حيث العرب السنة الذين ربّما كانوا يستأهلون أن يُسحقوا.. لا أدري!

نرجع إلى صاحبنا «السمّ» المنتصر دوماً في ذاك الجو على لاجئين عربٍ متعبين مقهورين، هاربين من أعداء عديدين لا رحمة لديهم ولا رأفة. في وقتها، انتشرت ظاهرة استخراج الشيفرة الوراثية عن طريق تحليل الـ DNA في عدة مراكز أوروبية وأشهرها مركز فرنسي في مدينة ليون، وهو مركز مختص برسم الخرائط الجينية لشعوب

الشرق الأوسط وشمال أفريقيا. ولأن العرب مشغولون بالأصل والفصل والرّسّ والمنبع، فقد كانوا بمثابة الزبون الذهبي لهذا المركز، غير آبهين للتكلفة في سبيل أن يتفاخروا بأصلهم الجيني. بعضهم خاب أمله وبعضهم رفع جيناته كراية فخر. خاب الباحث والمبحوث؛ يقول صديقي.

أخونا الكردي الذكي اللسن تخلّى عن جزء من وفْره وأجرى الفحص الجيني في المركز ذاته، ممنّياً النفس بأن تكون نتيجته ليس فقط كتابةً، وإنما صوتاً يصيح به: «أنت آري آري آري... أنت آري»!

أطنب أخونا في الحديث عن أن جيناته ستكون 100% آرية صافية لا محالة.

ظهرت النتيجة وانفضحت. لسبب ما انفضحت. وهرب الرجل خجلاً من الدولة التي كان يسكنها، وأغلق وسائل الاتصال الخاصة به.

ظهر أن جيناته لا تخرج قيد جينة عن الخريطة الجينية لقبائل الجبور العربية.

جاكيت صدام

في ربيع عام 2002 دُعيتْ نقابةُ أطباء سورية إلى حضور مؤتمر أطباء الأذن والأنف والحنجرة العراقيين في بغداد. كان عددنا نحن السوريين كبيراً. ليس كلنا بالطبع ذاهبين بدافع علمي. أبداً. أكثرنا بدافع رؤية العراق بعد قطيعة دهرية بين البلدين، وبعد أن مرّ العراقُ برحلة أوليسية رهيبة منذ أوائل ثمانينيات القرن الماضي.

دخلتُ أحدَ مَحلات بيع «جاكيتات» الجلد، وبعد الترحيب المُبالَغ به لأنني سوريّ، وبعد كأس الشاي العراقي الثقيل والحلو بالكأس العراقية المميزة ذات الخصر، بدأت أتَجوّل بعيني بحثاً عن جاكيت يعجبني. وقع نظري على جاكيت أسرني على الفور لاحظ البائع اهتمامي. فقلتُ في نفسي. أَهَهْ لقطك البائع وسيرفع

السعر أضعافاً.

فعلاً راح البائع يطنب في مدح الجاكيت والمدة التي تقْتضيها صناعته ونوع الجلد ووو... وأشار دون إشارة. حقاً دون إشارة! قال بصوت خفيض: «أنظرْ إلى الحائط على يمينك». وإذا بصدام حسين يلبس ذات الجاكيت فوق بنطال رمادي للصيد و«شابوو» صيد وسيجار كوبي وينظر خليّ البال بعيداً نحو الأفق.

دارت الأفكارُ سريعة في رأسي، وقررتُ دون إبطاء أنني سأشتري هذا الجاكيت مهما غلا. ستكون ذكرى ثمينة؛ قلت لنفسي. ارتديت الجاكيت ونظرتُ في المرآة. كان مناسباً تماماً. قلتُ: «يلزمني مثله سيجار كوبي و«شابوو» فرنسي»، وأشرتُ برأسي ويدي إشارة واضحةً إلى صدام. قال الرجل غاضباً وبصوت خفيض. نحن في العراق لا نتكلّم عن مقام الرئاسة بهذه الخِفّة. استفزّتني كلمة خِفّة، وللحظة مر ببالي أنني لن أشتري الجاكيت نكايةً. لكنني راجعتُ نفسي وقلت همساً في داخلي أليسَ الحال من بعضه؟ ألم يكن حافظ يرعبنا إلى درجة أن البعض لا يستطيع التحديق بتماثيله؟ ومع ذلك اندفعت بالقول: «هل تعرف أن صدام حسين قريبي؟». صحّح البائع مبهوتاً السيد الرئيس صدام. كررتُ بعده: «السيد الرئيس صدام هو قريبي، أنا وهو من نفس العشيرة؛ نحنا صرنا بسورية وهم ظلوا في العراق. نحنا من حويجة العْبيد».

الرجل واقف مذهول خائف لا يعرف ما يقول. وأنا أستفيض في الشرح. أظنه كان يفضل لو أنه أعطاني الجاكيت مجاناً وتخلص منّي على الفور. أخرجت سيجارة ورحت أدخن وأنظر في المرآة وأصنع قوسين حول رأسي كما لو أنني أرتدي «شابوو»، ثم أنظر إلى صورة الرئيس ذي الهيبة. في الصورة بدا صدام مرتاحاً واثقاً.

ولكنْ...كان العالمُ أنها يتحضّر ليضربه.

وكنت طوال الرحلة أحس بقرص في أعماقي متخيّلاً ما ينتظرني من أسئلة عند عودتنا. إذ إن من هم مثلي معرضون للاستجواب على الدوام ولأهون الأسباب. لمَ سافرتَ إلى بغداد؟ ولماذا بهذا الوقت؟ ولا تكذب علينا فالمؤتمر ما هو إلا حجّة، خصيصاً لأنهم كانوا في لعبة ربيع دمشق. ولأنهم في خضمّ لعبة 2000 – 2002، أرادوا أن يدخلوا المعارضين إلى السجن عبر محاكم «مدنية!» و«بالقانون!». وفوق هذا كنتُ أنتظر أن يحيلني أمن الدولة بالرقة إلى محكمة «مدنية» للنظر بقضية شتمي لرئيس الجمهورية. يعني الجماعة كانوا يريدون سجني من سنتين إلى خمس سنوات وبالقانون. والحقيقة التي عليها اللهُ أنني شتمتُه فعلاً شتيمة شاوية لا يفهمها إلا الشوايا.

كان من بين مرضاي ذاك اليوم طفل لأب فلاح فقير. سألت عن اسم الطفل من أجل كتابة الوصفة. «بشار. بشار اسمه

دكتور». سألتُ الأب: «بشار على اسم...» ردّ الأب بفخر: «نعم بشار على اسم الرئيس بشار حافظ الأسد». على الفور قلت تلك الجملة. قلت: «وما رفعتْ ذيلها!». هذه الجملة لا يعرفها إلا الشوايا. يقولونها للاستهانة. لكن الصورة بالحقيقة أكبر بكثير من الاستهانة. يعنون بها أن الجحشة عندما تصوّن، أيْ عندما تخرج محصول أمعاءها، ترفع ذيلها كي يسقط المحصول حراً. مسبّة كبيرة حقّاً وعادة لا يَرِد على لساني كلام كهذا. لساني أعفّ. لكني لفظتها فعلاً: «وما رفعت ذيلها». شبهته أو أن الجملة تشبّهه بالمحصول الساقط من دبر الحمارة.

لم تمض سوى أيام بعد عودتنا حتى بدا أنني سأسجن حتماً، فهربتُ مرتدياً جاكيت صدام، الذي ما زلت أقتنيه إلى الآن بعد أكثر من عقد ونصف.

وبعد أشهر هرب الدكتاتور قريبي إلى السرداب الذي وجدوه فيه.

كتيبة زهير بن العوام

كانت الشائعة ملء أسماع الناس. تقول الشائعة إن سلفيين خليجيين يموّلون كتائب ثورية بشروط أبسط من البسيطة.

تحرّرت الرقة فجأة وبزمن قياسي. استولى أحرار الشام على البنوك وعلى المتحف وعلى الآليات الثقيلة. حفّارات، جرّافات، بلدوزرات، شاحنات. بينما استولت النصرة على مقر المحافظة ذي الرمزية والأهمية. الشطّار يرسمون الهدف ويعرفون ما يريدون. تُرك لغير الشطار أيْ الفصائل المحلية الرقاوية مهمة تحرير الفروع الأمنية حيث لا غنائم محرزة.

هلّل الناس للمحررين في البداية، ولكن لم يمض أسبوع حتى بلع الناس فرحتهم وحلّ محلها حالة من التوجس.

زكّور بائع ومهرب دخان طاش مع الطوشة. قرر زكّور أن يؤسس كتيبة. بسهولة وجد من يوافقه.

هتف زكور لصديقه وقريبه أبو صطيف لأن أبو صطيف متعلّم ولديه خبرة فقد كان يلقي شعراً في مهرجات الشبيبة. قال له إنه قرر تشكيل كتيبة ثورية. وإنه والشباب سمّوها كتيبة الصحابي عنتر بن شداد. ويتمنى عليه أن يكون معهم ويستلم إعلام الكتيبة.

لا زكّور المؤسس للكتيبة ولا المؤسسين الأوائل لديهم حظ واف من التعليم. ومع ذلك اجتمعوا واستعرضوا أسماء الكتائب المؤسسة فعلاً. ووقعوا في الحيرة. حيرة ماذا يمكن تسمية الكتيبة. ولأنّ اسم عنتر بن شداد مخزون في ذاكرة كل منهم، فإنهم اختاروه.

أبو صطيف مفتّح بالمازوت كما يقولون. اعتذر عن الانضمام، ولكنه نصح قريبه وصديقه نصيحة صادقة. اسمعْ، عنترة بن شداد ليس صحابياً. عنترة صاحب عبلة وليس صاحب الرسول. يعني ليس صحابياً.

العماااا ونحنا كنّا معتبرين إنه صحابي. الحمد لله إني خبرتك. طيّب، اقترحْ علينا اسم صحابي. الفاروق. اقترح أبو صطيف. يا أخي تسمية الفاروق استولى عليها الحماصنة. أبو بكر. أبو بكر محجوز لغيرنا. طيبْ ذو النورين. يا أخي كتيبتين من الدير بينهم

شرعية ومحاكم على تسمية ذي النورين. علي، سمّيها على اسم الإمام علي. أكيد تمزح؛ رد زكّور. علي شيعي. علي ما يصير.

ظل أبو صطيف يورد أسماء صحابة والخطّ مفتوح على أذن المؤسس زكّور. كلما ذكر أبو صطيف اسم صحابي لفظ زكّور الاسم بصوت عال كاستشارةً للمؤسسين الملتمّين حول القائد، فيقولون هناك بالفعل كتيبة قد تسمّت بهذا الاسم.

ملّ أبو صطيف من التعداد، فقال سميها كتيبة ابن خثعمة. ساد صمت. نبر زكّور بجدية. نحن لا نلعب. أوزنْ كلامك ابن العم. طيّيبْ سموها كتيبة عائشة أم المؤمنين. رجعنا على القشمرة. عيب نسمي باسم نسوان. يا آدمي يا زكّور أفندي هذي ليست نسوان. هذي زوجة الرسول. وإذا... تظل نسوينه، نبر زكّور مرة أخرى.

فجأة خطر على ذهن أبو صطيف اسم الزبير بن العوّام، فذكره. رنّ الاسم موسيقياً في أذن زكّور وأراد التأكّد. قُلْ الاسم مرة أخرى. الزبير ابن العوّام. عندي ضجّة لم أسمعْ جيداً، كرّرْ الاسم. الزبير بن العوّام.

نعم هذا اسم لابق ولايق. زهير بن العوام.

استبشرت الوجوه وانعقد على الفور الاجتماع التأسيسي الفعلي.

أثناء النقاش تغيرت تركيبة التشكيل من «كتيبة زهير ابن العوّام» إلى «لواء زهير ابن العوام». كلمة لواء تملأ الفم. تبين حقّاً أن الأمر سهل. والأسهل منه في ذاك الجو أن يجدوا تمويلاً أولياً ريثما يأتي دعم سخي من الخليج.

على عجل طبع الخطاط «لواء زهير ابن العوّام». طبعها على جوانب الشاحنة وعلى غطاء المحرك وعلى الباب الخلفي.

ليس لدى اللواء سوى بندقيّتين روسيتين، ومع ذلك احتشد أفراد اللواء جميعاً على ظهر الشاحنة مع الهتافات و«الهوسات» وإطلاق الرصاص، واتجهوا لتنفيذ أول قرار عملي. والهدف هو الاستيلاء على مخازن مؤسسة الكهرباء. في تلك المخازن كميات كبيرة من أكبال التمديد. نحاس هذه الأكبال يكفي لتمويل أولي.

كان العم برجس حارس المؤسسة يجلس على كرسيه الدائم في البوابة. سلّم عليه قائد اللواء زكّور وقال: «حجّي نحنا لواء زهير ابن العوّام. حجي وفرْ علينا وعليك. لا تمنعنا لأننا سندخل من كلّ بد. غايتنا فقط النحاس. نحاس الدولة الكافرة».

هزّ العم برجس رأسه بأسى وحزن: «ابن أخويْ المؤسسة كلها تحت تصرفك، ولكن أقول لك كلمتين. الأولى يا ابن أخوي ما في صحابي اسمه زهير ابن العوّام. في واحد اسمه الزبير بن العوّام. والثانية ابن أخوي والله ما ظلّ بالداخل غير الحيطان عارية. قبلك

283

مرّ الصحابة واحد ورا الآخر وما تركوا شي. تفضل ابن أخوي تفضل تأكد بنفسك».

أم سعيد

على الرغم من أنني طبيب «أم سعيد» منذ زمن، إلا أنني انتبهت إلى الأمر، لأول مرة، في مساء 29 شباط 1991، أي بعد أقل من يوم على بدء الهجوم الجويّ على العراق. أمر غريبٌ أنْ ألحظ هذا في ذاك الجو بالذات!

كانت التلفزيونات والراديوات تصخب، والناس تتحدث بصوت عال، وعيادتي في قلب السوق حيث يتجمّع كل ضجيج المدينة. صخبٌ وضجيج وتوتر ومع ذلك التقطتُ النّظم الشاذّ. كان ولا شك وقتها ضعيفاً وغير مميز. لكن مع مرور الزمن أضحى واضحاً كما لو أنه صوتُ طبل مخروق.

قبيل مغادرتي سورية في 2002 كان طبل قلبها قد أضحى أكثر وضوحاً، وراحتِ الضربِاتُ تأتي قويةً عبر السِماعة كضربِات طبل فرقة الشبيبة. الطبل الكبير.

إذا كانت قلوب الناس تضرب بانتظام «لَبْ دَبْ. لَبْ دَبْ. لَبْ دَبْ» فإن قلب أم سعيد كثيراً ما تصرّف بطريقة أخرى ليضرب «لَبْ. دَدَبْ»، ثم يصمت طويلاً ليقول «لَبَبْ... دَدَب». يصفن مرة أخرى للحظات، ثم يتذكر فجأة، فيتسارع «لَبْ دَبْ. لَبْ دَبْ... دَدَبْ...دَدَبْ. لَبْ. دَدَبْ دَدَبْ...دَدْ دَدَدْ» ثم يصفن. إنه قلبٌ غريب. والأغرب أن تعيش أم سعيد في هذه الموسيقى الفوضوية ربع قرن.

ما زالت أخبار أمّ سعيد تأتيني من الوطن البعيد. ما زالت أمّ سعيد على عادتها، تجلس أمام منزلها على بساط من القطن صيفاً وربيعاً وخريفاً، وجزءًا من الشتاء حين تسطع الشمسُ. أم سعيد لا تستغني عن عرشها الشعبيّ على الرصيف. تتناول أم سعيد فطورها وعشاءها، وأحياناً الغداء أيضاً هناك في الموقع ذاته، على الرصيف. أما عند تناول العصرونية المؤلَّفة عادة من الخبز والشاي أو الكعك والشاي، فتنْعقدُ أوسع الجلسات، حيث تلتمّ نساءُ الحارة بهدف متعة الحديث، وبهدف مراقبة الأطفال المنتشرين في الشارع وفي الساحة... كل الأخبار تُتداول هنا. لا شيءَ محرَّمٌ. كلّ

«الخِطبات» وتدابير الزواج انطلقت من هنا، وكل أنواع النميمة والشجارات الظريفة واللئيمة تأسّست هنا. أيّ معلومة خافية ستظهر هنا، وأي سرّ لا بد سيفتضح هنا. وأي همسة قالها رجلٌ لامرأته ستجد لها صدى هنا. كل شيء يتضخّم حتى يصبح جبلاً من كلام، وكل شيء يمكن أن يصغّر حتى ينتهي هباء. مصنع كلام لا يهدأ. إنها مملكة أم سعيد.

أم سعيد «سجلٌ مدنيّ» للحارة وما جاورها. تعرف مَنِ المارّ، أو على الأقل تحزر من أيّ عائلة هو. فإذا ما كذبتْها أو شكّت إحدى الحاضرات، أوقفتْ هي المارَّ وسألتْه أَلستَ ابن فلان وفلانة. بلى؛ يأتي الجواب إيجابياً في 99 بالمائة من الحالات. «سلم على أمك»، تقول أم سعيد. وهي في هذه الحال لن تصعّر خدّها متفاخرةً بموهبتها أبداً أبداً. تلك هي طبيعتها العفوية، وذلك هو فضولها المتأصّل. إنها سجلٌ مدني من نوع خاص.

أمّ سعيد تنهض على مراحل. تغرسُ كلتا يديها في الأرض، ثم ترفع عجيزتها. تدفعُ قوّتَها عبر ذراعيها. تضع يداً على ركبة ثم على منتصف الفخذ، وتلحق اليد الأخرى بالأولى، بينما يأخذ ظهرها بالا نتصاب ببطء. وأخيراً تعتدل مع زفْرة من أنجز المهمّة. تلك هي أم سعيد المرأة الضخمة التي تزن أزيد من مائة وعشرين كيلو غراماً، وتفرعُ إلى أزيد من 185 سنتمتراً. ولودٌ، أمٌّ للصبيان الثمانية

والبنات الثلاث.

لحظةَ وداع عائلتي في نيّة السفر من البلد بلا عودة، كانت هي في جلستها مع امرأتين أخريين. كأنّي بها أحسّت أن في الأمر شيئاً. ندهتْ بصوت عالٍ «تروح بالسلامة... ألف سلامة». لم تقل «تروح وترجع بالسلامة» كما هي عادتها، وكما هو متوقّع، فأنا لا أذكر مرة خرجتُ فيها من بوابة منزلنا ويدي حقيبتي عازماً على السفر، إلا وكانت هي هناك... تتمنّى لي ولغيري السلامة، لكنها هذه المرة لم تذكر الرجوع بالسلامة.

دارت الدنيا دورتها في سورية ورحت أسمع أن أم سعيد صارت شبيحة تلومنا نحن الهاربين من الجحيم وتترضى على بيت الأسد. شخصيّاً لا يمكنني استيعاب هذا التطور. أجد لها عذراً بأنها ربما تلوم الحدث الفظيع الذي غيبنا عن بيوتنا، وأخلى عليها الحارة، وخربط سجلّها المدني، وربما كان هو الأسوأ! أيْ أنّ ذاكرتها شاخت وخلايا دماغها علاها صدأ الزمان.

إنها على أي حال أمُّ سعيد ذات القلب الفوضوي في موسيقاه.

حبّ

منذ وقت طويل اعتادا تلك العادة. يقودها. تجلس ببطء وتمهّل متمسكة بذراعه وكفّه. يأتي هو بكرسي ويجلس قبالتها. ينتقي ذكرى قديمة من حياتهما ويشرع بالحديث.

تتذكرين عندما اتخذت من طلب إعارتي أدواتك الهندسية الطلابية حجة. المسطرة الباغة والفرجار والمنقلة. كم كانت أعمارنا وقتها؟ تذكرين؟ كنا في الثاني الثانوي. كتبتُ بنُبْلة فرجارك على المسطرة بخط ناعم يكاد لا يُرى. «أحبّك. أحبّك وفقط، وبين أحبّك وفقطْ حبّ آخر لا ينتهي أبداً». أعترف كما أخبرتك مرات ومرات إني اقتبست الجملة من كتاب رسائل في العشق.

تعلمين أن أمّك لم تكن تطيقيني. كأنها شعرتْ باكراً أنني

أحوم حولك. الله يرحمها كانت لئيمة. لا تؤاخذيني على قولي. أمّك وقتها بحشريّتها وبروح المراقبة المتمكّنة منها وبفضولها الغريب أحستْ أنَ في الأمر شيئاً. طرقتُ باب بيتكم. فتحت هي الباب. سلمتُها الأدوات فقلّبتها. تفحّصتها. رأيتُها تحدّ بصرها بالمنقلة والمسطرة بعينيها الحسيرتين. تفتّش، مثل دجاجة، بهذه العين ثم بالعين الأخرى. يا إلهي لطفك. ولم تمض سوى نصف ساعة حتى جاءت راعدة عاصفة ويدها مسطرة الباغة. عندها سقط قلبي وعلمت أنني سأتبهدل. كانت المكبّرة بيدها. المكبّرة التي كانت تستخدمها إضافة للنظارات كما تعلمين. رمت المسطرة في حضن أبي وقالت، بلْ صرخت: «شوفْ ابنك المؤدب يكتب لبنتي كلمات حبّ وما حبّ. ربّوهْ قليل التربية هذا». ناولته المكبرة، وأضافت: «شوفْ شوفْ». ومررتْ أصبعها على المسطرة: «شوفْ؛ كاتب بخط ناعم. خذْ المكبرة وناظرْ. يستغفلني قليل التربية». تناول أبي المكبرة من يدَها ورأى الكتابة فتلوّن وجهه. فارت أعصابه، وأظهر غضباً بأعلى مظهر ممكن. «تعال يا ولد». كنت مستسلماً كخروف. تظاهر أنه يعفّسني تعفيساً وهو يدير ظهره لأمّك. لاحظت على الفور أنه لا يضربني بقسوة. لا يضرب بجدّ. كان يضربني كما لو أنه يمازحني. وما إن ذهبت أمّك حتى راضاني وقال لي تلك الجملة التي لا أنساها: «يا آدمي حتى البغل لمّا يخرا يرفع ذيله بحرص ليتجنب توسيخ نفسه أولاً، ثم عندما ينتهي يحرك ذيله للتخلص

مما علق بمؤخرته. يعني ينظّف حاله. يا آدامي جارتنا تحط أنفها بالخرا لتتأكد من أنه خرا. كان لازم تحسب حسابها».

قصص مثل هذه وأمثالها. قصص وقصص. حكايات وحكايات. أحاديث وأحاديث. أيام وليال. شهور وسنوات. ذكريات وذكريات. لا هو يملّ ولا هي تبدي أنها تتأثر. تجلس متيبّسة ساكنة وهو يجلس أمامها ويتصنع الحيوية بحركات ترافق أحاديثه. كانا على الدوام كأنهما في مسرحية فيها ممثل واحد يروي لجمهور مكوّن منها فقط.

شيء واحد ظلّ يتكرر بثبات وإلحاح، كلّ يوم، بين حكاية وحكاية؛ هو قوله: «أتذكرين كم تمازحنا عن الموت، وكم من مرة قال واحدنا للآخر يجعلْ يومي قبل يومك. أريد أن أموت قبلك؟ ألوف المرات. أتذكرين؟»

اليوم كان كالعادة يروي حكاية من حكايات حياتهما وينظر إلى وجهها لعلّه يرى أثراً من تأثر أو تذكّر. وكانت هي تنظر إليه بعينيها الباردتين كما لو أنها وليدٌ يبصر الأشياء ويتعرّف عليها للتوّ. بالغ بتأشيرات يديه. تلاعب بعينيه وبرأسه كما لو أنه يلاعب طفلاً. غنّى. قلّد زقزقة العصافير وأصوات الطيور والكلاب والبقر. تَنطوطَ، على الرغم من ألم ظهره، مثلما تتنطوط القرود. لكنها بقيت على جمودها تلاحق بعينيها حركاته.

أنهضها مرات وهو يسندها بجسده ويحضنها بذراعيه كي لا
يتمكن الخدر منها، وكي لا ينحبس الدم في فخذيها وساقيها. ثم
يعيدها إلى المقعد ببطء.

في آخر لحظة رأى بريقاً في عينيها. بريقاً ظلّ غائباً لأعوام
طويلة. رأى يدها اليمنى ترتفع بوهن. رأى سبابتها تحاول الإشارة
إليه. اعتقد أنها تريد أن تفهمه أنها انتهت. اقترب منها رفعها من
تحت إبطيها وأسندها إلى جسده. استرق نظرةً إلى عمق حجرة
المرحاض حيث كانت تجلس. لم ير غائطاً. كان الماء صافٍ تماماً،
حتى اصفرار بولٍ لم يخالطه. ماء صاف فقط.

فجأة وهي في حضنه زفرت وارتخت. عطف رأسها إلى الخلف
لينظر في عينيها. كانتا مطفأتين جافتين مثل رماد متخلّف
في موقد.

وهي بثقل الموت في حضنه؛ برق السؤال في رأسه. لماذا تموت
هي ويبقى هو.

كانا في السابعة والثمانين.

أسْلمة أوروبا

دوامي لهذا اليوم يبدأ متأخراً عن دوام الآخرين لأنني مكلَّفٌ بمهمة الإغلاق وتفقد الإنارة والحرص على عدم نسيان شيء ما. فوجئتُ بالجوّ فور حضوري الذي صادف انفضاض اجتماع لأولياء أمور الطلاب. اجتماع باكرٌ مريب. لماذا؟

رأيت في وجوه زملائي ثقلاً في التعابير وتهرّباً من التقاء أنظارهم بنظري. سلمت على العديد من الآباء والأمهات الذين تعرفت على بعضهم من قبل. لم يجبني أحد منهم. كانوا يلوون أعناقهم ويظهرون التجاهل المتعمّد.

العمى! ما الذي يحصل؟

القصّة من أولها كالتالي. عام 2008 قررت أن لا أكمل طريقي

في أن أشتغل طبيباً في النرويج فقد بلغت من العمر عتيّاً ولن أجد مكاناً أعمل فيه مستقبلاً. تقدمت عام 2009 لمسابقة على وظيفة للعمل في مدرسة للمتوحدين. حصلتُ على الوظيفة التي تقوم على مساعدة المربي المختص في التعليم الخاص لأولئك الأطفال المتوحدين. أحبّ الأطفالُ لهجتي وطريقة لفظي وشرعوا بتقليدي مع الضحك. صرت صديقاً لهم. نلعب معاً في الفرص. نتسلق تلال الرمل والصخرة الضخمة بينها. نلعب بالحبل. نتأرجح بالمراجيح. أينما ذهبت كانوا يتبعوني. صرت مثل مرياع في قطيع. ومرة خطر ببالي أن نمثل مسرحية. المسرحية عن خباز ومشترين لخبزه. الخباز أنا والزبائن هم الأولاد. كانت الغاية من المسرحية أن يمارسوا الشراء وأن يعرفوا قيمة المال وأن يلفظوا المبلغ الذي يريدون الشراء به. طبعاً لا تسير الأمور مرتبة أبداً. فوضى مضحكة. هكذا هم المتوحدون. ولكنْ الثمين في الأمر أنهم يشعرون بأمانٍ أنْ يلعبوا ويعرفوا طرفاً من عمل الخباز وعن المال. مسرحية أخرى أكون فيها صاحب معرض سيارات وآليات. الأولاد يحبون اللعب بالسيارات كما هو معلوم. صففنا سيارات اللعب والجرافات والرافعات وبدأنا اللعب. وحصلت الفوضى كالعادة. لكنهم كانوا مسرورين حقّاً.

أُبلغت بعد أيام أن أتوقف عن لعب المسرحيات لأن التعامل

مع المتوحدين يجب أن يكون روتينياً يتكرر كل يوم لا أنْ ينكسر الروتين وتعم الفوضى فهم سيشعرون بالضياع. لم أعترض أصلاً لا يحق لي الاعتراض فالبرامج التي يُخضعون لها مدروسة تربوياً بشكل جيد. لكن ظل في سرّي شيء من الاعتراض الخفي. مرحلة وقطعناها.

في هذا اليوم فكّرت بأن الأهالي طلبوا هذا الاجتماع المبكر بغيابي ليعترضوا على كسر الروتين. يا غافل لك الله. حتى في سلوك الأولاد لاحظت تغيّراً ما. وفكّرت بأن الأهالي يكونون قد ارتكبوا كفرية تربوية إن كانوا قد شرحوا للأولاد أن كسر الروتين غير قانوني. هكذا فكرت بسذاجة، وإذا بالأمر أكبر بكثير.

أكثرية النرويجيين يطلقون اسماً دينياً على المنطقة التي عشت فيها عندما عملت في المدرسة. يقولون إنها حزام الكتاب المقدس Bible Belt. يقصدون أن أهلها متعصبون دينياً. على الخريطة تزنّر هذه المنطقة جنوب النرويج مثل حزام. من هنا جاءت التسمية. كما إن أكثرية المواطنين في هذه المنطقة ينتمون إلى حزب التقدم، وهو حزب شعبوي، أنصاره متعصبون للنرويج أولاً وللدين ثانياً ولأوروبا ثالثاً. حزب كاره للإسلام والمسلمين ونسبياً لكل من هو غير مسيحي وغير أبيض البشرة.

سأعرف أن الاجتماع كان بطلب من أهالي الطلاب على أساس

أنني متّهم بتسلل إسلامي. وكان وقتها قد شاع على ألسنة المتعصبين في الإعلام النرويجي مصطلح «تسلل إسلامي خفي» (Snik-islamisering av Norge). الترجمة الحرفية هي الأسلمة الخفية في النرويج.

بند الادعاء الرئيس لمحاكمتي هذه على ألسنة الجماعة، هو أنني سميت نفسي أبو ياسين كذباً وتمويها بهدف القيام بتسلل إسلامي خفي. مع أن اسمي المثبت بكتاب المدرسة السنوي وعلى لوحة الحائط هو محمد الحاج صالح تحت صورتي. يا للسذاجة!

أوحى زملائي لي بطريقة مواربة أن أختار اسماً ينادوني به غير محمد، فاسم محمد قد يثير الأهالي فنحن نعيش في حزام الكتاب المقدس. الأمر الذي حصل فعلاً. أجبتهم أن كثيراً من معارفي وأهلي وناسي بالأصل ينادون علي باسم أبو ياسين. شرحت لهم أن التكني باسم الابن الأكبر شائع في ثقافتنا. هكذا كان.

صارحني المدير وزملائي بمضمون النقاش في الاجتماع، فصُدمت. حرفياً فتحت فمي من الدهشة، وعييت من أن أنطق كلمة. فكّرت وفكّرت. قدمت استقالتي غاضباً غير آسف.

تصوروا. أنا أبو ياسين محمد الحاج صالح سدس المُرجئ على سدس الملحد على سدس اللا أدري على سدس الشيوعي على سدس الليبرالي على سدس المسلم السني وهذه الأسداس

كلها تقع تحت جذر علمانية نهائية. أنا كلّ هذا أقوم بأسلمة خفية متسللة.

أقـوم بأسلمة مـن؟ من هـم هـدفي بالأسلمة المزعـومـة؟ الأطفال المتوحدون؟!

يا للسخف ويا للغباء ويا للعماء!

كردي وعْرُبي

«محيو وخليل» أصدقاء منذ الولادة. أهلهما جيران. ولد الأول يوم الخميس والثاني يوم الجمعة. لعبا معاً. تساررا. تشاجرا وتصالحا آلاف المرات. درسا معاً في كل المراحل. سكنا وقتَ الجامعة معاً. توظفا في «شركة السورية للنفط» معاً. واحدهما يعرف كل شيء عن الثاني. أصلاً في الحارة كان اسمهما التوأم، وكان الناس يخاطبونهما كأنهما واحـد، فيقولـون إلى أين يا تـوأم؟ أو كيف التـوأم؟ أو مـرحبـاً يا توأم.

في يوم من الأيام وقد سكرا «طيخة». عادا إلى الحي وهما يتمايلان ويسيران «بالورب». يتصادمان ثم يتباعدان مرات ومرات. يتلعثمان في الكلام. يعثر الواحد منهما فيندفع جسده بعيداً إلى الجانب، ثم

يعاود الاقتراب...

وهما في هذه الحال اتفقا على أنْ يتبادلا الأحلام التي يحلمانها. يعني أنْ يرى حمو حلم خليل، وخليل يرى حلم حمو.

ظهر اليوم التالي للسكرة اجتمعا في المقهى كالعادة أيام العطل. وكان واضحاً أن كلا منهما يحمل في قلبه غلّا. هذه أول مرة في حياتهما يغلي في نفسيهما حرج وغضب شديد. تعابير ازدراءٍ وحنقٍ ظاهرة في محيّاهما. كراهية تتبدّى في الأصابع المرتعشة من شدة الغضب. يكاد داخلهما يتقضقض وينفجر. صمت أثقل من الزيبق... ولكن في النهاية لا بد من المكاشفة.

قال محيو «ولاكْ شاوي الخرا شلون خطر على بالك تحلم هذا الحلم يا خاين. والله الأتراك كانوا عارفينكم كويس كويس من زمان قالوا وصدقوا. عربان خيانة عربْ ساهتاكورليك عرب بيس ملات».

رد خليل «والله ما في خونة مثلكم. يولْ شايل مقصّك وملاحق الأبيض الأوربي وتترجاه يقص شقفة من الخريطة».

القصة هي أن خليل حلم حلمه تلك الليلة، وبالطبع رأى محيو حلم خليل بتفاصيله. رأى أن خليل يفرك حلمة نهد أخته ويتلمّس جسدها ورغبته منتصبة. حتى إن محيو أثناء

الشجار المكتوم بكلمات تخرج من بين الأسنان خافتة لكن مؤكدة كالرصاص؛ قال: «أصلاً أنتم تفكيركم هناك. هذا كل ما عندكم. تافهين رخيصين». ثم بلع الكلمات بغصّة عندما فطن أن الموضوع عن أخته؛ أخته هو. وهو يفضل الموت على أنْ يرى أخته تجامع أحداً. وحتماً حتماً لو كانت بيده سكين ساعتها لغرسها في قلب خليل ولقطع شيئه ودحسه في فمه.

والقصة أيضاً هي أن محيو حلم حلمه وخليل يشهد التفاصيل بدقائقها. رآه كزعيم لقطيع «بنو آوى». تماماً مثلما كان كافكا قد كتب في قصته «بنو آوى وعرب». رآه وهو يعضّ بأنيابه على مقص، وخلفه قطيع كبير من بنات آوى تهرّ وتتقدم بحذر وتنهش من جيفة الجمل الفاطس، ثم تتراجع مع هرير حاشد، عندما يصفر في الهواء سوط قائد القافلة العربي. رأى خليل محيو وهو يتلع برقبته إلى الأعلى ويدفع بالمقص قريباً من وجه الأبيض الأوربي المرافق للقافلة، ويترجاه متذللاً مناشداً أن يتناول المقص ويقص جزءًا من الخريطة وطناً. «عملاء للأبيض الأوربي»، قالها خليل وعضلات حنكه تتراقص.

ماتت الصداقة. ماتت فعلاً. ولكنهما في المساء شعرا في روحيهما بحكّة الحاجة للعرق. وجدا نفسيهما على الطاولة ذاتها، ودون كلام ولا سلام شرعا بالشرب كرعاً، وتناوبت أحاسيسهما بين

البغض وبين الحاجة إلى فشّ الخلق. لكن الصمت بقي مقيماً مثل «بلوكوس» حربي مهجور. سكرا مرة أخرى وزادا في العيار، على الرغم من أن صباح الغد دوامُ وعملٌ، أيّ غد(!) إنها ساعتان أو ثلاثة فقط.

غادرا الحانة إذْ لا بد من الإغلاق. خرجا يتعثران وقد تعتعهما السكر، يريان أعمدة النور والهاتف تتموج وتكاد تسقط. يريان الأبنية بواخر مبحرة. يريان الإسفلت بساطاً ممتدا إلى الأفق تنفضه يد عملاقة، فيفقدان التوازن المختل أصلاً.

أخيراً وصلا دون أن يدريا كيف. وصلا إلى حافة الهاوية. هناك تشاجرا وانفجرا بكلام مكسّر وبصراخ كالعواء. أظهر كل منهما ما تبقى من قوة عضلاته. سقطا في الهاوية السحيقة. ولم يكفّا وهما يهويان عن الرفس واللكم. الهاوية لا قرار لها. ساعاتٍ أياماً أسابيع شهوراً سنين دام سقوطهما. لا يعيان كَمْ!

يرفسُ حمو خليل في بطنه فيتشقلب خليل في الفراغ ساعات أياماً أسابيع. لكنهما من كل بدّ يلتقيان في مسار السقوط من جديد فهما سقطا من النقطة ذاتها وجسداهما ينجذبان حتماً إلى النقطة ذاتها في قلب الهاوية هناك؛ بعيداً في الأسفل. عندما يلتقيان مرة أخرى يلكم خليل حمو لكمة حقد قوية، فيتشقلب حمو في الفراغ ساعاتٍ، أياماً، أُسابيعَ... وهكذا مرات ومرات.

أيقظتهما الشمس الذاهبة إلى الظهر، ووجدا نفسيهما على حافة الوادي خارج المدينة تماماً حيث اعتادا منذ صغرهما الجلوس هناك على الصخرة المطلّة.

نظر كلٌّ منهما إلى الآخر طويلاً وهمّ كلّ منهما بالكلام في اللحظة ذاتها، وفعلاً جرت في وقت واحد على لسان كل منهما تلك الكلمات

– رحْ أترك البلد لك ولأمثالك الخونة؟

الآن، بعد عقد من الزمن يعيش كلاهما في المدينة ذاتها في الشمال الأوروبي عند الرجل الأبيض. لا يطيق أحدهما الآخر ولا يلتقيان. إذا ما رأى أحدهما الآخر مصادفة لوى عنقه ونظر بعيداً، وربما نكص عائداً باتجاه معاكس. لكنهما ظلا يتسقّطان أخبار بعضهما بعضاً من الآخرين.

المحتويات

www.ingramcontent.com/pod-product-compliance
Lightning Source LLC
LaVergne TN
LVHW042352190726
843493LV00005B/981